LA NOVIA
DE LA REVOLUCIÓN

Ignacio Díaz

NINGÚN HOMBRE NACE MALO, ASESINO O PECADOR.

NINGÚN JOVEN DESPIERTA UNA MAÑANA ANSIOSO POR MATAR.

NINGÚN PERRO DESEA ADIESTRARSE PARA SER TEMIBLE, MOSTRAR SUS DIENTES, ASUSTAR.

TODA LA MALDAD ES PRODUCTO DE LA RAZÓN HUMANA, A NADIE SE LE DEBE CULPAR DE UN HECHO SIN ANALIZAR SU PASADO NI COMO SE TRANSFORMÓ EN LO QUE ES, PORQUE, COMO YA SE HA DICHO, NINGÚN HOMBRE NACE CON LA PERSONALIDAD CON LA QUE LUEGO MUERE.

ALGO LO CONVIRTIÓ EN LO QUE FUE.

Ignacio Díaz

Cuantas veces pensé en los fantasmas…
y me acordé que los fantasmas son las volutas de humo que fuma el miedo…
cuantos cigarrillos hubo en mi vida…

Ignacio Díaz

Contexto histórico
1945 a 1970

En la República Argentina, junto con la Segunda Guerra Mundial, una dictadura militar llegaba a su fin, y un camarada coronel, de nombre Juan Domingo, vicepresidente del Gobierno de facto próximo a extinguirse por los años de opresión, entendió todo: el pueblo lo endiosó, no sin razón, por llevar a la práctica en el seno del régimen totalitario una innovadora legislación laboral tendiente a la protección de los ciudadanos más humildes.

—Juan, ¿cómo se le ocurre darles derechos a las bestias? —en la Casa Rosada dos coroneles intercambiaban opiniones anteponiendo sus mejores modales, mientras el humo del cigarrillo que ambos disfrutaban los envolvía.

—Son nuestro futuro, tenemos que tener paciencia y saber llevarlos, y cuando la fruta esté madura vamos a tomarla, ellos nos van a llevar las canastas —quien respondía mostraba una enigmática sonrisa, gigante y seductora.

—Me parece un error, un gran error —el militar que ocupaba el lado menos importante del escritorio en el despacho del vicepresidente de la República negaba con la cabeza mientras descargaba la ceniza del cigarrillo y lo devolvía a su boca.

Cuenta la leyenda que el coronel Perón, unido a un grupo de oficiales, se destacó como ideólogo del Golpe de Estado acontecido en 1943. Como en ese momento no era tiempo de dar a conocer sus apellidos, aquellos militares revolucionarios ocuparon en silencio los puestos estratégicos más importantes y decidieron valerse de distintos generales para posicionarlos en las máximas jerarquías del gobierno, sosteniendo con palos y sogas a los rostros visibles.

Los títeres actuando en nombre de otros.

Perón, con su estrella ascendiendo gracias a su ingenio para escalar posiciones dentro del gobierno dictatorial, llegó reunir al mismo tiempo el cargo de vicepresidente de la Nación, ministro de guerra y secretario de trabajo y previsión. En este último puesto las medidas que adoptó no resultaron agradables para sus compañeros de armas ni para la burguesía ganadera. Por ello, decidieron quitarlo del medio, enviándolo lo más lejos posible, a una cárcel en medio de un mar de agua dulce.

—Lo encierran en Martín García y que no rompa más las pelotas, y a ver si arreglan todo el desbarajuste que dejó.

—Sí, señor.

Sin embargo, la gente, hasta ese momento imperceptible, sin voz, cuando tomó conocimiento del infortunio de su benefactor decidió salir a la calle a manifestarse, presionar, mojar sus pies en las fuentes de la Plaza de Mayo aquel día de calor sofocante y de lealtad hacia una persona.

—¡Liberen al Coronel Perón! —gritaban peligrosamente desaforadas las miles de almas obreras que comenzaron a rodear la Casa Rosada, y sus gestos amenazantes aumentaban la temperatura de la Capital Federal de la República Argentina.

—¡La vida por Perón!

Los altos mandos de las Fuerzas Armadas que detentaban el poder, asustados, cedieron ante la barbarie de la multitud, el *aluvión zoológico* peticionando a favor de su benefactor apartado del gobierno militar.

El general en ejercicio de la presidencia, Edelmiro Farrell, temeroso de que la turba enfurecida asaltara la Casa Rosada ese 17 de octubre de 1945 decidió, en un primer momento, que cambiaran el lugar de confinamiento del inquieto coronel, mudándolo desde la Isla Martín García hacia el Hospital Militar Central de la Ciudad de Buenos Aires.

—Ahí va a estar más cómodo y toda esta gente se va a ir a su casa —pensó, pero no fue así, la multitud no se movía de la Plaza de Mayo, querían verle la cara a Perón y que él en persona los tranquilizara.

—¿Pero qué carajo quieren? —gritaba enojado Edelmiro Farrell, porque su mayor don no era entender al pueblo.

—Lo quieren a Perón, señor —un ayudante, con timidez, le dijo lo obvio.

—No podemos dar el brazo a torcer, de ninguna manera —se negaba a la realidad de los hechos.

—Nos van a romper todo —advirtió su edecán mirando por las ventanas de la Casa Rosada hacia la multitud cada vez más furiosa en la Plaza.

Farrell, sitiado en el fondo de sus vacilaciones, pensó que era conveniente la cercanía de su compañero de armas por si acaso la marea llegaba a crecer a límites inmanejables: cuando efectivamente así sucedió, y el precipicio parecía cercano, ya no le pareció correcto que Perón estuviera tan lejos y ordenó su inmediato traslado a la Casa de Gobierno.

—Por aquí, coronel, adelante por favor, ¿no estará enojado? Fue todo una confusión, faltaba más, haberle hecho eso a un hombre como usted, no se olvide que somos amigos, nos conocemos desde hace años, nunca se olvide de eso —en los lujosos salones de la Rosada, Perón fue recibido con sonrisas y abrazos, todo en pos de olvidar el pasado.

Si antes fuimos tan cercanos, podemos volver a serlo.

En aquellos años los oficiales de la Armada comenzaron a recelar de la inclinación hacia los trabajadores que Perón demostraba y pensaban en entregar el Gobierno a la Corte Suprema de Justicia, pretendiendo cercarle el camino al coronel revolucionario, pero el presidente Farrel no estaba tan de acuerdo con esa idea, teniendo una manifestación gritando tan alto y demasiado cerca de las puertas del poder.

—Por favor, coronel, salga al balcón y contenga a la gente.— Con tono sumiso, Farrel exhibió intenciones de arrodillarse ante su gran amigo Juan Domingo, que disfrutaba de aquel arrepentimiento histórico en riguroso porte castrense, reconociendo la transpiración de las máximas figuras del Ejército y la Armada que lo rodeaban bajo las gorras del temor.

—Vamos hombre, no sea rencoroso. ¿Qué quiere a cambio? ¿En qué lo podemos ayudar? Estamos a su disposición.

—Les tomó la palabra —respondió Perón sonriendo, con ese modo tan suyo de decir grandes verdades a modo de humoradas.

Y el coronel, gustoso de encontrarse en el interior de la Casa Rosada, no dejó pasar ese guiño del destino mientras escuchaba la más maravillosa música en sus oídos, entonada por la multitud enfervorizada.

—¡Perón! ¡Perón! ¡Perón! —puño apretado, camisas abiertas, frente en alto y rostro adusto como semblante característico de los trabajadores.

—No se preocupen, voy a salir a hablar, más tarde les diré cuáles son mis condiciones.

Una vez que la masa reconoció en las alturas a su protector, su sonrisa orgullosa, sus manos abiertas al cielo, estalló en gritos, aunque el coronel no deseaba que las cosas cambiaran demasiado: con tono marcial clamó por el restablecimiento de la calma y la cordura por primera vez desde el famoso balcón.

—Por favor, compañeros, todos vuelvan a sus hogares, mañana hay que trabajar.

Nadie contradijo su voz seductora ese día ni en los próximos años, naciendo así un romance inconmovible entre los trabajadores y aquel militar que tanto se preocupaba por ellos.

—¡¡¡Mañana San Perón!!! —se escuchó un grito de algarabía entre la manifestación, que obediente a su conductor se marchó en perfecto orden habiendo conseguido el objetivo establecido tan temprano aquel día de lealtad hacía una persona.

Ellos, los trabajadores, lograron ver en carne y hueso a su líder, oyéndolo fuerte y claro desde tan alto, asegurando que todo estaba bien, solo se había tratado de una confusión, ya se había vuelto a entender con sus camaradas de armas.

—¿O no? ¿Me equivoco? ¿Está todo arreglado? —preguntó Perón una vez que volvió a ingresar a los salones de la Rosada y le daba la espalda a la multitud sobre la Plaza —¿Estamos bien, muchachos?

—Sí, sí, Juan, vaya tranquilo a su casa, no va a tener más inconvenientes, le doy mi palabra —le estrechó la mano Farrel.

Es por ese entendimiento que pasados unos meses de aquel brete histórico hubo elecciones democráticas, libres, ¡al fin!, aunque únicamente votaban los hombres.

Una vez que las urnas hablaron, juró el nuevo presidente democrático Juan Domingo Perón… con su uniforme militar. Sí, es cierto, la Argentina, cansada de dictaduras, eligió a un militar, pero este no era igual que los demás: guiados por su conducción el pueblo comía, los niños recibían juguetes, las familias viviendas, los trabajadores dignidad, la sociedad leyes que la protegían. Hasta las mujeres encontraron su lugar en el planeta aferradas a una igual, de nombre Eva, que murió tendiéndole la mano a los humildes.

O al menos eso cuentan.

La vida era perfecta en la soñada República Argentina, tan feliz que los bustos de bronce para recordar a Perón se erigían a lo largo y ancho del territorio nacional, y eso que todavía no estaba muerto: el Presidente sonreía en todas las esculturas, retratos, libros, pinturas, almanaques, carnets, estampillas, manuales de estudio, banderas, pancartas, brazaletes, himnos, hospitales, avenidas, Provincias, obras faraónicas proyectadas nombradas en su honor, porque nada podía ser mejor en el país de Juan Domingo y Eva.

¿Y si empujamos todos hacia el mismo lado?

Un horizonte prometedor.

Pero, como ley obligada, a todo sol una noche lo sucede. Agazapado, expectante en la penumbra, moraba el animal feroz, los poderes extranjeros en la sombra, la oligarquía nacional encarnada en el gorila (1) que prejuzga, los sectores disconformes de las Fuerzas Armadas Argentinas excusándose en las actitudes del presidente, con genes militares, que comenzó a creerse imprescindible, aferrándose con fuerza al sillón presidencial y al bastón de mando.

¿Y quién no?

Ese gorila feroz, liderado por la oficialidad aristocrática de la Armada, aprovechó la confusión: con uniforme militar, igual pero distinto al que vestía el presidente democráticamente elegido, y otra vez vuelto a elegir, aunque la Constitución no previera un segundo periodo consecutivo. ¿Cuál es el problema?

—Se remedia m'hijo, las leyes están hechas por hombres, no están escritas en piedra —sonreía y tranquilizaba el presidente en tono paternal a sus colaboradores.

Y así fue como se subsanó la Ley Fundamental con una reforma entre gallos y medianoche.

Perón debía continuar al frente de la Nación.

Al menos eso pensaban unos.

Los otros por supuesto que no.

La Constitución Nacional se reformó y un incidente inexplicable sucedió: la primera dama rechazó, de frente a la multitud obrera reunida en su honor, formar la soñada fórmula electoral: Juan Domingo Perón – María Eva Duarte de Perón, o de manera más sintética: Perón – Perón.

El desconsuelo de los más humildes se vio reemplazado por la algarabía cuando el presidente fue reelegido con mayoría absoluta en 1952.

Pero algo no caminaba con normalidad: el día de la asunción del nuevo período de gobierno Evita debió ser amarrada al automóvil presidencial para que no se perdiera la fiesta y pudiera saludar a la masa enfervorizada.

Según refieren los manuales de la política, las debilidades deben esconderse para que los enemigos no se aprovechen, y así fue como la grave enfermedad de la primera dama fue tomada como secreto de estado, aunque su final resultaba evidente y sus apariciones públicas dejaron de ser frecuentes.

Los rumores comenzaron a agigantarse a medida que los días pasaban y ella no se dejaba ver como siempre, en forma tan frecuente hablándole a los trabajadores, impidiendo que la felicidad de la reelección presidencial durase demasiado.

Hubo una mañana de sábado, entre frío y llovizna, en que el sueño comenzó a despertar: la santa mujer, la abanderada de los humildes, la Primera Dama falleció.

¡Viva el cáncer!, rezaba un epitafio improvisado que alguien grabó en la pared exterior de la Residencia Presidencial de la calle Agüero.

Su marido, desesperado, cambió sus consejos por la afición a las mujeres. Resultaba lógico que se tomara tiempo libre después de tanto trabajo, pero quienes lo repudiaban no lo entendían de esa manera.

Dicen algunos que Perón nunca volvió a ser el mismo en la soledad de su habitación. Las conspiraciones de la oligarquía lo tomaron sin ningún tipo de respuesta anímica. Ya su oído no escuchaba los consejos de su amada esposa y, sintiéndose liberado, su memoria tampoco los recordaba. Distraído en problemas menores comenzó a tomar el rumbo que él creía correcto.

Estrenando su viudez debió soportar varios intentos infructuosos por derrocarlo, a los que en principio decidió imponerles una férrea resistencia, mas luego, temiendo ser el responsable de una guerra civil como la española, resolvió dar un paso al costado, escapar, exiliarse, decidir desde miles de kilómetros de distancia por un pueblo que lo adoraba, y acongojado jamás lo olvidó, reconociéndolo de una vez y para siempre como el gran conductor, el volante de una nación descarriada: el idilio por su nombre y la palabra sin discusión de sus decisiones.

Un sector opositor consideró que la segunda presidencia consecutiva de Perón nunca debió suceder porque violaba la Constitución Nacional, entonces, en concordancia con sus pensamientos, había que defenderla. ¿Y cómo hacerlo? Con más tiranía, opresión y violencia, de la mano de un nuevo Gobierno Militar.

Suena lógico.

Y siguiendo esa doctrina fue que el 16 de junio de 1955 se comenzó a ejecutar un golpe de propia medicina contra el presidente, bautizando la alzada como libertadora, y que una vez triunfante los comandantes revolucionarios decidieron proscribir la figura de Juan Domingo Perón y su Partido Nacional Justicialista porque no significaban una buena influencia para el país.

En esos tiempos turbulentos, confusos, aunque suene a mentira, un iluminado General, de apellido Aramburu, que ostentó por medio de la coerción el cargo de Presidente de la Nación, decidió dictar las leyes del olvido mediante un decreto derramado de su propia tinta cerebral: sus párrafos más sobresalientes prohibían nombrar a Perón, a Eva Perón, al Peronismo, usar signos partidarios afines al Conductor y el recuerdo de la Santa Mujer, tararear la marcha Peronista o alguna canción alusiva a sus personas, llevar fotografías, nada de banderas ni palabras.

Fue una pena que la legislación no lograra ser extensiva a la memoria de los particulares ni a sus vidas privadas. Sí, aunque parezca increíble, este hombre firmó de su puño y letra esas órdenes tajantes y disparatadas en cabeza del Gobierno Militar.

Al parecer, las leyes del olvido no resultaron efectivas. El pueblo continuaba evocando y añorando a su presidente derrocado y a su mujer: sin embargo, esa porción de los habitantes que recordaban, aunque siendo mayoría, no sabían nada. Eran incultos, ignorantes, inmaduros, maleables, incapaces. No debían ser tenidos en cuenta. La opinión valedera se exteriorizaba por medio de la selecta casta militar, o al menos por una porción de ella, sus familiares y amigos.

A eso se reducía el dominio del inmenso país.

De esa manera lo popular quedó relegado: las leyes, los beneficios, las conquistas sociales. Todo se suspendió o limitó. Por unos cuantos años el pueblo no volvería a elegir a sus representantes, o lo haría en forma imperfecta. Cuando la gente se hartaba de los uniformados, estos se escondían detrás de las urnas y les daban a los políticos algo de democracia, aunque con algunas limitaciones.

—Habrá elecciones —explicaba un ignoto militar en blanco y negro a fines de 1957 con rostro aburrido en cadena nacional—. Se pueden presentar todos los que lo deseen, menos uno. Y mucho cuidado si no nos llega a gustar el ganador. Anulamos todo y listo —advertía como si los habitantes de la nación fueran menores impúberes.

¿De dónde sacaban esas reglas democráticas?

—Para eso no elegimos nada —pensaban en el ostracismo más oscuro los seguidores del general Perón.

Y así llegó la abstención: el voto en blanco ordenado por Perón desde algún lugar de su exilio fue un éxito. Ningún peronista debía participar en aquellas elecciones viciadas de nulidad. Había que boicotear al régimen. El pueblo todavía recordaba a su líder, seguía sus decisiones que llegaban por vía de emisarios y videos. La rebelión en su nombre y los fusilados, la ansiedad por erradicar el germen opresor del país.

Y los años pasaron, se sucedieron con pasos de plomo, nublados, grises, uno después del otro: hubo intentos de gobiernos democráticos en elecciones donde se debían elegir candidatos aprobados por los militares que se turnaban en el ejercicio de la presidencia, no fuese a ser que el líder exiliado se presentara y triunfase por amplia mayoría.

Y un buen día, tras los fracasos y las internas militares, las idas y venidas de los uniformados, el cambio de figuritas con la Unión Cívica Radical, accedió a la Presidencia de la Nación mediante otro golpe el general Onganía, hombre con vicios de Napoleón Bonaparte, aunque nada tenía del genio del francés, quizás su estatura, pero eso no era suficiente para dirigir a un país tan eruptivo. Sus manotazos de ahogado resultaron contraproducentes: finalizando la década del sesenta pretendió sostenerse a puro bastonazo, sin sopesar que así incentivaba en los moretones, la resistencia, el culto al líder exiliado, que cada vez estaba más viejo, aunque nunca dejó de seguir los problemas desde su lejano exilio en Madrid y continuaba enviando mensajes, delegados en su nombre e instrucciones.

Las Fuerzas Armadas no le encontraban la vuelta a lo que les parecía, desde afuera, tan fácil y tanto criticaban: gobernar. Las decisiones los debilitaban, la violencia se incrementaba y las recetas económicas fallaban.

El país se les escapaba de las fauces desgastadas.

Asesinatos, muertes, secuestros, grupos armados, la venganza popular, las Formaciones Especiales(2), la Vanguardia del Movimiento(2), la Organización Revolucionaria(2), Las Fuerzas Armadas Revolucionarias(3), El Ejército Revolucionario(4), Las Fuerzas Armadas Peronistas(5), la lucha de clases, los ajusticiamientos en nombre de los demás. Nadie estaba resguardado de los ojos del pueblo que todo lo veía.

¿Quién será el próximo que muera?

—Yo no quiero morir —temblaba todo aquel que ostentaba alguna relación con el régimen militar.

¿Qué hacer frente a tanto descontento social? Se rompían la cabeza en interminables reuniones secretas los generales más influyentes del Régimen sin acertar con la receta, hasta que la providencia quiso, entrando en la década del setenta, que asumiera la presidencia Alejandro Agustín Lanusse y a este se le ocurriera una idea brillante para retener el poder por otros medios.

—Convocaremos a elecciones democráticas —explicaba en un coloquio de personajes que odiaban ferozmente a todo lo referido al peronismo.

—¿Incluyendo a Perón? —consultó algún general que no conseguía comprender el remedio para la enfermedad.

—No, para nada —negó Lanusse un poco molesto porque el auditorio no seguía su hilo de pensamientos y con mirada seca y penetrante explicó—. Crearemos un partido político y presentaremos a un candidato apoyado por las Fuerzas Armadas. Lograremos que la gente lo vote y así retendremos el poder: es muy fácil. Será un Gran Acuerdo Nacional.

—¿Y el candidato? —alguien interrumpió vacilante la exposición—. ¿Quién va a ser nuestro candidato?

Sorprendentemente la idea no entusiasmó a quienes la escuchaban, pues veían en ella una batalla perdida. Y fue mayor el desconcierto cuando el general Lanusse deslizó la idea de quién podría ser el candidato a presidente en ese nuevo partido político a crearse y que gozaría del apoyo de la casta militar:

—Por supuesto que seré yo mismo.

El populacho nunca estuvo de acuerdo, o al menos los hombres que respondían al conductor exiliado, los demás partidos políticos, sí, como lo estuvieron en las elecciones democráticas anteriores sin el peligroso rival: la peste, el mal, las hordas salvajes que dominaron la nación y no debían regresar al gobierno.

La dictadura caminaba a tientas con el humo de un incendio nublándole la visión y, pese a ello, las Fuerzas Armadas continuaban aferradas al timón de mando, pero ya deseaban quitarse el peso de encima.

—Que se arreglen solos —pensaban los generales con el rabo en fuga, dispuestos a replegarse, agruparse, mantenerse en guardia para volver a atacar. Ellos se tomaban en serio eso de ser centinelas de la patria, los guías espirituales que debían intervenir cuando las aguas se enturbiaban.

En los primeros años de los setenta, la violencia desbordaba los límites del País. El pueblo, harto de los uniformes, golpeaba las puertas de los cuarteles con disparos de fusil. Los cuerpos sin vida caían del lado gobernante, militares, colaboradores, policías, civiles y algunos más y de mayor importancia.

—Necesitamos una salida digna, de ninguna manera puede parecerse a una huida, no podemos irnos por la ventana —discutían los altos mandos castrenses, aquellos herederos del Golpe de Estado que derrocara a Perón en 1955 y que, como sus mayores, también lo detestaban.

—¿No? —dudaban los más apurados en marcharse.

—Bueno, de ser necesario sí, pero al menos que parezca que nos vamos por la puerta.

Intentando no dar el brazo totalmente a torcer se llegó a un consenso en las reiteradas reuniones entre los Generales del Ejército.

—Está bien. Habrá elecciones democráticas, sin proscripción de partidos políticos, se pueden presentar todos.

—Todos menos uno —aclaró una voz en tono muy elevado.

—¿Perón? —preguntó tímidamente un distraído.

—No le da el cuero, que no se le ocurra volver.

—¿Por qué?

—Porque no y punto, no se habla más del tema —sentenció el general Lanusse en la agonía de sus últimos meses de su Gobierno de facto al frente de la Argentina en 1972.

Evitando que la prohibición sonara a proscripción, los militares establecieron un plazo para inscribir las candidaturas a fin de pelear por la presidencia. Era tan escaso el tiempo de gracia que quien no estuviera en el País no lograría presentarse personalmente para completar los requisitos legales.

Se insistió para extender el plazo, pero sobre ese inciso no hubo acuerdo. Perón no protestó. Seguramente algo se traía entre manos. Sabía que el poder le pertenecía, solo debía esperar, ser paciente e inteligente, pero la edad actuaba como el agua oxidando el metal.

Desde la tranquilidad de su exilio en Madrid se decidió el futuro de la Argentina.

Perón siempre tenía la última palabra.

El candidato que lo representaría en las elecciones de 1973 estaba dispuesto. Alguien cercano, de confianza, que le calentase el sillón, pero cuidado, nada de abusar de la banda presidencial, pues ese cargo le pertenecía al líder, nunca lo perdió. Lo mantenía en la memoria popular aunque lo hubieran derrocado, allá lejos y en el tiempo.

Y al parecer estaba todo dado para recibir a la democracia, el pueblo recuperando las calles, la felicidad, ¿o no? ¿Y ahora? ¿Quién quedó disconforme? Todos, ninguno, los que no tuvieron parte en la torta, quienes se quedarían únicamente con un pedazo, los que querían más, y el cuento de nunca acabar. Comenzar de cero, la constante ebullición, una historia difícil de entender, aún más de explicar sin vulnerar susceptibilidades, las heridas que no cierran y un país de cuentos, estancado, víctima de la fuerza, empujar para adelante y hacia atrás al mismo tiempo.

Todos tenían razón, pero nadie quería ceder, fue tan difícil estar de acuerdo, será que nunca se dieron a entender.

1) GORILA: Dícese de las personas de pensamiento encontrado con la doctrina Peronista que odian a las clases más humildes. Entre ellos se cuentan a los integrantes de la Armada Argentina, a los miembros de la Unión Cívica Radical, cierto sector de la Iglesia Católica, los integrantes del Ejército Argentino que comandaron el Golpe de Estado contra el Presidente Perón en 1955, la Fuerza Aérea Argentina, la oligarquía agropecuaria que no simpatizaba con las medidas del gobierno nacional justicialista, el empresariado que no coincidía con los lineamientos populares, los periodistas contrarios al Movimiento, los miembros del imperialismo, la clase media, etc., etc., etc.

2) FORMACIONES ESPECIALES Y/O VANGUARDIA DEL MOVIMIENTO Y/O ORGANIZACIÓN: distintos modos de llamar a la Organización Peronista Revolucionaria que en principio adoraba al general Perón, aunque conforme fue pasando el tiempo sus máximos dirigentes se distanciaron de su pensamiento al darse cuenta de lo que en realidad era aquel viejo al que ayudaron a llegar nuevamente al poder.

3) FUERZAS ARMADAS REVOLUCIONARIAS (FAR): Grupo armado Revolucionario de pensamiento marxista, luego peronista, luego marxista, y de nuevo peronista.

4) EJÉRCITO REVOLUCIONARIO (ER): Grupo guerrillero de tendencia comunista con un pensamiento totalmente opuesto a la Organización… en un principio.

5) FUERZAS ARMADAS PERONISTAS (FAP): Grupo armado con tendencia socialista que con los años se unió a la Organización.

La novia de Marx

Permanecían tendidos en la cama:

Él, sorprendido, procurando disimular su indignación, pero sus ojos resultaban incontenibleimente verdaderos e intentaba, con mucho esfuerzo, encontrarle una explicación al rostro impasible de la mujer que observaba desorbitada, con las pupilas congeladas, el techo a su lado.

Ella, con semblante distraído, jugaba con un mechón rebelde de su flequillo, esa saliente de cabello enrulado en la frente, único ejemplar entre un manto lacio oscuro como la noche más desgraciada: abusando de la flexibilidad lo estiraba y soltaba esperando el regreso a su lugar de origen para volver a empezar en un ida y vuelta frenético que se robaba toda su atención.

—Yo creo en el amor socialista, tenemos que ser de todos, no podemos ser de uno solo. Pienso igual que los filósofos griegos. ¿Nunca los leíste? —aunque cruel, seguía siendo hermosa con su descuido adrede de las formas, las convenciones de los novios y la sutileza ausente.

—No, no —respondió demostrando desinterés con monosílabos susurrantes y desviando la mirada.

Después de unos cuantiosos segundos de duda inexplicable, el receptor de aquellas palabras, cuando cedió abruptamente a las ansias por desvestirla, la escrutaba incrédulo. ¿Era el momento oportuno para tamaña confesión reflexiva? Se resignó y suspendió la búsqueda por animar los ardores corporales de la persona que comenzaba a resaltar las virtudes del marxismo a su lado.

—Perdón, no puedo, salgo distinta de la facultad, tengo la cabeza en otro lado —disculpándose por el enfriamiento en su sistema sexual, Clelia se abrochó los pantalones, aquellos que nunca se dejó quitar pese a los dedos ansiosos que se filtraban por los elásticos de su ropa interior, y con fastidio en sus labios mudos se acomodó los pezones dentro del corpiño.

"Nunca me va a entender", pensaba enojada, molesta consigo misma, ya que todo lo que se acercaba a la vida burguesa la repugnaba y pese a ello continuaba regresando a aquella cama sin conciencia social.

Ella deseaba profundamente cortar con cualquier lazo que la confundiera con el capitalismo, arrojarse a los brazos abiertos de la lucha por una sociedad más justa, y el amor, tal cual lo disfrutaba el común denominador de las personas, no la entusiasmaba.

Entonces… ¿qué hacía en esa habitación? ¿No le habían repetido hasta el cansancio que una buena revolucionaria no se nutre del amor burgués?

—Vos no me podés entender, estás en otra cosa —de pronto, en un estallido inesperado giró la cabeza ocultando su dolor, sus recuerdos, el conflicto interior a punto de colisionar con la atmósfera y lanzó una acusación. Certera.

—¿Por qué decís eso? —él realmente quería entenderla, se moría por hacerlo, ser su confidente, aconsejarla, ayudarla, ser una parte importante de su vida.

Pero Clelia no lo sentía así.

Y necesitaba dejarlo bien claro.

—Tenés otra mentalidad, pensás distinto, tenés otra vida.

—No, no, no es tan así.

—Sí, vos no entendés nada.

Ella estaba convencida, quería cambiar, se esforzaba e identificaba su problema: la atraía demasiado ese cuerpo masculino, representaba la lucha desesperada de un hierro contra el imán, se derretía por sus manos, no conseguía apartar el pensamiento de sus besos de una manera razonable y sabía que, si proyectaba olvidarlo, debía cortar de manera abrupta, pelearse, espantarlo para dedicarse de lleno a la revolución que la esperaba con los brazos abiertos y no le permitía darse aquellos gustos burgueses.

—Bueno, no sé, me sorprende que me digas eso.

—¿Qué te sorprende? Si a vos lo único que te importa es pasarla bien.

Varias veces intentó hacerlo enojar con frases poco felices para el orgullo de un enamorado, similares a la que acababa de deslizar en aquella cama capitalista, sin embargo él no reaccionaba, le restaba importancia, o su rostro impasible se encargaba de traslucir esa versión. No tomaba el camino al que ella se empeñaba en guiarlo. Al parecer le gustaba demasiado la niña, aunque su pubis estuviera descuidado, repleto de vellos negros y no prestara atención cuando la instaba a afeitárselo por completo.

¿Cómo se iba a rasurar una marxista con sueños igualitarios?

La pregunta era concreta. ¿Cómo y cuándo cambió su vida? Nadie puede elegir la familia en donde nacer ni el seno del cual alimentarse. Ella, en ese sentido, no se quejaba de su procedencia. No obstante, sus prédicas marxistas, y la privación que exigía a los demás, no se condecían con el modo de vida heredado: era una burguesa seducida por el socialismo, por la revolución que añoraban sus compañeros de universidad, los que invocaban el sacrificio y la lucha de clases para alcanzar el ideal de sociedad.

Pero…, en esa confrontación tan buscada, ¿combatiría su propia imagen en el espejo?

La crítica razonable entraba en conflicto al reconocer el sacrificio que sus compañeros de militancia realizaban y la niña no conseguía imitarlos más que con sus utópicas palabras. Ella deseaba trabajar ayudando al prójimo, pero al mismo tiempo reclamaba una remuneración por sus tareas benéficas.

—Para eso estudio —se defendía indignada en medio del alud de críticas por sus pensamientos burgueses—. No quiero trabajar de cualquier cosa, quiero trabajar de algo relacionado con mis estudios, para eso estoy estudiando. ¿No?

La realidad decía que odiaba vivir del dinero de sus padres o tener que improvisar en algún otro empleo que no fuera relativo a su carrera, aunque a medida que mayor era su vinculación con la lucha armada, la presión se incrementaba para que abandonara la universidad.

—De ninguna manera, no podés pensar así, nosotros tenemos que encarnar al hombre nuevo, ser desinteresados, pensar en los demás y ayudar al prójimo —era la recriminación constante de sus compañeros de militancia.

—Pero necesito vivir, ver a otras personas, relacionarme.

Por el momento se mantenía firme, se negaba a obedecer a su responsable dentro del Partido Revolucionario. Era su costumbre y acababa torciéndoles el brazo, llevando, en algunas oportunidades, la razón: alegaba que mezclarse entre el alumnado serviría como fachada. De manera imperceptible podría acarrear adeptos a la causa.

Pese al énfasis del que se valía para refutar a pocos convencía. Las dudas arreciaban en las discusiones con sus compañeros en las maratónicas sesiones clandestinas entre medio del humo de los cigarrillos y el miedo a la Policía.

—¡Vos querés recibirte para ganar dinero! ¿Ese es tu espíritu revolucionario? ¡Nosotros luchamos por abolir ese pensamiento de la sociedad! Asistiendo a la universidad burguesa no vas a ganar nada, allá no te enseñan nada, está todo controlado por el Estado. ¡Abrí los ojos! Aprendés lo que ellos quieren que aprendas.

Los miembros del ala más reaccionaria del Partido Revolucionario no la comprendían. Ellos hacía tiempo que habían cortado lazos con todo lo relativo al Estado Burgués creando un sistema propio de educación: una vida paralela, recluida, alejada de la superficie y de las calles en las que combatían.

Las organizaciones revolucionarias diseñaron sus propias Escuelas de cuadros(1) en donde preparaban a los hombres y mujeres que transformarían al país. El Partido Revolucionario no significaba una excepción. Contaba con brillantes catedráticos capacitados para preparar a las futuras generaciones. Allí era donde debían graduarse y no en las casas de estudio dependientes del gobierno opresor.

—¡Estás aprendiendo de los programas aprobados por el estado! ¡¿De qué te sirve?!

Clelia, como todos los hombres y mujeres, una vez elegidos para pertenecer al Ejército Revolucionario, debió estudiar como si fuera una Biblia lo que le hacían leer en el curso de iniciación y luego repetirlo: "Moral y proletarización", "manual de guerra de guerrillas", "guerrilla urbana", "crianza de los hijos", "actividad político militar", "utilización del tiempo libre", "adoctrinamiento a los trabajadores", "educación proletaria", "contrarrevolución". Esos capítulos deberían pasar a formar parte de su vida y acompañarla a la tumba.

¿Fue la muerte su influencia para dar el portazo?

Quizá ella estuviera confundida, ya que hacía tiempo había perdido su guía.

—¡Ay si tu padre viviera no harías esto! —protestaba la madre asustada cuando escuchaba la decisión que había tomado su hija: ya no estudiaría para ser contadora.

En la imposibilidad de mantenerse ajena a los vientos de cambio que vivía América Latina después de la Revolución Cubana, descubrió que se trataba de una profesión carente de principios humanos, vacía, repleta de personas sin conciencia social. Arribar a tal deducción le tomó tres años de encierro en la Universidad de Ciencias Económicas, desesperándose al darse cuenta lo desalmado que sería su futuro ordenando balances y acomodando números.

—Es que yo no quiero eso, mami. No estoy feliz.

—Pero te va a dar seguridad hijita, seguridad para tu futuro.

—No me interesa la plata, quiero hacer lo que me gusta, no quiero hacer lo que no me guste solo por dinero. Esa no es la vida que quiero vivir, mamá.

—¿Y de qué vas a vivir, Clelia?

En algún libro, en una conversación, por acción de la casualidad, alguien le citó a Marx, al socialismo, las bondades de la revolución, el ideal de una sociedad sin distinciones de clases y se enamoró. Averiguó, sin que su madre se enterara, dónde podía sobarle las letras al viejo Karl y hacia allí se aventuró, a conocer nuevos compañeros, ideas y doctrinas.

Las ciencias sociales eran lo que en realidad deseaba y nadie podría detenerla.

Los reproches esporádicos de su madre sonaban angustiados por el futuro de su hija. Si bien su difunto padre había dejado una generosa sucesión de bienes a la familia, y además su nuevo marido hacía excelentes negocios, ¿cómo no iba a preocuparle el mañana de su hija cuando es sabido que vivían en un país famoso por tragarse las buenas posiciones económicas de sus habitantes de la noche a la mañana? Ella, a lo único que aspiraba, era a dejarle a su niña una excelente educación y asistía sorprendida, sin posibilidad de intervenir, a cómo arrojaba por la borda tres años de estudios e iba tras una ilusión incomprensible.

Puede que el desenlace de la historia haya surgido cuando su madre reemplazó, después de un luto prudencial, la foto de su marido en la mesita de luz y abandonó su provincia natal, sureña, ventosa, rodeada de montañas, para trasladarse a la Capital Federal, cerca de su hija, que a su criterio equivocaba el rumbo.

Su madre, aprovechando el cambio de aire, volvió a formar pareja con un exitoso empresario: aceptó su propuesta y se mudó a su enorme y lujoso departamento en el Barrio Norte de la Ciudad de Buenos Aires, insultando así las predicas revolucionarias que defendía su hija, teniendo en cuenta que su padrastro se enorgullecía de vivir como un maldito capitalista. Y para peor, con un efecto catarata que aumentaba los leños en la hoguera del odio, todos sus hijos, varios, demasiados, estudiaban en distintas universidades de los Estados Unidos de Norteamérica, alimentando así las finanzas del imperialismo.

Clelia esporádicamente visitaba a su madre y cruzarse con su padrastro era una consecuencia inevitable. Debía aprender a armonizar el rechazo que le causaba. Nunca lo consiguió. Ambos, midiendo fuerzas, fingían tolerancia, aunque comenzaban a disgustarse a medida de que las discusiones se acaloraban y siempre derivaban en el mismo punto: sutilezas sobre la lucha de clases de un lado, o la barbarie de los jóvenes del otro.

Extremos que nunca cedían.

—¿Vos me hablás de dictadura? ¿Cuál es tu ejemplo? ¿Stalin? ¿Cuba? ¿Vietnam? ¿Creés realmente que ahí existe la igualdad? ¿Por qué no te das una vuelta por allá?

—Me encantaría, ya lo voy a hacer —Clelia lo desafiaba con mirada penetrante.

—Sí, sí, pero no como turista, andate a vivir allá a ver qué opinas después de un tiempo.

—¿Por qué me tengo que ir a vivir a otro lado? Este es mi país, yo me quiero quedar acá.

Cuando la niña bregaba por una sociedad sin diferencias sociales, con igualdad de oportunidades, y sus defensas por la revolución pretendida por el Che Guevara y Fidel Castro se volvían constantes, su padrastro contratacaba, pegándole donde más le molestaba, sacando a relucir su situación acomodada, ya que nunca había trabajado: solo estudiaba y su madre le pagaba todos los gastos, junto con el alquiler del departamento en donde vivía. Y así, entre la velada, cena y sobremesa, el enojo que sobrevenía atragantaba lo que hubieran comido.

—¿De qué te sirve tanta plata? ¿Por qué no ayudas a los demás? — Clelia indagaba enojada, cuando el dinero era un tema recurrente de conversación.

¿Quién opinaba así? Una niña hermosa que intentaba luchar por el socialismo.

—Pero que nunca sufrió en carne propia la necesidad, el hambre o el frío. El plato caliente de comida siempre te espera servido en la mesa. Yo hice todo esto de la nada —comentaba su padrastro en el cenit del disgusto, golpeando bajo, conocedor del odio que profesaba la joven con ideas revolucionarias a la escala social que en suerte le tocó.

—Nadie hace tanta plata sin ensuciarse las manos —ella nunca se atoraba con las palabras y siempre decía lo que pensaba aunque eso pudiera traerle inconvenientes.

—¿Qué me estás queriendo decir, querida? —limpiarse la boca con la servilleta, arrojarla enojado, mirar exorbitado a la madre de aquella jovencita impertinente.

—Exactamente lo que dije —no agregar nada más, no bajar la vista, soportar su mirada, la mirada burguesa que algo escondía, porque ninguno estaba limpio, todos encubrían algún extremo mugroso.

Ellos nunca llegaban a un acuerdo y siempre terminaban disgustados, debiendo interceder la madre para enfriar los ánimos.

—Bueno, bueno, no hablemos de política en la mesa, tampoco de fútbol ni de religión —pero ya era tarde, se había dicho lo que se dijo y ninguno de los dos volvía a dirigirse la palabra.

La inestabilidad emocional de Clelia preocupaba a su madre. Nunca imaginó la bomba silenciosa que cargaba en el interior de su menudo cuerpo. Con ilusorio amor materno pensaba que prometiéndole dinero todo se solucionaría.

—Porque tu padre no se desvivió trabajando para nada. Él dejó los ahorros suficientes para que termines los estudios donde y cuando quieras. Vos no tenés que preocuparte por nada. Tenés que ser feliz, nada más que eso Leli, ser feliz. ¿Me lo prometés?

—Sí, sí, ser feliz, eso quiero mami.

—Bueno, entonces yo te voy a ayudar hijita.

Soportando su lacia cabellera sobre la falda, le secaba las lágrimas desesperadas cuando su niña imaginaba inaccesible el posgrado que soñaba hacer en Francia durante un año, en medio de la sociedad europea, respirando el espíritu de mayo del 68, las comunas, caminar a la orilla del Sena, comprar libros prohibidos y vivir en el barrio Latino en medio del pensamiento libre y la bohemia del que añora un futuro mejor para los demás.

Su padrastro, el maldito burgués, se refería a Clelia, con cierto sarcasmo y paciencia, cómo "mi hija": al ser todos sus hijos varones, el que lo escuchara sabía perfectamente a quien se refería. Cuando decía "mi hija" dejaba escapar una sonrisa cansada, levantando las cejas, impostando piedad, aunque se cuidaba de hacerlo en su presencia, conocedor del idilio que la niña le profesaba a su difunto padre.

¿Se avergonzaba de su pasado cuando en las reuniones del Partido escuchaba las arengas revolucionarias? Era bella como pocas: pelo negro, pesado, hermoso, aunque intentara arruinarlo con cortes estrafalarios. Incluso esos desniveles que hacía en su cabeza provocaban que sus ojos rasgados, color miel, resaltaran junto con su nariz perfecta, fina, entornada al cielo y su piel clara que corría suave a las manos, senos pequeños y duros, todo a favor para triunfar en un mundo capitalista que ella no elegía.

Conforme fue adentrándose en el Partido Revolucionario, los alrededores de su cuerpo mutaron: intentaba afear sus facciones con suciedad, espaciando sus visitas a la ducha, evitando el maquillaje, ropa vieja, rota y desgastada. Dejó de depilarse las partes privadas, como si en el exceso de vellos púbicos se distinguiera una buena comunista La igualdad, la monotonía, la pertenencia, la Europa oriental tras el muro, un identikit de las imágenes que de allí llegaban.

Y en su enamoramiento por el Marxismo, si de algo estaba segura era de que no adhería al *luche y vuelve* que profesaban quienes deseaban lograr el regreso al país del General Perón, aunque debía fingirlo para ser una más entre las masas que adoraban al viejo líder en el exilio. Ella, en realidad, veía al General como un maldito burgués y no se cuidaba de decirlo en ningún ámbito.

—Es un viejo fascista, un hijo de puta.

De a poco su vida comenzó a cambiar. La fueron conquistando esos jóvenes que le buscaban el sentido a todo, las películas rusas, los discursos, los amplios debates, estudio, las lecturas grupales, planear quiméricos asesinatos a los traidores del pueblo, tener un propio Moncada(2), los cigarrillos, que jamás disminuían de los labios, el humo inundando todo el espacio de reflexión, la promoción al frente militar, las armas, los operativos y el pueblo deseando que esos niños hablasen por ellos.

Y así llegaron las marchas, más reuniones, los pantalones de *jean* sucios, las camisas que bien podían ser masculinas, asambleas, discursos, la seducción por quienes marcaban el camino, el hacinamiento, el peligro, las primeras muertes y esa mirada fría que todos temían, dudaban y comentaban.

¿En dónde la había obtenido?

1) ESCUELA DE CUADROS: Institución clandestina en donde se enseñaba la doctrina del movimiento, partido u organización armada a la que representaba. <u>CUADRO</u>: Persona involucrada en una organización política o armada.

2) CUARTEL DE MONCADA: Todo buen revolucionario argentino soñaba con participar de un asalto a un cuartel del Ejército tal cual lo hicieron Fidel Castro y sus seguidores. Aunque con este hecho fracasó en un primer momento y fue detenido, fue el que le dio inicio a su historia. Opinan los entendidos en táctica y estrategia que los guerrilleros argentinos compraron un falso ideal. Lamentaron cientos de muertos empeñados en tomar dependencias militares con los riesgos que ello requería cuando a la Casa Rosada se podía llegar en subterráneo y bajarse a veinte metros de la puerta principal.

El tropezón que será

Héctor González había elegido bien. Le gustaba su trabajo. No recordaba si su ingreso en la Policía de la Provincia de Córdoba se debió a la vocación, necesidad o casualidad, aunque sí estaba seguro de que, desde el mismo instante en que fuera destinado para prestar servicios en la localidad de La Calera disfrutaba de aquel rincón del mundo sin ruido ni polución, donde la gente vivía con excesiva calma y respetaba la liturgia sagrada de dormir la siesta.

Si bien la Ciudad de Córdoba, capital de la provincia del mismo nombre, distaba a solo 20 kilómetros de una ruta ondulante bordeando las sierras, la lejanía era suficiente para que sus problemas no contagiaran a los apacibles habitantes de La Calera, acostumbrados a verse rodeados de paisajes verdes, sierras y algún que otro lago perdido en medio de un mapa mediterráneo.

La Calera era el lugar soñado para trabajar de policía, aunque utilizar ese verbo fuera condescendiente con las actividades que realizaban los guardianes del orden en un sitio donde los índices de delincuencia calculaban su inexistencia.

Allí nunca sucedía nada distinto más que la rutinaria tarea de vivir. El único antecedente de honor, si debía ponerse empeño en encontrarle alguna virtud al insignificante punto geográfico, es que, dentro de sus límites, en el año 1955 se registró el último foco de resistencia en defensa al General Perón en aquellos tiempos de su tan mentado gobierno y posterior caída.

González no había participado en un enfrentamiento armado desde su ingreso a la Policía Provincial y tampoco pensaba con seriedad que en La Calera pudiera encontrarlo. Cargaba su arma cumpliendo la obligación con el uniforme y la Institución. De haber sido por su criterio la cartuchera hubiera decorado vacía su vestir hacía tiempo: le pesaba y molestaba adosada a la cintura dificultándole los movimientos.

Y, pese a que no le gustaba ir armado, amaba ser Policía por el respeto con que lo trataban, conocer a todos los vecinos, saludar, las respuestas del buen día señor, su nombre y apellido, las atenciones nacidas de la admiración; ¿la impericia o la casualidad lo entrometió en los destinos de la lucha revolucionaria?

La última imagen que recuerda es saludando con una sonrisa y frotándose las manos aquella fría mañana de octubre de 1969, antes de empujar la puerta de la sucursal 'La Calera' del Banco de la Provincia de Córdoba: su cabeza moviéndose contraria al avance del cuerpo continuaba empeñada en dar los buenos días a todo aquel que lo cruzara, mirando hacia los costados, atrás, cómo una estrella de televisión cuando es reconocida. ¿No percibió su instinto policial nada raro? Quizás su olfato aún dormía entre la somnolencia y el rocío de la madrugada.

"Cuantas ganas de seguir tapado en la cama", pensaba tan confiado que no supo traducir ciertos detalles que le salieron al paso.

Todavía respiraba las legañas de la mañana. Sus ojos, incrédulos, tardaron en darle la indicación al cerebro, decisión que por otro lado no sabía cómo llevar a la práctica: desenfundó su pistola virgen de combates, la telaraña dentro del cañón y la duda tomándolo por sorpresa.

¿Llegó a disparar? Él, cuando acudió la ayuda aseguró que sí, luchando por mantener tranquila su consciencia. Sin embargo, su testimonio es dudoso, con tintes de parcialidad.

¿Se iba a morir?

Era muy probable.

Su cuerpo perdía sangre, estaba a punto de desmayarse y el ruido ensordecedor de los disparos no le daba la tranquilidad necesaria para la ascensión. Era preciso resistir un tiempo más. ¿Cuánto duraría el tiroteo? ¿Llegarían a trasladarlo al hospital de la Ciudad de Córdoba antes de que se extinguiera el precioso líquido rojo de su cuerpo? ¿Se desangraría esperando una definición?

En el robo a la sucursal 'La Calera' del Banco de la Provincia de Córdoba extraviarían la doncellez los misteriosos personajes que atacaban a los policías desde el interior de la entidad financiera. Aquella sería la primera operación en conjunto de la incipiente Organización Revolucionaria que luego sería famosa, aunque ese no era el momento de dar a conocer su nombre. El que nos ocupa fue un hecho pensado exclusivamente para recaudar el dinero vital para la profundización de la lucha popular en beneficio del líder derrocado y exiliado.

¡Viva Perón!

¡Abajo la dictadura!

El comando encargado del operativo estaba compuesto por el grupo fundador de la Organización Revolucionaria en su totalidad: quienes se repartían ese orgullo eran 12 combatientes provenientes de Buenos Aires y demás miembros autóctonos de la Provincia de Córdoba, lugar elegido para iniciarse, hacer sus primeras armas y reunir experiencia.

A la Organización que luego daría a conocer su nombre la integraban jóvenes decididos de veintidós, veintitrés, quizás alguno de veinticinco años, deseosos de un mundo mejor, la vuelta de Perón y de paso vengarse de las afrentas recibidas por más de 15 años, aunque ellos, por su corta edad, no las experimentaron en carne propia. No obstante, luchaban con la seriedad de representar la memoria de sus mayores.

Previo al primer operativo en La Calera, los combatientes fueron reuniendo horas de vuelo en hechos menores: recuperar armamento, municiones, dinero, vestimentas e identificaciones pertenecientes a las distintas Fuerzas Armadas, de Seguridad y todo lo que fuera útil a la causa.

En principio los pertrechos se consiguieron de diversas maneras:

robos a coleccionistas, armerías, museos, polígonos, pero la principal fuente de equipar al grupo fue reduciendo policías en la vía pública, aprovechándose de la sorpresa del agente:

—No se mueva, no le va a pasar nada, es el pueblo el que le habla, le incautaremos en su nombre la pistola y su credencial.

Y no había mayores problemas, no llegaban al derramamiento de sangre, todavía no era necesario. Los uniformados comprendían que aquel arrebato era en beneficio de las masas. No se resistían al verse rodeados por varios jóvenes con actitud amenazante en la soledad de una calle oscura.

—Bueno, bueno, tranquilos muchachos, tomen, llévense lo que quieran, pero no me hagan nada.

El primer operativo en la localidad de La Calera fue minuciosamente planeado. Junto con el objetivo de recuperar el dinero que le correspondía al pueblo, se decidió de manera tajante no lastimar a nadie: reducirían al personal, tomarían los valores acopiados en las cajas de seguridad y pintarían con aerosol las paredes, inmortalizando frases en adhesión al liderazgo de Perón, la necesidad de su regreso y el enfrentamiento a muerte con la Dictadura Militar. Todo el accionar se reduciría al interior de la entidad financiera.

En el pensamiento razonable, deberían haber sospechado las posibilidades de muerte llevadas bajo la piel de la vida que eligieron vivir. Quizá el espíritu arriesgado, hijo de la juventud, funcionaba como manos tapándole los ojos de la razón.

Cuando el tiroteo cedió, en el interior del Banco, Carlos, el joven más audaz y la voz de mando del grupo, miró sobre su hombro contando mentalmente mientras escapaba, recitando a la vez los nombres de todos sus compañeros: Norma, Susana, Emilio, Ignacio, Alejandro, Cristian, Mauricio y él mismo. Eran ocho. Seis hombres y dos mujeres. Los mismos que habían entrado en acción. Por el momento todo resultaba perfecto. En el escape saltaron al policía que agonizaba en el suelo y salieron todos ilesos cargando el dinero recuperado por y para el pueblo.

—¡Vamos, vamos!

Mientras corría, Carlos se extravió por un segundo de la realidad y sonrió satisfecho: habían disparado en un enfrentamiento real, olieron la pólvora, el miedo y hasta pudieron ver sangre. Hubo complicaciones, pero las sortearon con madurez.

Y una vez en la calle, ante el asombro de los policías y los pocos curiosos, debieron hacer hablar a sus pistolas en señal de advertencia, aunque no encontraron mayor resistencia. Todo marchaba según lo planificado.

—¡Viva Perón, carajo!

Los jóvenes prófugos se dividieron al azar en dos automóviles, los mismos con los que habían llegado y fueran requisados el día anterior. Cuatro y cuatro, la fórmula equitativa. Cerraron las puertas, dieron marcha, pero el vehículo de adelante no arrancaba, su motor tosía, no quería saber nada con colaborar en la huida. Carlos, rápido de reflejos, no por nada era el más resuelto de los muchachos, hizo señas desesperadas a sus compañeros.

—¡Suban acá! ¡Vengan!

Y las puertas se abrieron. Los ocho revolucionarios se apilaron, en una clara muestra de su consciencia social, en un mismo automóvil.

—¡Vamos! ¡Vamos! ¡Rajemos!

¿Por qué el asalto al Banco se desarrolló a cara descubierta? Lo pensaron una vez que todo terminó y el error los sorprendió conspirando contra la inexperiencia. Se lamentaron. Ya no podrían volver a los lugares que frecuentaban porque serían intensamente buscados y deberían pasar un largo tiempo escondidos, recapacitaban los jóvenes revolucionarios en la realidad del lamento mientras regresaban a la Ciudad de Córdoba por un camino ondulante bordeando las sierras.

En ese instante, cuando la fuga era un hecho consumado y la adrenalina descendía, acomodándose entre el tumulto de las extremidades de sus compañeros, ¿ninguno reflexionó que el lugar escogido para el golpe quedaba a diez minutos de los cuarteles centrales del Tercer Cuerpo del Ejército? Y para empeorar el panorama, las instalaciones castrenses se situaban sobre el mismo y único camino de escape: de haber intervenido los efectivos militares seguramente hubieran aniquilado a la partida revolucionaria en el mismo día de su bautismo de fuego.

Pero eso no sucedió.

Tuvieron suerte.

El efecto sorpresa fue perfecto.

—Fue un asalto común, perpetuado por delincuentes comunes —concluyeron los expertos hablando de cara al periodismo que revolucionado buscaba información—. Un grupo comando bien preparado robó el dinero de las cajas del Banco y huyó, no sabemos quiénes fueron, tres policías resultaron heridos, un hecho desagradable que empañó la tranquilidad de la localidad.

Minimizando el acontecimiento histórico, las autoridades se encargaban de resaltar en los periódicos del día siguiente lo ocurrido en la localidad cordobesa de La Calera.

Una vez recuperado de las graves heridas, Héctor González decidió reintegrarse al trabajo: sus dos compañeros lastimados en el mismo hecho, asustados, solicitaron el retiro, se jubilaron, tenían miedo de que volviera a suceder:

—¿Acá? No, no puede ser. Con el Ejército tan cerca tendremos que implementar un sistema de alerta más rápido para que, si ocurriera un caso similar, nos puedan auxiliar, tomar medidas para estar atentos: es imposible que se repita muchachos. Quédense tranquilos —intentaban, desde la Jefatura Policial, trasladar tranquilidad a sus hombres.

González tardó aproximadamente un año en curarse de las heridas recibidas. ¿Había disparado? Íntimamente sabía que no. Apretó el gatillo por instinto, por contracción muscular del miedo y el dedo índice que obedeció el fruncir de la baja espalda; así como sus disparos perforaron el revoque del techo podrían haber matado a un empleado del banco, a un delincuente o a un cliente.

¿Tenía miedo? Su familia y sus amigos no compartían su decisión de continuar trabajando. Le aconsejaban que pidiera el retiro.

—¿Para qué te quedaste en la Policía? ¿No fue suficiente que casi te maten? —Le reprochaba indignada su mujer todas las noches.

"¿Y qué voy a hacer?", pensaba en uno de sus primeros días de vuelta en el servicio activo, mientras regresaba de realizar unos trámites en la ciudad de Córdoba. Desde su reincorporación se dedicaba a eso: correo. Llevar y traer papeles. De a poco se iría reinsertando en el trabajo activo.

"Ya estoy", pensaba mientras entraba en La Calera y tomaba la calle principal, la única con importante caudal de tránsito, la que pasaba por la Plaza Principal, el bar, la Municipalidad, la Iglesia y la sede del Banco Provincial.

"Dejo el auto y desayuno. Leo el diario si es que ya llegó, pero no creo, con este clima horrible todavía no lo habrán repartido", Héctor proyectaba mentalmente el futuro de la mañana, la tranquilidad y el regreso a la rutina esforzándose por distinguir el camino a través de la neblina tan cerrada.

Sin embargo, en las calles principales de La Calera no todo estaba tan tranquilo como él pensaba. En cuando la niebla se abrió dejando que su auto fuera reconocible, la confusión, los gritos y las detonaciones volvieron a tronar en aquel lugar en medio de las sierras cordobesas.

—¡La cana! ¡Dispará! ¡Tirale! ¡Tirale!

¿Héctor pudo reaccionar? La estadística estaba en su contra. Lo que en el noventa y nueve por ciento de los casos no sucedía, lo tomaba siendo el número menos probable. Un hecho casi imposible se volvía a repetir y encontraba al mismo Agente de Policía como protagonista:

—¿Otra vez? ¡La gran puta! —Dio un grito de incredulidad, pegó un volantazo, pero ya era tarde para rectificar el camino: la suerte le volvía a jugar una mala pasada, y cuando las malas nos marcan es inútil intentar escapar.

El 1.º de julio de 1970, tan temprano en la mañana, alguien reconoció el vehículo y su uniforme y disparó ráfagas de ametralladora. Tres descargas colisionaron contra su cuerpo, uno en la cabeza, los restantes en los hombros.

—¿Otra vez? ¿Puede ser? —se quejaba González mientras perdía el control del auto y pedía permiso para morirse, autorización que le fuera denegada un año atrás.

La investigación por el robo a la sucursal 'La Calera' del Banco de la Provincia de Córdoba que sucedió en octubre de 1969 se clausuró a los pocos meses sin resultados positivos: la causa quedó archivada, dormida, la olvidaron. Nunca se descubrió a quienes se llevaron el dinero e hirieron de gravedad a tres policías. ¿Descubrirían quiénes fueron los delincuentes que el el 1° de julio de 1970 volvían a dispararle a Héctor González, justo un año después del hecho delictivo que conmocionó a la pequeña localidad cordobesa?

Darse a conocer

La consigna era aparecer en la primera plana de todos los diarios, en boca del Presidente Lanusse y los demás miembros del gobierno de facto, así como también en los oídos de los sindicalistas, los burócratas del Movimiento Nacional Justicialista, en las manos de Perón que arbitraba desde el exilio las decisiones políticas y sobre todo en el interés de una población dormida, distante, la que por temor o displicencia no se fijaba en el rostro de los dirigentes de turno, mientras sus bolsillos pudieran descansar en paz.

Lo acostumbrado.

Lo de siempre.

Por el momento el plan se desarrollaba a la perfección: en la caja de una camioneta Gladiador viajaba la presa, escondida bajo una carga con fardos de pasto. Dos de los captores iban a su lado con nerviosa expectativa. Uno de ellos empuñaba un cuchillo de combate. Se había decidido que, si eran interceptados por las Fuerzas Represivas del Estado, el secuestrado sería ultimado, no fuera que escapase impune al juicio revolucionario que le esperaba al fusilador de cientos de trabajadores, compañeros y militantes.

El capturado se llamaba Pedro Eugenio, y era un viejo General, exresidente de la Nación por la fuerza que conservaba aspiraciones a otro periodo de gobierno prescindiendo de la opinión popular, soñando con erigirse como el pacificador de la Argentina, cuidándose de no reincidir en los errores que en el pasado lo obligaron a abandonar la Primera Magistratura. Aunque lo hubiera derrocado en el 55, y lo odiara con todas sus fuerzas, imaginaba ser el nuevo Juan Domingo Perón.

Durante el traslado a Pedro Eugenio se lo notaba deprimido: en menos de dos horas había perdido la dignidad, el poder acumulado en más de 30 años de servicios a la Patria: ese General, al que una mirada pétrea le bastaba para acobardar a sus amigos y enemigos, viajaba encorvado y dolorido en la caja de una camioneta, de una forma que no lo hizo ni en su juventud, en las épocas más duras de instrucción militar.

"¿Qué es esto? ¿Qué mierda es todo esto? ¿De dónde salieron estos pendejos?", pensaba el General Pedro Eugenio entre asombrado y suspicaz, sin perderse ningún detalle de todo lo que sucedía a su alrededor, sintiendo la muerte acechando en las armas y los dedos nerviosos tan cercanos al gatillo, la posibilidad de ser víctima de un apuro, del miedo, de un error de apreciación que hiciera disparar a sus captores.

De no ser por la impotencia que sentía, quizá aquella maniobra arriesgada le hubiera provocado cierta admiración.

¿Y qué deseaban vengar esos muchachos? El Golpe de Estado de 1955, los fusilamientos, el bautismo de fuego de la Aviación Naval Argentina, la proscripción, torturas, miles de presos que se pudrían en las cárceles por ideas políticas y sobre todo el secuestro de una momia que aún añoraban recuperar.

De hacerse un simposio de psicología mundial las conclusiones serían pocas para diagnosticar la enfermedad padecida por los habitantes de la República Argentina: puede que las respuestas haya que buscarlas en su brisa, en sus pastos, sus aguas o algún problema genético ancestral, la infamia sanguínea, ese factor negativo en las venas, cualquiera fuera la posición política o creencia religiosa del portador.

La condena a pensar con inmediatez, sin visión de futuro.

Es probable que el trofeo de donde sacaban fuerza los bandos en pugna para fomentar el odio versara sobre el cuerpo sin alma de María Eva Duarte de Perón, que cuando todavía respiraba fue objeto de amores y odios, fanatismos y repugnancias: una vez que dejó la tierra de los vivos, para dolor de muchos y consuelo de otros tantos, se buscó eternizarlo conservando los rasgos de sus últimos instantes de existencia.

Para lograr la momificación, el viudo Juan Domingo Perón contrató al mejor embalsamador del mundo. Este profesional se valió de extrema paciencia junto con técnicas revolucionarias para hacer su trabajo.

En esos tiempos todo era revolución.

Pero a causa de los tiempos virulentos que transcurrían, y las diferencias con el mundo egipcio, no se le pudo dar a la momia un lugar de reposo digno de su estatus social y de su entrega en vida por los demás.

Es por ello que, mientras Perón resolvía donde ubicarla por el resto de sus días, se la albergó en una improvisada capilla ardiente en la sede central de la Confederación General del Trabajo. Quizá la mayoría opine que el *vía crucis* de la difunta comenzó cuando secuestraron su cadáver, sin embargo, hay quienes consideran que el primer paso de su martirio fue cuando se decidió eternizar sus facciones, manteniéndola ajena a la putrefacción natural que sobreviene a la muerte.

—He venido a llevarme el cadáver —anunció el Teniente Coronel Moori amparado en las sombras, derribando a patadas todas las puertas que se negaban a cederle el paso en la noche, mientras la Argentina se debatía entre palabras de pólvora y disparos su futuro constitucional.

Moori era el jefe del comando militar que tomó por asalto el edificio de la Confederación General del Trabajo y profanó el lugar donde descansaban provisionalmente los restos sin vida de María Eva Duarte de Perón cuando el Golpe de Estado triunfó y el Presidente huyó en una cañonera paraguaya sin mirar atrás.

El grupo de soldados fue comisionado por el General Pedro Eugenio, el mismo que muchos años después se encontraba encerrado en la caja de una camioneta, rodeado de jóvenes desconocidos que lo custodiaban con ojos de hierro, procurando ocultar la duda en sus pensamientos.

¿Por qué tanto ensañamiento con alguien indefenso? Por dos motivos fundamentales: la odiaban, la odiaron y la seguirían odiando por los siglos de los siglos, y porque ese cuerpo embalsamado, objeto de culto entre las masas populares, podría ser la mecha regenerativa de la resistencia de los más humildes, una bandera tras la cual escudarse e infundirse valor. En la circunstancia en que se hallaba sumido el país, el estado de excepción, no podían darse el lujo de permitir tales actos de barbarie.

¿Tanto miedo les generaba una muerta? ¿O nada más deseaban darle cristiana? Con el presidente Perón derrocado y exiliado, el último objetivo que les restaba era expulsar del país a su difunta esposa y hacia ese objetivo se dirigía la partida militar a cargo del Teniente Coronel Moori.

Pero, como todo lo que se hace en un país enfermo degenera en tumor, sin órdenes claras, una vez hurtado el cadáver, nadie sabía qué hacer con él ni qué decisión tomar.

—Aquí no lo queremos, llévenselo inmediatamente —se horrorizaban los jefes de las distintas reparticiones militares que recibían los restos embalsamados.

El ataúd, con la momia durmiente, peregrinó por distintos garajes, depósitos, organismos oficiales, un simple pasillo o en una habitación del departamento en donde vivía Moori. Y tal cual la maldición de *Tutankamón*, ese cadáver también parecía maldecir a quienes lo vejaron.

—¿Cuánto tiempo se va a quedar? —protestaba la mujer de Moori espantada por convivir con una muerta en su casa.

—El que sea necesario, y no se habla más del tema, es por el bien de la Nación.

—Pero mí amor, me da un poco de miedo —insistía acariciándose la panza.

—No pasa nada, no seas absurda, está muerta. ¿Qué puede pasar?

—No sé, pero me da miedo.

—Nada, no pasa nada, lo peor ya pasó, por suerte se murió.

¿Por qué protegían el cadáver con tanto hermetismo? Porque se trataba de un pasado de golpes y contra golpes, ataques y respuestas, moretones, valor, heroísmo. El hierro candente, la afrenta recibida acusaba resentimiento en ambos bandos: unos queriendo recuperar el cuerpo de la mártir, otros guardando el secreto e intentando no quemarse con el peso de la historia.

Y mientras decidían qué hacer con la momia, Moori dormía con una pistola bajo la almohada por si mediante un golpe de mano las fuerzas leales a Perón intentaban recobrar el féretro, aunque esa prevención no sirvió de mucho para el ocasional destino de los disparos de su arma temerosa.

Una madrugada, ese valeroso soldado, escuchó pasos en la habitación en donde guardaba el ataúd. Inconmovible, con todo el arrojo que lo caracterizaba, decidió tomar la pistola que moraba bajo su nuca, abandonó en ropa interior su cama y realizó dos disparos preventivos sin abrir la puerta, por si acaso los fantasmas existían. Pero el espectro no era tal.

Lamentablemente se trataba de su esposa embarazada que murió en el acto, sacrificada por la imprudencia de su marido y una época infame. Ella no resistió a la tentación, no quería que la historia le pasara por delante de sus ojos sin verla y se acercó a donde descansaba la ilustre muerta.

—¿Qué hice? ¿Qué hice? ¡Por dios! —se lamentaba el Teniente Coronel Moori, no sabiendo hasta la fecha si su arrepentimiento era por haber matado a su mujer embarazada o haber participado en la profanación de los restos de Eva Perón.

Dicen las malas lenguas que antes de hacer desaparecer el cadáver, algunos se ensañaron en su contra: golpes, chistes, posiciones humillantes, miembros íntimos refregados contra su cara, penetraciones, quemaduras de cigarrillos, orín y el olvido, el archivo en algún lugar del planeta, fragmentos de tierra que al parecer únicamente el General Pedro Eugenio, secuestrado en manos de esos muchachos en 1970, conocía con exactitud.

Los jóvenes no se podían permitir errores, y por un momento no los hubo. Habían decidido que el operativo significaría la aparición pública de la Organización Revolucionaria. De ello dependía su futuro y la dignidad del pueblo.

Quizá era acertado el pensamiento en un cincuenta por ciento: de fracasar, ese grupo de jóvenes sería detenido, tal vez todos muertos y siendo el hazme reír de las personas mayores. Pero de triunfar ocuparían de un salto el centro de la escena política nacional.

Era jugarse a cara o seca.

Todo o nada.

En el operativo intervinieron 12 personas. Todos los miembros fundadores. Un porcentaje elevado de la Organización: la totalidad.

La planificación del secuestro se desarrolló en maratónicas reuniones, amparados por la madrugada clandestina, a la luz de alguna lámpara artificial hasta que se veía reemplazada por la naturaleza solar.

¿Cómo hacer? ¿Tendrían valor? ¿Podrían?

Claro que sí.

Buscando en archivos de prensa encontraron, en una revista de tirada semanal en donde las personalidades más importantes del país exhibían orgullosas sus pertenencias, fotos del interior del departamento de la presa. Pedro Eugenio, de manera obscena para las clases oprimidas, posaba orgulloso exponiendo los ambientes, los recovecos, los muebles lujosos, la propiedad privada que se debía abolir: tamaña indiscreción les regaló una idea valiosa de cómo debían manejarse cuando lograran ingresar a la vivienda, aunque ese objetivo aún se representaba lejano.

Pasaron incontables noches desveladas pensando ideas, desechando borradores, discutiendo la manera de llevar a cabo el secuestro, hasta que se les ocurrió la que finalmente ejecutaron; aprovechando el paso por la escuela militar de algunos de los integrantes del grupo alguien deslizó que estos podrían fingirse soldados, entrar con alguna excusa a dialogar con el General y sacarlo por la fuerza, incluso ajusticiarlo en su propia casa si se resistía a cumplir órdenes.

—¿Así nomás? ¿Les parece que vamos a poder entrar tan fácil?

—Sí, ¿por qué no?

Aprovechando la ventaja de ser muy jóvenes pensaron en disfrazarse de militares e ir a tocarle la puerta para ofrecerle custodia: con un corte de pelo adecuado pasarían por oficiales, conscriptos, soldados o lo que quisieran aparentar.

En un aquelarre de prendas zurcieron los *Frankenstein* de tela y color verde aceituna entre lo que cada cual fuera aportando: visitaron negocios, sastrerías, almacenes de rezagos del Ejército, algún que otro recuerdo del Liceo Militar, la donación de un antiguo oficial retirado simpatizante con la causa, para luego coser y unir todo, colocando insignias y botones.

Con los remiendos y las compras quedaron confeccionados dos uniformes: quienes los vistieran harían las veces de Capitán y de Teniente Primero del Ejército Argentino. Además, inducidos por las habilidades modistas de un miembro del grupo, crearon un disfraz de cura y otro para representar a un suboficial de la Policía Federal que los utilizarían quienes estuvieran a cargo de la contención(1) en las inmediaciones del departamento de la presa, buscando que sus presencias no despertasen sospechas.

El grupo estaba listo. Mario sería el falso policía, Fernando utilizaría el uniforme de Capitán, Emilio de Teniente Primero y, como les faltaba un disfraz, se decidió vestir a Abel con un pilotín y pantalones verdes improvisados que ayudaban a dar la sensación de ser los de un soldado conscripto.

Distribuyeron varios automóviles por toda la ciudad, a modo de postas, dentro de las estudiadas rutas de escape, en donde realizarían los cambios de transporte y el abandono de los autos ya utilizados: fueron varios meses de escrupulosa preparación.

Nada debía quedar librado al azar.

La minuciosidad los llevaba a extremos con delirios persecutorios temiendo por las huellas que pudieran delatarlos. Ignoraban todo acerca de las pericias criminalísticas, pero les bastaba con sospechar, nada hacían sin guantes, no dejaban marcas en los vasos y las municiones que serían utilizadas en el operativo fueron limpiadas una por una.

El día acordado, a la hora señalada, una caravana de vehículos transportaba al grupo de asalto junto con quienes se encargarían de la seguridad en los alrededores. Todos sabían que en la operación podían dejar olvidada la vida, y aun así estaban decididos a ofrendarla por la causa.

Al grupo lo conformaban todos hombres exceptuando a Norma, la flaca de gestos inconmovibles: delgada, peluca rubia, vestida de manera impecable, con el rostro pintado como una modelo. Ella secundaba la mini caravana de vehículos en una Pick up, siguiendo al Peugeot 504 conducido por Carlos que abría paso a la columna y llevaba a las tropas de asalto, conformada por Emilio, Fernando y Abel.

Carlos detuvo el Peugeot en la puerta del edificio donde vivía el General enemigo aprovechando el escaso tránsito. Esta merma en la circulación, con tintes de guiño azaroso, se debía a obras realizadas sobre el pavimento, bacheando la calle para conectar algún tendido del servicio público y reduciendo la calzada con corralitos rodeando los pozos: la obstrucción ideal, la ayuda divina para que el movimiento no despertase ninguna suspicacia.

Fernando, Emilio y Abel descendieron con actuada gallardía: eran los tres hombres elegidos para dar el histórico golpe de mano. Expectante quedó Carlos esperando en el interior del Peugeot 504, atento para permitir la fuga inmediata en caso de que se produjera algún contratiempo.

Cuando el encargado del edificio, un morocho alto y musculoso, reparó en el auto que acaba de estacionar obstruyendo la entrada del garaje, mostró intenciones de reprimirlos, pero se contuvo.

—¡Ahí no se puede! ¿No ven el cartel? —gritó de mal humor, pero su valor se transformó en una piedra detenida en el aire al identificar los uniformes militares. Sus modos serviciales de arrepentimiento causaron gracia en los jóvenes revolucionarios—. Perdón muchachos, no los vi, no me di cuenta. Yo les cuido el coche.

—No hace falta, gracias, se queda a esperarnos el chofer —respondió al instante, con tono marcial, Fernando.

El último grupo de apoyo, la cola de la caravana, continuó su marcha hasta la esquina, deteniendo el motor sobre la Avenida Santa Fe. Dos personas iban a bordo de un Renault 4L. Mario se apeó del asiento del acompañante impecablemente disfrazado de Policía dejando la puerta abierta: sobre el asiento descansaba una ametralladora esperando en caso de emergencia junto con una caja de granadas acomodadas con prudencia al alcance de la mano.

Cuando realizaron las tareas de inteligencia, los meses previos pudieron identificar que todos los días se encontraba apostado en esa misma esquina un policía. Esa mañana tuvieron suerte de no cruzarlo. Fue afortunado el hecho, ya que quien estaba parado a diario en esa intersección ostentaba en el pecho una jerarquía superior que las insignias zurcidas al disfraz de Mario. ¿Qué hacer con él? ¿Matarlo? ¿Seguir la pantomima, saludarlo y obedecer sus órdenes?

Los cuatro miembros del comando apostados fuera del edificio esperaban ansiosos a los tres compañeros que ingresaron pintados de verde oliva. ¿Sería la última vez que los verían con vida? ¿Saldrían ilesos de la operación? ¿Se precipitaron en ejecutar un golpe tan arriesgado?

La lucha lo valía. Allí comenzaría la historia, o nunca se escribirían sus nombres.

Todos los ojos se concentraban en un punto: la entrada del edificio. La calma con manto teatral asustaba y tensaba los nervios. Delante de la camioneta que esperaba la salida del grupo de asalto intentó estacionar un Fiat 600. El conductor pidió permiso al supuesto policía para quedarse detenido unos minutos. El falso agente del orden le negó el consentimiento. Desde la ventanilla, quien manejaba, que estaba a punto de interferir con un hecho histórico, protestaba.

—¿Y por qué la pick up sí? —porque allí iba el grupo de apoyo y en ella debía cargarse al secuestrado, si es que llegaba a salir.

—¡Circule! —ordenó Mario con grandeza autoritaria mientras agitaba la palma recta de la mano a la altura de la frente, echándose una leve brisa refrescante en el rostro, culminando con un grito marcial del cual él mismo se sorprendió.

El ciudadano se fue molesto, aceleró resignado, insultando a la corrupción policial con un gesto poco feliz.

—Cana de mierda —masculló en silencio.

Los minutos transcurrían y nadie salía del edificio. A toda velocidad, desde la esquina, se aproximaba una camioneta de asalto de la Guardia de Infantería. Solo Mario reparó en ellos y, antes de agacharse a tomar la ametralladora, los saludó con tranquilidad. Los policías que pasaron con el tránsito contestaron sonriendo a su supuesto camarada.

No habían levantado ninguna sospecha.

Y por fin reconocieron a uno de los personajes más controvertidos de la historia Argentina, responsable de cientos de muertes, ultrajes, vejaciones y torturas, saliendo tranquilo del edificio acompañado de tres jóvenes, a los que quizá odiaba por la impotencia de no poder aplastarlos como hubiera hecho en épocas pretéritas, cuando detentaba la Presidencia de la Nación

El ex-Presidente de facto caminaba en medio de Fernando y Emilio, quien lo guiaba con un brazo encima de su hombro, liberalidad impensada para un oficial que ostentaba su escasa jerarquía: con esa gentileza quizá intentaba tranquilizarlo. Fernando, continuando con los improperios, tomaba el brazo que le quedaba libre al viejo militar apretándolo levemente con cada paso.

El ojo humano no llegaba a divisar que Fernando llevaba bajo el pilotín una ametralladora y tocaba imprudente con el cañón las costillas al secuestrado.

Dada las internas militares y la actividad política, que pese a su retiro de la escena Pedro Eugenio continuaba manteniendo, podía llegar a esperar un hecho de esas características: algún alto jefe, su enfrentamiento con el Ministro del Interior, otro General con aspiraciones presidenciales. La orden pudo haber provenido de diversos sectores, pero de haberle advertido un tiempo antes lo que le iba a suceder, y en manos de quiénes caería, tal vez hubiera reído estridentemente en medio de un ataque de incredulidad.

Pero no, era creer o reventar. Sus captores lo subieron con extrema calma al Peugeot 504 que esperaba en la puerta del edificio.

—Cuidado con la cabeza General —lo advirtieron con cordialidad y lo ayudaron como se hace con los detenidos sin delatar signos de violencia.

Cuando Carlos estuvo seguro de que todos estaban adentro del 504, pisó el acelerador y esa acción significó la señal para que todos los demás miembros del grupo tomaran posiciones en sus respectivos móviles en apoyo al principal: el primer paso estaba dado, solo restaba no tropezar en la caminata.

1) CONTENCIÓN: Dícese de la protección de los alrededores del lugar donde se desarrolla un operativo. En las inmediaciones se destacará un grupo de hombres para retrasar a las Fuerzas de Seguridad, dar alarma temprana a sus compañeros y darles tiempo a estos para que escapen de las garras de la opresión.

Quebrados

—¡Cantá hijo de puta o te mando para el otro lado! Acá perdiste, no te va a buscar nadie así que empezá a hablar.

La habitación en donde se concentraban cuatro o cinco personas, seis, a veces, era estrecha, lúgubre, con sabor a humedad, y las voces rebotaban en la oscuridad.

—¡Ayyyy! ¡Ayyyy! —como única respuesta se escuchaba un grito desgarrador—. ¡Nooooo! Por favor, no, déjenme, por favor ¡ayyyyyy!

Y súplicas.

—¿Te duele? ¿No te toco más ahí? No te escucho. Hablá como un hombre. Tenés huevos para andar matando gente, ahora hablá, maricón.

Al grupo operativo lo dirigía Julio 'Araña' Pereyra, y menos la persona que gritaba todos los demás presentes permanecían encapuchados.

—No, no, por favor, me duele, ¡me duele!

En una oficina del tercer piso del Edificio de Seguridad Federal, dependiente de la Policía Federal Argentina, interrogaban a un hombre de unos de veintitrés, veinticuatro, quizás veinticinco años, ¿quién sabe? Tal vez era menor. Lo mantenían desnudo y atado sobre una cama, y si esas circunstancias no resultaban raras, lo más llamativo eran dos cosas: la falta de colchón y su brazo derecho envuelto en una venda que había dejado de ser blanca, estaba teñida con el rojo de su sangre por una herida mal curada.

—Mirá que así como te curamos el brazo te lo podemos volver a hacer mierda, ¿eh? No te creas que zafaste. Decime lo que sabés y ya está, ya pasa todo, vas a un hospital, te atienden, porque si no se te puede poner peor, y creeme cuando te digo que puede ser peor.

—¡Ayyy! ¡Ayyy! —el hombre interrogado gritaba porque la Araña, cuando sus preguntas no encontraban respuesta, le apoyaba la picana, aún sin encender, sobre la herida de su brazo.

—¿No? Bueno, jodete, yo te avisé —levantó resignado los hombros, las cejas, parecía como si no le gustara la situación.

Y el instrumento comenzó transmitir dolor.

—¡Nooooo! ¡Ayyyyyy! ¡Nooooo!

Las risas de los hombres que presenciaban la sesión se hacían más sonoras cuando la punta del aparato por el que pasaba la electricidad se posaba en la punta del pene, los testículos, el ano, y el interrogado aullaba, suplicaba al borde de los llantos.

—No sé nada, señor, ustedes se equivocan, yo no sé nada, se lo juro —con voz desesperada intentaba convencer a los interrogadores de su inocencia cuando la picana dejaba de pasar electricidad.

—¿Ah, no? ¿Y qué hacías ahí?

—Nada, yo no hacía nada, pasé a saludar a unos conocidos.

—¿Sí? ¿Y qué estaban haciendo tus conocidos? ¿Sabés quiénes eran tus conocidos?

—No, no, no sé.

—¿No? Bueno, tendrías que haber sabido antes de meterte ahí, hoy es muy peligroso andar con cualquiera por la calle.

—¡Ayyyy! ¡Noooo! —sin previo aviso el interrogador volvió a posar la picana sobre la piel del detenido.

—¿Y de dónde los conocés a tus conocidos? —se escuchó una intervención detrás de la Araña.

—¡De la facultad! ¡De la facultad!

—¿Sí? ¿De qué facultad? —las preguntas no lo dejaban respirar.

—¡Derecho! ¡Derecho!

—¡Ja! ¿Vos estudias derecho? ¡No me jodás! —y la Araña, riendo, volvió a utilizar la picana sin esperar su respuesta.

—¡Ayyyy! ¡No! Estudiaba historia, de ahí los conozco, se lo juro, no sé nada más.

—¿Vos creés que somos boludos? ¿Que trabajamos de boludos? Decilo: ustedes son unos boludos, dale, decinos bo-lu-dos y ya está, la terminamos acá, nos vamos a la mierda, cerramos todo —la Araña utilizaba la picana para darle énfasis a sus palabras y para que el interrogado no se pudiera relajar.

—¡Ay! No, no, por favor.

—¿No? ¿No qué? ¿Para tirarnos tenés huevos? Ahora jodete, lo hubieras pensado antes. ¡¿Quién es la piba?! —no lo dejaba pensar, intentaba encontrar un resquicio por donde entrar.

—No, no sé.

—¿Cómo no sabés? ¿Qué hacías en el departamento?

—Nada, nada, no hacía nada, ¡ayyyy!

—¿Y siempre te encontrás con gente armada y no te parece raro?

—No, no, no.

—¿Siempre disparás cuando vas a visitar a tus conocidos?

—No, no, tenía miedo.

—¿Miedo? ¿Miedo de qué?

—Estaba amenazado, me habían amenazado.

Y el dolor aumentaba, la perilla con la que graduaban los voltios giraba y el olor a carne quemada se mezclaba con el ruido penetrante que taladraba los oídos, la piel, sin reparar en el daño que pudiera ocasionar.

—¿Con quién se iban a encontrar? ¿A quién estaban esperando?

—Yo no sé nada, no sé nombres, a mí me decían qué hacer, no sé nada, por favor.

—¡Ahhhh! ¿Ahora te decían cosas no? ¿Cómo cambiaste nene? Antes eran conocidos y ahora te decían que hacer.

—No, no, nada más colaboraba, nada más.

—Nombres, dame un nombre y terminamos.

—No sé, no sé nada.

—¿Vos sos Martín, no? ¿Sabés que todo el mundo te tiene como un pelotudo?

—No, no.

—¿No qué? —gritaba la Araña enojado.

—No, no sé nada.

—¿Qué no sabés si no te pregunté nada, Martín? Vos le tiraste a la poli, ahora no me digas que no sabés. Estás vivo de milagro, porque a la gente como vos no le damos posibilidad de vivir, así que no hagas que me arrepienta, tenés que servirme para algo porque si no, cagaste.

—Yo no sé nada señor —repetía casi al borde de la inconsciencia el cuerpo que ahora tenía un nombre.

Martín.

Y la Araña levantó la voz.

—No te pregunté sí sabías algo. Te pregunté un nombre nada más, Martín, dame un nombre.

—No, no.

—¿No, qué? ¿Qué hacías en el departamento?

—Nada, nada, no hacía nada.

—No me mientas, tus amigos hablaron todos. Sos el único que falta. ¿Era verdad lo que decían o se trataba de un ardid para quebrarlo?

—Ayúdenme a abrirle la boca —la Araña pidió la colaboración a sus compañeros: el Petiso y Pomelo ayudaron a la Araña que, con la destreza de un odontólogo, dirigió la picana a los labios del detenido. La corriente lo hacía temblar, contorsionarse con violencia en medio de sus pensamientos confusos: le abrieron la boca desestimando la resistencia de su maxilar. Vencieron sus articulaciones hasta casi quebrarle la quijada.

Los hombres de pie a su alrededor hacían chistes mientras la electricidad llegaba a sus dientes, las encías y la lengua: el cuerpo reacio a confesar de a poco se poblaba de moretones.

A cada suspiro se tornaban más delirantes sus palabras.

—¡Basta! ¡Basta! ¡Pará un poco, Julio! ¡Lo vas a matar! —advertía una voz a la que se le reconocían los labios detrás del pasamontañas, en aquel cuarto lleno de dolor y oscuridad—. Se le abrió la herida de nuevo, pará un poco boludo, así no sirve, calmate.

Julio 'Araña' Pereyra volvió a la realidad, sacudió la cabeza, miró a sus compañeros y vio lo mismo que el detenido: hombres de negro, sin rostro, labios anónimos y pupilas detrás de un velo de impunidad.

—Dejalo que descanse un poco —le pidió la misma voz que lo hubiera instado a la cordura.

La preocupación no significaba un acto humanitario sino precavido. No debían matar al mensajero antes de quitarle la información vital para la continuación de las investigaciones.

—¿Lo querés hacer vos, Gringo? ¿No? Entonces no me rompas las pelotas —Julio Pereyra y Alberto 'Gringo' Umbidez eran los oficiales a cargo de la brigada. Los otros hombres que presenciaban el interrogatorio eran suboficiales y asistían en silencio a la discusión de sus jefes.

Mientras no se decidían Martín parecía desmayado: los moretones habían florecido en su cuerpo casi sin dejar un espacio vacío, le dolía todo, pero escuchaba y sabía que su tiempo era escaso. Aunque le habían ofrecido un hospital para cursar sus heridas, la realidad era que no saldría vivo de aquel mítico edificio.

Y el dolor parecía vencer.

Martín no pudo mantenerse despierto.

¿O sí?

¿Estaba soñando? ¿Deliraba?

Abstraído de aquella tenebrosa oficina comenzó a recordar su pasado inmediato.

¿Por qué no tuvo el valor de abandonar la Organización Revolucionaria? Lo pensó unos días antes de que Héctor Cámpora llegara al gobierno y lo detuvieran por primera vez. No fue un acto impulsivo, pero algo lo hizo cambiar de parecer.

—Ya no puedo manejarlo, se está poniendo fea la cosa y no dejan de hostigarme, no sé si voy a poder seguir, tengo miedo, están cayendo muchos compañeros, esto no es joda, tengo miedo —Martín pensó en descargarse con uno de sus mejores amigos, pero cuando terminó de hablar no fue comprensión lo que le devolvieron.

—Nunca fue joda. ¿De qué me estás hablando? —lo que parecía ser una reunión informal tomó otro matiz y quien escuchaba hizo un gesto, buscó una distancia preventiva con su cuello, cambió la cara y esperó la respuesta a su interrogante.

—De que esto no es por lo que empezamos a militar, a pelear, y yo no puedo más, no doy más, no sé si lo puedo soportar.

Martín era un morocho muy llamativo por sus ojos oscuros y penetrantes, pero esos ojos habían perdido la fuerza y parecían acabados a juzgar por las ojeras que los rodeaban. Desesperado buscaba un consejo, una mano en el hombro, pero no fue lo que encontró. El rostro del oído que asistía a su confesión se contorsionó, alejó su cuerpo para romper el secreto, no deseaba ninguna posibilidad de complicidad y con los dientes apretados sentenció.

—Martín, ¿no te das cuenta lo que está pasando? —puso cara de incredulidad que era una mezcla de asco con soberbia juvenil—. Hay que luchar hasta la victoria, si no somos nosotros, no es nadie, tenemos un compromiso con el pueblo, la guerra ya está declarada, no aceptamos la palabra miedo, no podemos echarnos para atrás, no hay retorno, hay muchas cosas en juego. Ni se te ocurra volver a hablar así. Yo, por mi jerarquía, tendría que denunciarte, no lo puedo tolerar, te lo aviso —levantó su dedo con dignidad sin perder el enojo.

—Denunciarme, ¿me vas a denunciar? ¿Qué me estás diciendo pelotudo? —Martín sintió miedo y casi que se paralizó: parecía mentira que quien lo arengaba en algún momento hubiera sido su amigo más cercano, el de las travesuras, las primeras mujeres, la vergüenza, ese con quien compartió secretos, peleas, exámenes en el colegio secundario, reuniones, y cuando le planteaba sus temores buscando su contención afectiva, impostaba una cara de hombre superior, de responsable político, con un tono autoritario que nunca le había conocido.

Y esas palabras que lo desilusionaron.

—Es lo que tendría que hacer, es mi deber —ni un paso atrás, esas eran sus convicciones y no las cambiaría por nada ni por nadie.

—Pero... ¿en serio me estás hablando? —la pregunta fue formulada con incredulidad en todos los gestos, las manos, los labios, las cejas, los ojos, los hombros y la cabeza con sus pelos rizado tapándole las orejas.

—Martín, es una orden, nuestra amistad es otra cosa. Acá estamos hablando de temas importantes, se está discutiendo el futuro del país. Es más, te estoy cuidando. ¿Querés que te juzguen por traidor? ¿¡Eh!? ¿No seas boludo, no te das cuenta que te estoy cuidando?

La boca que hablaba se deslindaba de la amistad de años. Sus discursos ahora eran en nombre de la Organización Revolucionaria y no a título personal: él lo había presentado con sus superiores, recomendado para el ingreso, era su responsable y debía hacerse cargo de advertir, a quien flaqueaba en las convicciones, sobre las consecuencias de la debilidad ideológica.

—Esto se va a la mierda, Diego. Yo no quiero saber más nada. Se están yendo a la mierda, no me gusta, para nada, no me gusta —Martín negaba repetitivamente.

Y Diego hacía gestos.

No podía controlar su cara de asco.

—¿Qué me estás diciendo? ¿Acaso desconfías de nuestro triunfo? Eso es derrotismo, te lo advierto —furioso lo señaló con el índice.

—Y... —Martín no quiso ser más específico pero su cara guardando silencio dijo todo.

—¿Vos crees que te podés ir así nomás con todo lo que sabés?

¿Diego lo estaba advirtiendo o amenazando?

—¿Qué me querés decir? —nervioso se desquitó con el cigarrillo, le dio una profunda pitada, no quería dejarlo ir y lo retenía entre sus labios.

—Por ahora nada —sentenció Dieguito, el más estudioso del colegio secundario, el que nunca levantaba la voz ni se animaba a hacer una travesura, el gordito simpático al que las mujeres lo pasaban de largo.

Pero los tiempos habían cambiado.

Demasiado.

Fuera quien fuese, las órdenes tenían que cumplirse y hacerse cumplir, las jerarquías respetarse y la conducta mantenerse rígida sin permitir filtraciones que resquebrajaran la moral revolucionaria. Esa era la única manera de asegurar la victoria final.

Las amistades habían dejado de existir.

Puede que ni de esa forma Martín se hubiera salvado, pero era al menos una oportunidad: alejarse, exiliarse, desaparecer, aunque cómo lo comprobó más tarde, siempre había alguien dispuesto a hablar para salvar el pellejo. La vida era el bien más preciado dentro de la Organización Revolucionaria.

La propia.

¿Qué edad tenía Martín cuando asistió a las primeras reuniones clandestinas en la Unidad Básica(1)? Quince, dieciséis, tal vez diecisiete. Todo el grupo de chicos y chicas rondaban por los mismos años, sedientos de aventuras: caras inocentes, aniñadas, buscando protagonismo. El único que sobresalía entre ellos era el responsable de la zona, un muchacho algo mayor con experiencia en el manejo de armas, actos políticos y muy diestro orador conocido como 'El Inglés', que abusaba de su labia para seducir incautos y exigirles constantes sacrificios en nombre de los más necesitados.

Entre reuniones clandestinas los años fueron pasando, y las responsabilidades aumentando. Martín participó en operativos, lo adiestraron en el manejo de armas, emboscadas, chequeo, contra inteligencia, fue ascendido a oficial y su relación con el Inglés se hizo cada vez más cercana hasta que a los dos los separaron por ciertos rumores un poco oscuros que no llegaron a clarificarse y siempre quedaron dando vueltas en el ideario de todos los miembros de la Organización Revolucionaria.

¿Estaban a la altura de las circunstancias cuando decidieron darse a conocer y enfrentar abiertamente a la Dictadura? Puede que no. Martín aún vivía con sus padres, les ocultaba su militancia y se preocupaba por la asistencia al colegio secundario haciendo lo imposible para que su madre no se enterase cuando debía faltar.

Los primeros años de la década del setenta fueron intensos: sangre, sudor, movilizaciones, muertes, ilusiones, recuperar la democracia y la vuelta de Perón como el mayor triunfo de la lucha popular. Pero en algún momento las luces de las cabezas pensantes de la Organización se apagaron y comenzaron a tomar decisiones disparatadas que ponían en riesgo a los cuadros inferiores y estos se preguntaban, en silencio, si valía la pena arriesgarse por los jefes.

La desilusión, para los que todavía conservaban una gota de autonomía en el pensamiento, comenzó a derrumbarse cuando fue detenido por la Policía Federal un importante integrante de la Conducción Nacional de la Organización: Roberto(2). Y este, al parecer, no pudiendo resistir los métodos de interrogación que tenían las brigadas de la Superintendencia de Seguridad Federal habló, y habló mucho, más de la cuenta.

El desconcierto en el seno de la Organización Revolucionaria dio inicio a las dudas y a las contradicciones: en el preciso instante en que el balde de agua helada sorprendió a los demás miembros de la cúpula directiva con la detención de Roberto, sin perder un minuto ordenaron a sus bases, adherentes, simpatizantes y aspirantes, salir a la calle a pintar todas las paredes del país exigiendo la inmediata liberación del compañero por considerarlo un preso político. Esa noche se abandonaron las armas. Cientos de dedos manchados por la pintura y el aerosol dejaron leyendas en cada rincón libre del espacio público en defensa del cautivo:

Roberto, ¡preso por luchador!

Pero, unas pocas horas después de iniciada la campaña nacional por conseguir la libertad de Roberto, las Fuerzas Represivas del Estado comenzaron a interceptar citas, detener gente, allanar escondites, arsenales, casas de seguridad únicamente conocidas por un grupo selecto, la delación del detenido fue más que evidente.

Ante este giro dramático de los acontecimientos, las cabezas colegiadas en repliegue, temerosas de caer en las redadas, se vieron en la obligación de cambiar de manera abrupta el tenor del discurso: ya no se debían pintar paredes exigiendo la liberación del compañero, sino que los argumentos deberían llevar consignas referidas a su repudiable acción, que con su lengua ávida de salvar a su cuerpo dejó escapar secretos que pusieron en jaque a la Organización:

¡Roberto Traidor!

Y lo que causó todavía más desilusión, además de las infidencias del integrante de la plana mayor, fue la circunstancia de su captura. En detrimento de las normas de seguridad, que con tanto énfasis se encargaba la Organización de reprimir, el inesperado colaborador de la Policía Federal se paseaba en un día soleado por una playa de San Isidro junto a su familia como si se tratase de un ciudadano más.

Pero no lo era.

Estaba llamado a cambiar el mundo.

Y no tuvo reparos en entregar a todos sus compañeros a cambio de inmunidad para él y sus seres queridos.

Nunca se supo si se le respetó el acuerdo.

Jamás se lo volvió a ver.

Intentando revertir el golpe psicológico a la moral interna se decidió conformar un Tribunal Revolucionario para juzgar en ausencia a Roberto:

finalizados los exhaustivos debates, se lo condenó en ausencia a degradación y muerte por los delitos de traición, delación, conspiración, abuso de poder y deserción en operación.

Sus compañeros lo condenaron: sus enemigos, al parecer, les hicieron el favor y ejecutaron la sentencia.

Las cabezas pensantes de la Organización Revolucionaria entraron en pánico, pues veían perdida la guerra en la faz ideológica. De a poco, comenzarían a debilitarse los cuadros inferiores por la presencia del liberalismo y el egoísmo individualista producto de la influencia enemiga. Les resultaba difícil combatir la decadencia de los combatientes. Solo los miembros de la Conducción Nacional tenían las convicciones firmes y se comprometían con el triunfo de la causa.

Todos menos uno.

Ese que fuera condenado en ausencia por delator.

En medio de la confusión generada por la caída de Roberto, hubo una decisión que marcó el comienzo del fin: se desconoce quién fue el ideólogo. Ninguno quiso cargar con el peso de la historia.

La decisión tomada para evitar delaciones, como era costumbre si provenían de aquellas iluminadas mentes, nadie la rebatió. En reunión cerrada, con la asistencia únicamente de los hombres más importantes, alguien deslizó la idea con esplendor como si hablara para la posteridad:

—Pastillitas de cianuro.

—¿Qué cosa?

—Tenemos que hacernos de pastillas de cianuro, iguales a las que uso Herman Göering para suicidarse en la cárcel.

—¡Claro! Ahí la solución. ¿Cómo no se nos ocurrió antes? —festejaron todos juntos la ocurrencia.

Las capsulas serían pequeñas, imperceptibles, fáciles de llevar en la boca, escondidas para que, en caso de ser tomados prisioneros, estos comprimidos salvasen de las vejaciones a los posibles colaboradores y así se pudiera realizar el convencimiento revolucionario.

Sin embargo, hubo un problema que disgustó a los que sobraban, los demás, quienes quedaban fuera del grupo selecto de la Conducción Nacional: la cantidad de píldoras producida fue limitada. En forma exclusiva la recibieron los cuadros importantes de la Organización. Un proceso selectivo que no se condecía con las prédicas igualitarias.

—¿Y por qué para nosotros no? —se quejaban los combatientes más expuestos a la tortura de las Fuerzas Represivas del Estado.

Las dudas amenazaban con derruir los cimientos de una organización ultra verticalista.

Por un momento el derrumbe se evitó gracias a un decreto urgente de la Conducción Nacional: los laboratorios debían trabajar a destajo para producir en masa la tan famosa y discutida pastillita de cianuro para que todo miembro, cualquiera fuese su grado, llevase esa ayuda a la expectativa para ingerir en caso de peligro: lo que no pudieron fue dotar a cada uno de la sangre fría necesaria para ir en contra de la naturaleza y quitarse la vida.

Fue una pena que la pastillita no hubiera sido efectiva en su caso: Martín, el día de su desgracia, antes ser apresado, buscó en su bolsillo la capsula logrando llevársela a su boca de manera preventiva.

Lo que sucedió después no fue lo esperado.

La resistencia fue arrasada, sus compañeros murieron y Martín no consiguió que el cianuro lo salvara de las torturas.

Cuando la Policía lo encontró, unos dedos invasivos no atendieron a la autodeterminación de las personas. Con riesgos de vómito, unas yemas rancias, con gusto a metal, uñas grasosas, hurgaron dentro de su boca hallando la capsula e impidiendo que llegase al sistema digestivo.

Martín había recibido un disparo en el brazo, pero no fue trasladado a un hospital: en el Edificio de Seguridad Federal algún médico le daría los primeros auxilios.

—¿Qué hacemos, Julio?

—No sé, Alberto, algo le tenemos que sacar, es el único que nos queda, tenemos que saber quién era la piba, no aparece en ningún informe, en ningún lado, está limpia, y por lo que vimos, no es así —Julio caminaba en círculos mientras trataba de llegar a una conclusión con su amigo —esto es grande, tiramos abajo algo grande, iban a hacer alguna una cagada, tenemos que saber, pero se lo van a pasar a otro grupo, tenemos que saber que iban a hacer. Vos lo viste, era una ferretería el departamento, tenemos que saber en dónde los iban a usar. Esperemos, dejemos que se despierte.

Pereyra y Umbidez dialogaban en los pasillos del tercer piso del Edificio de Seguridad Federal mientras aguardaban a que un cuerpo inerte regresara del desmayo. Un descuido puso en sus manos información muy sensible, pero por el momento no sabían cómo decodificar el mensaje.

En la oficina Martín comenzó a quejarse y un médico daba el visto bueno a sus captores para continuar con el interrogatorio. Fiel al juramento hipocrático, velaba por la seguridad de las palabras del detenido, no fuera que se le ocurriera morirse antes de hablar.

Y el interrogatorio se reanudó.

¿Estaban enojados? Así lo parecía Julio, que no cesaba de reclamarle al detenido por el aporte de datos, cifras y lugares una vez que regresó a su lado.

—Decime quién es tu responsable. ¿Cómo arreglás las citas? ¿Cómo te contactan? ¿Cómo llegaste a ese departamento? ¿Quién te llevó?

—No sé, no sé.

—Vendale los ojos —ordenó Julio, y Pomelo obedeció. Cuando se aseguraron de dejarlo ciego todos se quitaron el pasamontañas: estaban agitados, transpirados, el encierro los sofocaba.

—Tirale agua —apuntó mientras la picana cambiaba de manos.

Al mismo tiempo, y contradiciendo el mal genio de Julio, quizá para obrar de contra peso, se escuchaba la voz conciliadora de Alberto Umbidez aconsejándole a Martín colaborar. No tenía sentido resistirse siendo que todos sus compañeros habían hablado, que no la hiciera difícil, ¿para qué sufrir por los demás?

—Dale, pibe, hablá, no seas gil, te podés salvar, tus amigos se salvaron, están colaborando ahora, no seas boludo.

Frente al silencio obstinado que Martín mantenía, la Araña negó varias veces con la cabeza en señal de disconformidad y esta fue la indicación para que Pomelo posara la picana sobre el respaldo de la cama metálica con el sabido efecto de transporte de los fluidos eléctricos.

El grito no se hizo esperar.

Fue desgarrador.

Sin embargo, nadie le prestó atención.

—¿En dónde tenías la próxima cita? ¿Quiénes son tus compañeros? ¿Qué estaban haciendo ahí? ¿Quiénes más participaron? ¿A quién tenían que encontrar? ¿Quién era la piba? —La Araña gritaba, se enfurecía a cada pregunta ensañándose con la identidad de una mujer.

—No sé, no sé, ¡ayyyy! Me duele.

La electricidad se desparramaba por todo el cuerpo de Martín, los órganos se querían fugar por su boca, mientras la parrilla(3) aumentaba la temperatura y el desmayo volvía a suspender las hostilidades.

En la Organización Revolucionaria alegaron que estaba quebrado ideológicamente. Esa fue la razón por la que lo degradaron, obligándolo a cumplir algunos días de arresto en una casa de seguridad como castigo y formular una autocrítica que sería publicada en la revista oficial.

—Por ahora zafaste, no sigas haciendo cagadas —le advirtió Diego cuando lo notificó de la sanción impuesta por el tribunal encargado de juzgarlo.

¿Por qué Martín continuaba resistiendo? A favor de su consciencia quedaba demostrado, con su obstinación silenciosa, que no todos eran iguales.

Algunos tenían ideales y los seguían a costa de su propio dolor.

Al recobrar por segunda vez el conocimiento escuchó una voz familiar: las tinieblas, las lágrimas entrecortadas, el temblor del mentón y el frío, tal vez en conjunto, colaboraban para que esos susurros le parecieran provenientes de un sueño ajeno.

En medio de esa noche artificial, el desvarío de su mirada, la neblina que formaba el olor a estancamiento, y ya sin la capucha que le impedía utilizar los ojos, pudo enfocar la visión: lo reconoció aunque se rehusaba a aceptar la realidad. No lograba hacer coincidir esa imagen que tenía enfrente con quien fuera su amigo. No decoraba su rostro un solo un moretón, algo impensado en aquel lugar, teniendo en cuenta el bando que defendían, y sus cabellos se alineaban a la perfección en un desfile militar sin fisuras. Sostenía un cigarrillo que, en su exceso de ceniza, delataba olvido.

Se lo notaba taciturno y triste.

—Hola Martín, ¿cómo estás? —lo saludó con voz nerviosa, entre cortada, como sintiéndose avergonzado—. Martín, Martín, ¿me escuchás?

Sí, fuerte y clara escuchaba esa voz que se empecinaba en comunicarse con el cuerpo que regresaba del reino de las pesadillas: esa voz que tantas veces lo había seguido, arrinconado, presionado, amonestado por violar las normas internas de la Organización. Esa voz que ya no se oía tan terminante, sino que se atoraba y parecía llorar. Esa voz que alguna vez lo instara a matar por la espalda a los compañeros que huían de los operativos, ahora parecía ser de otra persona, y lo era, lo habían quebrado.

—Martín, no seas boludo, hablá, no te resistas más, te van a matar.

Se valía de un tono cariñoso, de antaño, consejero, que contrastaba con el asco sentido por quien se retorcía en la camilla con algunas partes del cuerpo entumecidas por el dolor que debió soportar, empecinado como estaba en guardar información, pensando en la seguridad de los compañeros que aún quedaban caminando en el mundo exterior.

Martín intentó gritar, pero no lo consiguió pese a que esforzaba su garganta, sus pulmones, el estómago. No era dueño de su boca ni de ninguna otra parte de su cuerpo.

—Andate a la puta que te parió, Diego —susurró después de un gran esfuerzo y no volvió a hablar.

Y ese espectro que salía de la oscuridad volvió a desaparecer tras el sonido metálico de una puerta cerrándose. Parecía como si las jerarquías aún se mantuvieran vigentes en los sueños y su responsable político, su superior, le ordenara infringir lo que con tanto empeño le inculcó en el pasado:

—Martín, no entendés que tenemos que demostrar que somos mejores que ellos. Voy a tener que informar sobre tus dudas. No te preocupes, voy a intentar que el castigo sea leve, pero cuidate, que no se repita. Ya no te voy a poder proteger más.

—Hacé lo que quieras, Diego. Me chupa un huevo —respondió mirando para otro lado.

Los amigos, y miembros de la Organización Revolucionaria, habían elegido una pizzería olvidada del barrio de San Cristóbal para reunirse, y los separaba una grande de mozzarella y dos balones de cerveza, además de las opiniones encontradas.

—Martín te pueden fusilar por traidor. Yo te presenté, me podés perjudicar también a mí. ¿Tan individualista sos? No podemos rendirnos hasta que vuelva Perón. Es nuestro objetivo —habló con dureza, pero en voz baja, intentando acortar la distancia, agachando la cabeza y estirando el cuello.

—¿Sí? ¿Y después qué? No puedo mantener más esta vida. No

puedo dormir. Estoy teniendo pesadillas, no sé qué me está pasando.

—No seas boludo, ¿vos te pensaste que la Orga(4) era un juego? Te lo digo porque te quiero y creo que tenés mucho valor para nosotros.

¿Podría continuar soportando el dolor? Pensándolo bien la sola amenaza de que el interrogatorio se reanudara lo aterraba: sabía que apenas escuchase el rumor de los inquisidores, las palabras escaparían desde el fondo de su dicción, donde nace la lengua y abre paso a las letras que se le amontonarían por hablar.

¿Qué les diría? Todo, lo que quisieran saber y más. Hablar. No le importaba si lo iban a matar, lo entregaban a sus compañeros o lo mantenían detenido. La cuestión era terminar con el dolor inmediato, el después sería luego. No pensaba en el futuro sino en el tormento que lo esperaba apenas la puerta se volviera a abrir.

El silencio cotizaba su peso en oro porque era escaso. Las tenues lagunas de tranquilidad se veían interrumpidas constantemente por lamentos lejanos que no eran los suyos, o quizá sí, ¿quién podía saberlo? Tal vez eran ecos y repeticiones. Tanto había gritado que ya la voz la había perdido entre las paredes que soportaban la estructura de esas habitaciones tan oscuras y quedaría allí impregnada para que lo escuchasen las generaciones venideras.

1) UNIDAD BÁSICA: Dícese del centro de reunión de hombres afines con una misma idea política y pensamiento. La Unidad Básica es la casa de determinado partido político donde un encargado es el nexo entre la gente común y en diferentes reuniones las adoctrina convenientemente.

2) ROBERTO QUIETO: Al momento de su detención y posterior desaparición era el número dos en la escala jerárquica de la Organización Revolucionaria.

3) PARRILLA: Modo de tortura. Parece ser que fue otra de las invenciones argentinas, aunque nunca fue patentada. Se conoce a esta forma de apremio cuando la electricidad pasa por todo el cuerpo del torturado mediante la colaboración de una cama metálica.

4) ORGA: Modo familiar de llamar a la Organización Revolucionaria entre sus miembros.

Clelia

¿Cuál fue el *clic* qué cambió su pensamiento? Ya no era la que solía ser, la que tanto conocían y estimaban sus seres queridos. De a poco se fue encerrando en el más estricto silencio, siempre cuidadosa de ocultar lo que sus ojos pensaban.

Y sentía su corazón oprimido, a punto de ahogarse, atado a una piedra hundiéndose en un río con ansias de suicidio.

—Yo caminaba con mi papá del brazo y era lo único que me importaba, no miraba alrededor. Escucharlo hablar me bastaba para ser feliz.

Sus ojos rasgados, de la más pura miel de abeja, recordaban el pretérito perfecto, cuando el mundo se reducía al amor paternal y ella era la beneficiaría principal del país de las maravillas.

Cuentan, quienes llegaron o a conocer a su padre, que se trataba de un hombre inteligente y bondadoso: ingeniero, renunció sin más al directorio de una compañía petrolera asqueado de colaborar con la manutención del mercado, capitalista por excelencia, que con las regalías obtenidas después de secar el territorio patrio financiaban los conflictos bélicos internacionales, y se dedicó a la docencia. Un hombre desbordado de conocimientos que de haber continuado en el ejercicio de su profesión hubiera prosperado económicamente a límites inimaginables, pero esa actitud distaba años luz de sus valores.

¿Cómo pretender qué su hija no creciera a su imagen y semejanza?

Era un hombre de pueblo, criado desde sus primeros años de vida en las frías regiones australes de la Argentina, íntimo amigo del caudillo gobernante de su provincia, en una época en que los derechos políticos se transferían por sucesión familiar y no por decisión del pueblo.

Una sola vez se dejó tentar por las camarillas políticas. Se acercó, aceptó un puesto en el gabinete del Gobernador de la Provincia de Neuquén e intentó torcer el rumbo de una nave enorme, burocrática, corrupta, nadar en contra de una corriente que no tenía ninguna intención de comportarse de otra manera. Al poco tiempo, reconociendo inútiles sus esfuerzos, renunció espantado, rehusando a contaminarse.

Temeroso de que su hija tomara su inclinación anarquista decidió exiliarla. Aprovechando que las universidades se edificaron en los grandes centros urbanos, siguiendo los consejos del unitarismo, la envió a la lejana Ciudad de Buenos Aires para que estudiase. Le alquiló un departamento en un bonito barrio y hacía allí fue ella sola, lejos del mundo… de su mundo.

Escuchar a su padre.

—¿Qué voy a hacer allá, papi? Voy a esta sola, no voy a poder, te voy a extrañar.

—Y a mamá también —la retaba su padre cuando se olvidaba de nombrar a una persona.

—Sí, a mamá también, pero igual, no quiero, no sé, no voy a poder, los voy a extrañar.

—Nosotros también, pero tenés que ir.

—No, no, no voy a poder estar lejos.

—Tenés que estudiar Leli, ser alguien, tener una profesión que te haga independiente.

—No voy a poder, no voy a poder —lo abrazaba llorando, pero no se resistía, todavía no había germinado en ella la semilla revolucionaria y lo que su padre ordenaba se cumplía.

—Todo se puede en la vida hijita, es cuestión de adaptarse. Acá no tenés nada, no hay futuro, estamos en el medio de la nada.

—Te tengo a vos, papi. Estás vos, mamá, mi familia.

—Nosotros no vamos a estar para siempre Clelia. Tenés que mirar para adelante, ser alguien en la vida —la arengaba su padre desprendiéndose con dulzura del abrazo de su hija.

—Sí papi, ustedes van a estar siempre, no digas eso —contestaba espantando de su cabeza los fantasmas de la posible falta de su ser querido.

Y así, el universo fabricado de la niña una tarde tocó fondo, llegó a su fin, se derrumbó sobre sus hombros. Un callejón sin salida: atrapada dentro de un mar de lágrimas se le nublaron los ojos. Cumpliendo con los mandatos, escogió una carrera que le permitiera, una vez graduada, vivir sin sobresaltos de su profesión. ¿Ella la eligió? No lo recuerda. Solo estudiaba para satisfacer la tranquilidad de su padre.

—Vos sos buena con los números, siempre te gustó la contabilidad. ¿Por qué no estudias para contadora? Después, cuanto te recibas podés, volver hija, acá hacen falta muchos profesionales, pero primero tenés que recibirte.

Siguiendo los designios indiscutibles de su padre, en unas pocas semanas trocó su vida de pueblo por una nueva, en un lugar extremadamente frío, más frío que su tierra austral, pero no a causa del clima natural sino por las personas que habitaban el suelo asfáltico, el ritmo delirante de la Capital Federal.

Clelia se inscribió en la Universidad de Ciencias Económicas con la ayuda presencial de su progenitor. Le alquiló un departamento en el Barrio de la Recoleta, compró los muebles necesarios para que se afianzara dentro de esas cuatro paredes en un piso tan alto y comenzara con la rutinaria vida del estudiante del interior que se aloja solo en la gran urbe.

Desconcertada desconfiaba de todo lo nuevo, cada paso que daba, el paisaje que se abría ante sus ojos, las artimañas, los vericuetos de las grandes poblaciones, las ventajas del hacinamiento en la gran capital, los intentos sexuales de quienes se topaban con su cuerpo inexperto, que pronto tomó experiencia, y vaya si la tomó, porque la necesitaba: romper el himen, destaparse, suplir la lejanía de su familia por el ardor corporal, pero sin involucrarse, devota a su estilo, recordando únicamente a su guía espiritual, a su mentor, a su consejero, a su mejor amigo, a lo único que le interesaba, todo junto encarnado en ese padre lejano y cada vez más distante e inalcanzable.

Puntualmente recibía una mensualidad desde su provincia natal. Contaba con la exactitud de no retrasarse un día. Esa seguridad regular le permitía vivir tranquila, como una maldita burguesa: sin trabajar, sin preocuparse por llegar a fin de mes, sin consciencia social y saliendo a divertirse todas las noches.

—Hija, vos pensá solo en estudiar. No te preocupes por nada más. Lo que necesitás me lo pedís —la calmaba su padre antes de regresar al sur.

Clelia en su nueva vida tuvo varios novios, relaciones efímeras que no la contaminaron con el recuerdo perpetuo: estrellas fugaces en el firmamento que, tal vez, en alguna cama, los evocaba para contarle a una nueva pareja cierta anécdota de sus relaciones anteriores, demasiadas, cuantiosas, intentando pasar por una mujer liberal.

—Yo estuve con muchos hombres, te lo cuento porque es bueno que nos conozcamos —y el receptor de las confesiones sobre sus hazañas sexuales pasadas escuchaba incrédulo, desconociendo que la niña, de esa manera, seguía siendo fiel a su padre, pues no reconocía otra relación estable más que con su progenitor.

Ella siempre conservó la misma afición, característica o inclinación a descartar a sus novios y a sus nuevos amantes hablarles de los tantos hombres que fueron pasando por el desconcierto de sus sábanas.

Los más sensibles, luego del disfrute corporal, la miraban controlando la indignación. ¿Por qué acababa de evocar a un antiguo novio? ¿Y a ellos qué les importaba? Nada, porque eran superficiales, helados, glaciales, hombres hermosos, desechables, que exclusivamente le servían para saciar necesidades fisiológicas, ¡y vaya qué necesidades! Pero algo faltaba, ese rasgo humano que no encontraba en ninguno de los tantos y que a su padre le sobraba en sus renunciamientos y caricias devotas.

—Con nosotros quizá pierdas la vida, pero… ¿qué mejor que entregarla para que los demás vivan mejor? Peleamos por una causa, por los necesitados, por los pobres, por los obreros.

¡Amén! Desde que escuchó esas palabras la religión que durmió por tanto tiempo en su interior despertó: la lucha de clases.

¿Cómo podía involucrarse? Seguir a ese muchacho, uno más, la conveniencia, sus proclamas sobre la revolución del proletariado y la justicia social. ¿Y de qué se trataba? El amor al prójimo, al desconocido, ayudar, despojarse de todo sesgo de capitalismo, el sacrificio extremo por la causa.

Luchar por el socialismo.

Pero primero lo primero: algunos deberán caer en el sacrificio de la sociedad por un mundo más equitativo, y quien cayó no era el que ella esperaba.

Se lo ocultaron lo mejor que pudieron con la colaboración de la puta distancia. Debió regresar urgente al sur después de un llamado desesperado. Tomar un avión a Neuquén, el primero que pudo, abandonar la universidad por unas semanas, los exámenes, las faltas. Ellos tenían que entender, su padre la llamaba. ¿Qué necesitaba? Se estaba yendo, el cáncer lo asesinó en unos pocos meses. Él quería despedirse de su sol, de su ángel, de su niña, pero no llegó, le dejó un beso, la amaba.

—¡¿Por qué no me esperó?!— Clelia gritaba con ese interrogante desconsolado en los brazos de quienes la quisieran abrazar con la cara desencajada por el llanto que nunca la dejó en paz.

El luto fue eterno. La depresión la acompañó de allí en adelante. Los ojos melancólicos, inseguros, la alegría que la abandonó, la seriedad en sus gestos que no le permitían una mínima sonrisa sin recordar que algo le hacía falta.

La vida continuaba, Clelia.

Debió volver a la rutina, a la enorme, fría, inhumana ciudad de cemento húmedo, caliente, en donde nadie la ayudaba.

—Tuve que viajar de urgencia, falleció mi papá —le explicaba conteniendo la tristeza a la profesora de álgebra. Con razón, una ciencia exacta, vacía de corazón, de piedra inamovible. No cedía un milímetro ni con las incipientes lágrimas de la niña que, ocultando su mirada vengativa detrás del cabello, le daba explicaciones por su ausencia al examen y también a la fecha disponible para recuperarlo.

—No puedo hacer una excepción con usted. Las reglas están para cumplirse. Lo siento —la docente giró con una rectitud marcial sin atender a las explicaciones. Le dio la espalda a la niña de los ojos de hielo llorosos y siguió con la rutinaria tarea de enseñar números.

¿En ese momento tomó la decisión de abandonar la universidad? Tres años que de nada le habían sido útiles.

Y el pasillo helado de la universidad no la abrazaba para contenerla. La indignación se mezclaba con el intenso dolor en el alma. Escapó del aula con sus ojos en crisis, buscó un asiento, duro, incómodo. Lloró descargando la angustia contenida por días, algo que nunca más haría: mostrarse vulnerable en público.

—¿Qué te pasa? ¿Te puedo ayudar?

Alguien entre muchos que caminaban como zombis se preocupó e intentó consolarla. Un joven se ofreció, después de escuchar su descargo, para hacer una nota de protesta a las autoridades. ¿Y de qué le iba a servir? Ya no quería estar más en ese horrible lugar.

—No, no es necesario, no te preocupes —agradeció el gesto. Nunca lo olvidó. Aquella tarde aprendió que entre tanta monotonía alguien puede ser distinto.

Avergonzada, empapada por las lágrimas se fue muy apurada, sin mirar atrás, dejando al joven desconcertado. Nadie podía ayudarla. Nadie le devolvería lo que más amaba. Él se había ido y ella quería irse a su lado.

—Voy a estudiar otra carrera —decidió.

—¡Ay si tu padre viviera! —se quejaba amargamente su madre al enterarse de la deserción de su hija.

—Si viviera me apoyaría mamá. Me entendería, él era el único que me entendía.

—No digas eso hijita, yo te entiendo —mentía su madre angustiada.

—No, no me entendés, nadie me entiende, nadie.

¿Era fácilmente influenciable?

Y el idilio hacia el padre muerto fue reemplazado por las charlas de distintos profesores, mayores que ella, semejantes, comunistas, marxistas, adorarlos, rendirles tributo. El primero del que se enamoró fue quien le abrió las puertas de ese universo desconocido. El profesor por lo bajo, con cuidado, se definía como Marxista Leninista y vomitaba citas de Marx y Rubinstein que en segundos a Clelia la obnubilaron. Un mundo nuevo se levantaba desde el centro de la tierra ocultando los vagones pesados que cargaba, lo que no deseaba volver a ser, la persona que se esforzaba por dejar atrás.

Su madre, tal vez por compadecerse de la soledad de su niña, o quizá por la suya propia, se trasladó desde Neuquén a la Ciudad de Buenos Aires, la del asfalto caliente. Vendió todo lo que la ataba a su pasado y soñó una nueva vida al lado de otro hombre.

¿Qué le podía reprochar su hija?

Y en el primer libro en el que Clelia conoció a Marx el amor fue a primera vista, a primera letra, hasta los puntos y las comas. No faltaba a ninguna clase, era la mejor alumna, estaba feliz con sus ciencias políticas. Así, emocionada, toda la teoría que aprendía la discutía con el pequeño grupo de compañeros que se juntaban en las noches, sin que nadie se enterase, por miedo a ser reprendidos. La Dictadura Militar resistía en el Poder y los estudiantes que utilizaban la autonomía del pensamiento eran su presa más codiciada.

Viendo su interés por todo lo que fuera de color rojo, lo que hablara de libertad, de proletariado, de revolución, de igualdad, de lucha popular, la invitaron a participar. En realidad el muchacho la atrajo porque deseaba intimar con sus partes privadas, y lo consiguió, no era tan difícil hacerlo, lo complicado era conservarla. Aunque el joven se quejara del amor burgués sufrió mucho por la desidia de su compañera de estudios.

—Clelia, no te entiendo. ¿Por qué sos así? —la perseguía intentando hacerla recapacitar, buscando una explicación—. ¿Ahora que te ayudé no me querés más? ¿No te intereso más? Que fácil que es para vos.

—¿Creés que es fácil para mí? —harta se detuvo y lo encaró como una leona hambrienta a punto de atacar.

—No sé, parece que sí, te presenté, hablé de vos y no te vi más, te escondés, no te entiendo.

—Claro que no me entendés. ¿Vos que podés entender si no me conoces? —furiosa no ocultó la transformación de sus gestos.

¿Qué quería de ella?

—Bueno, bueno, no te enojes, no te lo tomes así.

—Entonces no me hagas enojar y dejame tranquila, no me persigas más.

—Yo te presenté —no se rendía, lucía desilusionado, no entendía.

—Sí, pero ya no tengo nada que ver con vos.

Esas nueces que sonaron le despertaron la curiosidad, trayendo los murmullos de las marchas, las asambleas, la lucha de clases, los obreros, y hubo otro muchacho que la acercó al Ejército Revolucionario para que asistiera a otras charlas, comenzara a repartir folletos, pegar afiches, pintar paredes, con cuidado: el primer revólver, solo para defensa. Las persecuciones, las muertes, la represión, el amor prohibido y las responsabilidades de una adherente que aspiraba a formar parte de la revolución.

Sin embargo, no se conformaba con adherir, quería ingresar de manera plena, ser una más, aunque eso significara cortar con las personas que no fueran del círculo interno, la pequeña sociedad de elegidos que luchaba por cambiar el mundo y la falta grave de ser novia de un hombre que no militaba, no participaba, no era un compañero.

Debió abandonar todo el trato con el mundo real y obedecer lo que su responsable le ordenaba que fuera.

—Clelia, vos sos muy importante para nosotros, tenés que preservar tu seguridad.

Para ser admitidos en el Ejército Revolucionario los candidatos debían rendir un duro examen, y para eso la niña de los ojos de hielo no estaba preparada. Tanto tiempo viviendo como una maldita burguesa no le había dejado ninguna enseñanza. No obstante, pudo saltear la prueba gracias al carisma de sus íntimas virtudes. Recuperando el aliento, el muchacho le avisó que al día siguiente se encontraría con el que sería su responsable en la puerta del bar ubicado en la esquina de la facultad: lo reconocería por la revista que llevaría bajo el brazo. Ella debería llevar otra para que él también la reconociera.

—Quedate tranquila. Está todo hablado. Te van a aceptar. Espero que te acuerdes de mí.

Y mientras el muchacho se vestía, le aseguraba a la niña que le veía cualidades de revolucionaria. Lo notó en las uñas que le dolieron en la espalda durante el combate amoroso: el frente de batalla necesitaba con urgencia mujeres de su estilo.

La máquina aceitada

El silencio predominaba sobre el sol de la mañana. Los rayos se esforzaban por filtrarse por los ventanales de la lujosa puerta de ingreso del edificio. Las suelas de los borceguíes inseguros cruzaban el vestíbulo helado de tantos malos pensamientos. El eco de los pasos, la lucha contra los nervios, la fuerza de voluntad para no torcer la cabeza, mirar alrededor, sobre los hombros, hacia atrás, evitar sospechas y controlar los gestos.

Tres jóvenes mimetizados en verde oliva descendieron de un vehículo e ingresaron a un lujoso edificio del Barrio Norte de la Ciudad de Buenos Aires en busca de una de las figuras más polémicas y quizás influyentes del sector militar opuesto al General Perón.

—Lo que necesiten me avisan muchachos, yo me quedo acá mirando, quédense tranquilos —aseguraba el encargado del edificio, escoba en mano, a los tres supuestos efectivos del Ejército Argentino mientras hacía que barría la vereda y les veía las espaldas, porque ellos nunca le dieron importancia a su impertinencia.

Una vez que los desconocidos, a paso marcial, penetraron en las entrañas de aquel gigante de cemento y mármol tomaron el ascensor ambicionando el séptimo piso.

Cuando la máquina se detuvo, el pequeño grupo se dividió en dos: Abel se quedó en función de apoyo, con la puerta del elevador abierta por si debían escapar. Sus compañeros subieron por las escaleras un piso más, hacia el departamento indicado, rígidos en su impostura castrense.

Fernando y Emilio, detenidos frente al marco del número correspondiente, tocaron el timbre controlando el temblor del dedo índice que liberó el sonido metálico. Unos segundos después, transcurridos con agujas pinchadas en sudor, la sombra vista debajo de la puerta delató el caminar sereno de la esposa del anciano General ex-Presidente de facto que, sin saberlo, fue la cadena inicial de un suceso sin precedentes en la historia Argentina.

—Buenos días señora —se anticipó Fernando con tono gentil.

—Buen día, ¿en qué puedo ayudarlos? —habiendo abierto la puerta con total despreocupación, con una sonrisa amable, la señora los consultó sobre los motivos de la visita.

—Necesitamos hablar con el General. Nos manda la superioridad —continuó Fernando monopolizando la palabra.

En la confianza de sus rostros aniñados, los cabellos rapados y la rigidez de la presentación con respeto castrense, la señora no tuvo dudas de la procedencia de quienes solicitaban permiso para hablar con su marido.

—Sí, por favor, adelante.

Ella no pudo haber hecho más de lo que hizo, a su consciencia no la debe carcomer ningún sentimiento de culpa por haberles cedido el paso a los secuestradores. No hubiera podido hacer algo distinto: ellos estaban decididos a entrar a sangre y fuego. Lo mejor que pudo hacer, lo hizo. Con esa acción salvó su propia vida, ajena a la lucha popular.

—Gracias, muy amable —inclinó la cabeza Emilio tocándose la gorra.

—Tomen asiento, pónganse cómodos por favor.

Afable, con modos de madre preocupada, les ofreció café a los visitantes, pues debían aguardar a que su marido terminara de ducharse. Los anunciaría y pronto los recibiría. Los jovencitos rieron incrédulos por la cordialidad y el buen trato. Aceptaron la invitación con gestos sorprendidos como si acabaran de comenzar una travesura.

La mujer salió de la escena inmediatamente después de dejar las tazas de café en las manos transpiradas, nerviosas, de los militares impostados. Se disculpó y abandonó el departamento, necesitaba hacer unas compritas. Nunca más volvería a ver a su marido, solo lo recordaría con un remordimiento eterno por haber abierto la jaula a los leones.

En la espera que debieron permanecer los jóvenes observaron en detalle el lujo burgués en el que pasaba sus días del General Aramburu.

—¡Mirá como vive este hijo de puta! —comentaron por lo bajo pegándose codazos.

Pasaron varios minutos hasta que por fin se dejó ver el viejo General, conservando su porte orgulloso, erguido pese a la edad y vestido impecable, con una sonrisa estúpida, enorme, que parecía sobresalir de sus cachetes.

—Buenos días muchachos —su saludo fue casi un grito marcial. Le resultaba imposible despegarse de sus viejos vicios de mando.

—Buenos días, mi General —Fernando y Emilio se sorprendieron al escucharlo y saltaron automáticamente del sillón y saludaron al mejor estilo militar, como tanto habían ensayado.

—Descansen, muchachos —ordenó encantado—. Díganme, ¿en qué puedo ayudarlos? —Aramburu se sirvió café para acompañar a sus camaradas de armas y tomó asiento junto a ellos, en un sillón de un cuerpo, bromeando mientras escuchaba la causa de la visita: deseaban ofrecerle custodia militar.

—Mi General, teniendo en cuenta los recientes acontecimientos de violencia que sufre el país, usted puede llegar a ser un objetivo del revanchismo sin sentido de los grupos que representaban al populacho —aseveró Fernando.

—Me parece un pensamiento acertado, pero no deben preocuparse por mí. ¿Quién los envía? —preguntó Aramburu después de tranquilizar a los oficiales.

—Un buen amigo suyo, mi General, y es por eso que venimos a ofrecerle una custodia especial hasta que se calmen los ánimos —Fernando, con frases cortas, escribía la historia argentina de los próximos cuarenta años, lo sabía y no le temblaba la voz, era consciente de su rol.

—Es que en este bendito país los ánimos nunca se van a calmar. Los argentinos no nacimos para estar calmados, necesitamos que nos dirijan con puño de hierro muchachos.

—Es cierto, mi General, ¿y qué mejor que Usted para eso? — intervino Emilio.

—Bueno, eso está por verse, hay muchos amigos que pueden cumplir ese rol, no estoy solo en eso.

En medio de los agradecimientos, y a causa de la confianza que los jóvenes le inspiraron, el anciano se permitió adivinar la procedencia de uno de los muchachos por la tonada que afectaba en el habla, sin dudas de la Provincia de Córdoba.

—Sí, mi General —Emilio lo festejó con respeto fingido. Nada parecía presagiar el giro dramático que tomaría la conversación.

Mientras el tiempo transcurría, y el café no disminuía en la taza de los invitados, pues no tenían en miras beberlo, la indecisión parecía eterna. ¿Cómo comenzar? Tantas veces lo habían planeado, ideado y ensayado, que en ese instante la figura odiada del General Aramburu los acobardaba. Era imposible permanecer indiferente ante quien, por más de diez años, decidió sobre la vida y la muerte de cientos de compañeros y aún, con la vejez a cuestas, su rostro continuaba construido sobre una piedra sólida, disminuyendo la moral del interlocutor que tuviera la desgracia de hacerle frente.

Fernando y Emilio sabían que la palabra fácil estaría ausente ese día de cualquier acción. Ambos, en la inconsciencia silenciosa, le temían al ridículo, sospechando que Aramburu no se entregaría, era imposible que permitiera ser sacado vivo del departamento. Los tranquilizaba mirar los alrededores: el anciano estaba indefenso, se movía encorvado, sin aparentes destrezas físicas. ¿Qué podía salir mal? Únicamente que cometiera la imprudencia de resistirse.

—Mi General, usted viene con nosotros —sentenció por fin Fernando después de que varias veces intentara comenzar, sin contar con las fuerzas necesarias, hasta que una mirada impaciente de Emilio lo obligó a actuar: mientras se incorporaba del sillón y ordenaba al mismo tiempo, con un movimiento aparatoso, extrajo desde el fondo de las entrañas de su ropa la ametralladora que llevaba escondida.

Aramburu palideció. ¿Cómo se atrevían? Hablarle así a él. ¿Acaso no sabían quién era y lo que les podía suceder? Sí, lo sabían, y estaban dispuestos a correr el riesgo.

—¿Perdón? ¿A dónde voy a ir?

El General arrugó los ojos y se enderezó en el sillón, pero no se puso de pie. Esperaba una respuesta sensata. Después de formular la pregunta se tomó unos segundos de silencio que llenaron su laguna mental. Quizá por su cabeza confundida pasaron muchas posibilidades, menos la que estaba ocurriendo. ¿Era un estorbo para el General Lanusse? ¿Querían quitarlo del medio? ¿El Ministro del Interior al fin había jugado sus fichas? ¿Sus aspiraciones para volver a ocupar la Presidencia de la Nación eran una verdadera amenaza?

—Usted se viene con nosotros —insistió Fernando sin entrar en explicaciones.

—¿Con ustedes?

—Sí, con nosotros —reafirmó moviendo la ametralladora.

Aramburu no consiguió articular ninguna otra palabra: al parecer no era tan valiente cómo cuando ordenaba detrás de los escritorios. En ese momento de la historia se limitó a obedecer la supremacía del cañón de las armas, frases que de sobra conocía.

—Vamos, General —Emilio lo tomó del brazo y lo ayudó a incorporarse.

Quizá, muy dentro de su ser, esperaba ese desenlace y sabía que, después, de alguna manera, llegaría a un acuerdo con quienes lo tomaban prisionero. Las internas militares eran moneda corriente en esos tiempos, donde el poder pasaba a las manos de los más fuertes: conspiraciones, conjuras, alguien lo necesitaba fuera de la escena o dando el brazo a torcer.

Una vez de pie Aramburu se tomó un segundo para pensar mirando a los ojos a Fernando: estaba seguro de que su fracción dentro del Ejército Argentino se movería, una vez conocido el incidente. No valía la pena arriesgar la vida en ese momento.

—Por favor, mi General, no tiene sentido resistirse, tenemos órdenes, tenemos que llevarlo —volvió a intervenir Emilio.

—Está bien, está bien, tranquilos —aceptó sin oponer resistencia, rozando con sus dedos por última vez su sillón preferido, ese en donde pasaba las tardes leyendo, reflexionando, mirando el informativo o escuchando las noticias en la radio.

Aramburu no se demoró un minuto ni atinó a tomar ninguna pertenencia. Realizó el trayecto hasta la calle en silencio, resignado a su suerte, la que jamás imaginó cómo continuaría. Una vez afuera, respirando el aire de la ciudad, dejando atrás el vestíbulo del edificio, Fernando le abrió con suavidad la puerta del Peugeot 504. Protegiéndole su canosa cabeza con extrema dulzura, para que no chocara con el techo, acompañó su ingreso a la parte trasera del coche con modos atentos.

—Cuidado con la cabeza, General.

Listo, ahora debían escapar. Carlos aceleró con calma y la caravana siguió su avance. Se dirigieron, sin levantar demasiado la velocidad, al punto de reunión previamente acordado. Pero antes, como estaba planeado, decidieron abandonar a las pocas calles, por precaución, el Peugeot 504: todos pasaron a la Pick-up que los seguía. Aramburu obedeció las órdenes de las manos que lo obligaron subir a la caja de la camioneta siempre acompañado por Fernando y Emilio.

Por el camino algunos integrantes del grupo fueron descendiendo para esconderse y eliminar pruebas incriminatorias. También, como medida de seguridad, se abandonó la Pick-up que había participado en el secuestro. En un punto convenido aguardaban una camioneta Gladiator y un Ford Falcon pintado como taxi.

La nueva conformación del equipo obligó a Carlos a conducir en soledad el taxi tomando la delantera, sirviendo como punta de lanza para abrir el tráfico. La camioneta que llevaba al General Aramburu iba detrás siguiéndole el paso.

La Gladiator, en su caja, cargaba un toldo y un compartimiento secreto, oculto con fardos de pasto que, al retirar una pieza de forraje, descubría una puerta. Allí se escondieron Fernando y Emilio junto con el General Aramburu y el cuchillo de combate para ultimarlo, no permitirle seguir con vida en caso de una inoportuna intercepción por las Fuerzas Represivas del Estado. En la parte delantera viajaban Mario, aún vestido de policía y Gustavo, quien era el dueño legal de la camioneta.

Durante meses estudiaron la ruta de escape que deberían tomar para llegar a una casa rural en el interior de la zona norte de la Provincia de Buenos Aires, propiedad de la familia de Gustavo. Lo planearon a la perfección, cuidando de no atravesar ninguna ciudad importante ni un puesto de control policial.

El taxi, la camioneta y la caja trasera se comunicaban mediante *walkie-talkies*. El escape fue un paseo, solamente interferido por los constantes movimientos de los caminos de tierra. Cruzaron el Río Lujan por un puente antiguo de madera, se detuvieron a cargar combustible y a comer.

Todas las provisiones necesarias las llevaba el automóvil que abría paso y era conducido en soledad por Carlos. La cuestión principal residía en no cruzarse con ninguna persona que pudiera sospechar de los jóvenes y alertar a las autoridades. Finalizar el viaje les tomó ochos horas. En situación normal les hubiera llevado cuatro.

El camino de tierra terminaba, la velocidad disminuyó y el movimiento se hizo más suave. A lo lejos se divisaba el objetivo: el casco de la estancia "LA CELMA".

La misión estaba próxima a cumplirse.

Pasando la tranquera Gustavo descendió sonriente ante el recibimiento del capataz que lo reconoció. Tuvo que distraerlo, hacerlo girar, hablarle, intentando que no notara la ametralladora que llevaba escondida, mientras imperceptiblemente sus demás compañeros, de la caja de la camioneta, extraían al viejo General Aramburu, intensamente buscado por todas las autoridades militares y policiales.

El hombre al que obligaron a entrar en esa casona antigua, con extrema rapidez, era uno de las personas más poderosas de la Argentina, quién movía los hilos de los sectores mayoritarios del Ejército y ambicionaba ser nuevamente presidente, pero esta vez, a diferencia de la anterior, deseaba un consenso popular.

De los varios errores cometidos parecía haber aprendido.

—La Revolución no tiene dueños ni admite herederos —aseguró en la década del cincuenta cuando, confabulado con la Armada Argentina, se puso al frente de la facción más dura del Ejército en el golpe militar contra el General Perón y la sangre comenzó a verterse sobre el recuerdo de un hombre.

Después de unos años de presidir el gobierno dictatorial, saciado, satisfecho de la limpieza étnica de pensamientos que creyó haber realizado, y cansado de la constante oposición de los jefes de la Marina y la Fuerza Aérea en sus decisiones, convocó a elecciones.

¡Bienvenida la democracia! Pero a su modo, con algunos que podían participar aceptando las reglas militares, otros sufriendo eternas proscripciones. No fuera que se les ocurriera ganar a los mismos que costó tanto trabajo expulsar.

Y así llegó la división de la Unión Cívica Radical en Intransigente, siguiendo a Arturo Frondizi y del Pueblo, bajo la tutela de Ricardo Balbín.

Aramburu se pensó vencedor, mas Perón siempre iba un paso adelante de sus adversarios. Desde la distancia, aunque proscripto su Movimiento Nacional Justicialista, su nombre, sus ideales, la marcha partidaria, para demostrar que su ángel seguía intacto, apoyó a un candidato presidencial, a uno de los dos demonios de la Unión Cívica Radical, aunque el más intransigente.

—A ver qué sucede —habrá pensado Juan Domingo Perón dentro de su partido mental de ajedrez, cuando ordenó a sus seguidores votar en las elecciones presidenciales por Arturo Frondizi. Tal vez se trataba de una especie de plebiscito a su doctrina y el pueblo no lo abandonó.

Hizo lo que el líder sugirió desde el exilio.

El General Aramburu, resignando el poder al cederle la Presidencia a Arturo Frondizi, quien fuera elegido en elecciones imperfectas, se retiró a pensar, a planear su vuelta, su regreso. El ego escondido entre los que se creen grandes estadistas le susurraba un modo. La fuerza no lo seducía. ¿Por qué a Perón lo amaban y a él no? Con el paso del tiempo contó tres intentos infructuosos de regresar a la Presidencia: no era tan fácil cómo imaginaba.

Sin rendirse frente a los tropiezos, lo decidió. Ya no se embarcaría en internas militares a la luz del día que pusieran en riesgo su proyecto. Le tomó varios años entender la política argentina y, según parecía, estaba destinando todos sus esfuerzos, hasta que fue secuestrado por los jóvenes desconocidos, para desterrar definitivamente al líder popular del pensamiento de todos los trabajadores y mantenerlo en el exilio.

En los albores de la década del setenta del Siglo XX la violencia política en la Argentina parecía no haber tocado un techo y una mitad del país horrorizada se preguntaba: ¿en dónde estaría el General Aramburu? ¿Quiénes tuvieron la osadía de secuestrarlo?

Hasta ese momento los captores no eran nadie, aunque parecían tener claro la causa por la que luchaban y por quien estaban dispuestos a morir. Ya encontrarían el momento de anunciar el nacimiento de la Organización Peronista y Revolucionaria.

El nuevo mundo

Según sus palabras, el cambio le abrió la cabeza, permitiéndole degustar una realidad que la pasaba de largo, no la asestaba con los problemas diarios. Esa burbuja en la que estuvo sumergida tanto tiempo le impedía a su mirada empaparse con el desconsuelo de miles de almas inocentes que sufrían a causa del canibalismo humano.

Aunque al mismo tiempo, el viraje abrupto significó la piedra donde comenzó a marcar su destino, el trágico final. Los primeros días no lograba hallar su lugar, sintiéndose incomoda, notándose diferente sin que nadie le indicase el camino.

Un sapo al que le costaba adaptarse a otro pozo.

Sin embargo, por suerte, era hermosa. Llamaba la atención sin siquiera hablar (aunque ella repudiaba esa pseudo virtud) y no faltaron quienes se arrimaron para proponerle su amistad y de paso jugar alguna ficha a un posible romance con la niña de los ojos rasgados, misteriosos, atractivos y sigilosos.

—Hola. ¿Sos nueva, no? ¿Cómo te llamás?

—Sí, sí.

A lo largo de la historia encontramos el ejemplo de los conquistadores frente a un nuevo mundo: siempre se creyó erróneamente que el colonizador resultaba superior al conquistado. En su caso, el ejemplo fue totalmente opuesto a la regla porque Clelia llegó a esa tierra nova buscando aire, un alivio de luto a su corazón moribundo, solitario, frío, húmedo de tantas injusticias, y en teoría no sobresalía a sus nuevos compañeros que orgullosos relataban un sinfín de anécdotas en forma de condecoraciones sobre la participación en la lucha contra la Dictadura Militar.

—¿De dónde venís?

Y ella sin nada que decir…

Aquella primera vez, tan distante, cuando la calle que caminaba soportaba sus tímidos pies, llevaba los cuadernos apretados, fuerte contra el pecho, intentando reprimir el miedo, sintiendo cosquillas en el estómago al aproximarse a la fachada de la universidad: nunca en la vida había sentido algo parecido en las entrañas, ni siquiera por amor, quizá porque no lo conocía.

—¿Qué aula estás buscando?

El paso con el que modificó su vida lo dio desde la vereda al interior del edificio, cruzando los límites del mundo real hacia un ámbito en perpetuo combate: paredes gastadas, pintadas, afiches enormes estorbando la visión y la libre circulación, discusiones, asambleas improvisadas en los patios, alumnos repartiendo revistas partidarias en apoyo a sus ideales. Peronismo, Marxismo, Comunismo, Socialismo, Radicalismo. Pasillos interminables en donde se escuchaba una sola voz. La protesta a un régimen militar cada día más debilitado, empeñado en continuar aferrado al Poder, sentando sus bases en el terror constante.

—Te puedo acompañar si querés.

Hay varias personas que le deben su gloria al haber estado en el lugar indicado, en el momento justo, a la hora exacta. La llegada de la niña al espacio universitario coincidió con el fin de una etapa, una marea, un vientecillo que de a poco iba despertando del letargo a los habitantes de una nación sentenciada al ostracismo, la siesta que por años la opresión obligó a dormir a fuerza de garrotazos y violencia. No obstante, el tesón de los jóvenes demostró que la tiranía no puede sostenerse eternamente resistiendo el arrojo de los decididos luchadores.

—Sí, estoy medio perdida. Me llamo Clelia.

—¿A qué aula tenés que ir?

—Mirá, este es el número —le dijo mostrándole el papel en donde llevaba anotada la materia que debía cursar.

—Vení Clelia, seguime, te acompaño.

Los estudiantes, paso a paso, desde las sombras, los rincones oscuros, la clandestinidad peligrosa, obligada, fueron reuniendo coraje para luchar por el futuro. En un principio, el extremo retraimiento de la niña le impidió relacionarse con aquellos jóvenes curtidos en mil batallas, veteranos de manifestaciones que finalizaban abruptamente: represión, golpes, detenidos, la Guardia de Infantería avanzando, los caballos de la Policía montada pisoteando a las personas, gases lacrimógenos y las noches con bastones largos.

Clelia, hasta ese momento, se encontraba al margen de la consciencia social.

—Este es el aula, mirá, ese es el profe —señaló desde la distancia—. Te dejo, si querés después nos vemos.

—Bueno… dale.

Puede que fomentado por su estado desconcertado se maravilló por un amor que desde un principio lo sabía irrealizable. Sus palabras la conmovieron, le cortaron la respiración de la misma manera que le sucedía en el segundo previo a entrar en el tan deseado orgasmo. La imposibilidad residía en que no lo pensaba como un amor carnal, es más, le desagradaba su imagen, su vestuario y el descuido que presentaba en la higiene personal.

La leyenda remite a la primera materia que Clelia debió cursar en la nueva carrera elegida: estaba asustada, encerrada adentro de su abrigo reluciente al que todos miraban asombrados porque tanta ostentación no encajaba con aquel ambiente revolucionario.

Una vez que su acompañante la abandonó, pudo observar todo, y se encontró en un aula enorme repleta de estudiantes que no cesaban de hablar de la política internacional: conflictos, luchas, asambleas, la Revolución Cubana, el Che Guevara, Fidel Castro, el bloqueo Norteamericano, las

Repúblicas Soviéticas, y ella, que no sabía nada de nada, tenía miedo, vergüenza, se mantenía al margen, recluida en su pupitre junto con su cuaderno de apuntes y un bolígrafo presto para anotar todo lo que dijera aquel profesor desaliñado, con sus barbas crecidas, despeinado, que saludaba mientras abría un bolso viejo y gastado al que debería haber cambiado años atrás.

Aunque se empeñara en recordar, no lograba regresar al tema con el que su profesor ilustró la clase ni a las frases que la indujeron a abandonar la tierra que tanto la hería: Nihilismo, Marxismo, Existencialismo, aunque lo hacía de manera muy cuidadosa, ya que nada de eso estaba presente en el programa de estudios.

—En la medida en que el cristianismo concentra esta realidad absoluta en la figura de Dios…

La nueva alumna inclinó la cabeza con esa posición tan característica, que pasado los años aún sus más íntimos recuerdan y esbozó una media sonrisa luchando por parecer feliz en medio de la inexpresividad de sus hermosas facciones, conviviendo con los suspiros profundos e intentos por evitar la sequedad en sus pulmones. ¿Veía a su padre escuchando al profesor? ¿Por qué había perdido tanto tiempo estudiando números y balances?

—La cultura cristiana, y en definitiva toda la cultura occidental, es nihilista, pues dirige toda su pasión y esperanzas a algo inexistente.

Y sus deseos de vivir renacieron del habla de aquel profesor que, aunque parezca mentira, reparó en esa niña retraída, de ojos profundos, tristes, que lo admiraba embelesada mientras él hablaba: pese a sus años de docencia, había algo que lo intimidaba. Le pareció como si su alumna mirase más allá, deseando introducirse dentro de su cabeza.

—Despreciando de modo indirecto la única realidad existente, la realidad del mundo que se ofrece a los sentidos, la realidad de la vida.

Y ese día, el primero, su vida cambió dentro de las fronteras del espacio educacional: sus pensamientos suicidas la olvidaron unos minutos cuando un grupo de personas encapuchadas irrumpió en el aula en mitad de la clase, impidiendo que continuara la disertación del docente. Ellos aprovechaban el inicio del año académico para dar a conocer sus ideas, la lucha y reivindicaciones. Una acción heroica, arriesgada, que intentaba romper de algún modo la censura del régimen opresor.

—Escuchen, necesitamos su atención.

La sala desbordaba repleta de alumnos: los pupitres colapsados no alcanzaban para acaparar la demanda de sostener la suma de los cuadernos y las almas ansiosas por aprender. Unos estudiantes permanecían de pie, algunos optaban por sentarse en cualquier rincón libre, los madrugadores en las primeras filas. Resultaba imposible la unanimidad de opiniones en tantas cabezas y que todas simpatizaran con los jóvenes que acababan de suspender el habla del profesor sirviéndose de modales abruptos.

—¡Silencio, por favor! ¡Escuchen! ¡Un minuto!

La irrupción llegó de parte de cuatro personas que no exhibían el rostro, temerosos de las posibles represalias por su valiente acción. Bloquearon con sus cuerpos intimidatorios la salida. Nadie podía abandonar el aula sin el debido permiso. Los alumnos debían escucharlos con paciencia, ellos ya soportaban demasiada censura puertas afuera de la universidad, allí adentro, en un territorio autárquico con leyes propias actuaban por el bien común. Tenían algo que decir, cargaban mensajes muy importantes, vitales para la humanidad.

Dentro de la disimilitud de ideologías, unos festejaron la intervención, algunos protestaron, otros silbaron e insultaron:

—¡No los queremos escuchar a ustedes! —se oyó un grito desde el fondo del aula.

Pero el docente no parecía molesto y se lo notaba sonriendo con beneplácito, aunque procuraba no involucrarse directamente en la disputa, podría resultarle costoso inclinarse por ciertas tendencias.

Los encapuchados no prestaron mayor atención a quienes los repudiaban: pequeños burgueses por allí, apolíticos los del otro rincón, capitalistas más allá, también fascistas.

Quizá por resignación, o porque finalmente el auditorio había comprendido la importancia de los jóvenes anónimos, todos se dignaron a escuchar. Sin perder tiempo una voz detrás de las capuchas tomó la palabra.

—La forma tradicional de la hegemonía burguesa osifica las relaciones de pareja y sujeta a la mujer al hombre, esclavizándola en el seno del hogar patriarcal, impidiéndole su desarrollo en otros terrenos, haciendo tabú de la virginidad, la fidelidad...

La niña dio un salto imperceptible en su pupitre: la sorprendió escuchar que dentro de la capucha, dictando a la boca que de pie ejercía la oratoria, resaltaba una voz femenina, compeliendo a sus iguales a participar, a cortar las cadenas y a igualarse al sexo masculino.

—Todos debemos participar en la lucha del pueblo, sin distinción de sexos —continuaba con su arenga la áspera voz de mujer detrás de la capucha.

Y aquella era la respuesta, el interrogante, la ficha que no hallaba. Ese timbre de voz duro ofició como un despertador a los ideales dormidos, ignorantes de todo el bien que podía hacer por los demás. Ellos eran el camino a la revolución, el Partido que representaba a todos los trabajadores, el pueblo unido yendo hacia un mismo punto geográfico: la comunidad de pensamientos.

Inoportunamente, en medio del discurso, alguien se hartó de lo que consideraba propaganda revolucionaria e intentó abandonar el recinto en señal de protesta. Los encapuchados no se conmovieron e inmutables continuaron cercando el paso a quien osaba iniciar un camino escapista.

—Un momento, somos la voz del pueblo oprimido, de acá nadie se va —ordenaron, impidiendo la salida de aquel disidente.

Sin embargo la intolerancia triunfó una vez más, el régimen militar seguramente contaba con infiltrados, adeptos, canallas que, gracias a la colaboración que prestaban al Gobierno de facto, la censura se hacía presente una vez más no dejando expresarse a los jóvenes encapuchados.

La reacción, que esperaba agazapada, se contagió entre los disconformes con el atropello y los abucheos que se hicieron sentir. Forcejeos, insultos, algún arriesgado se puso de pie con ánimo de pelea: el puño en alto acompañando los gritos, el desborde. Unos a favor, otros en contra, las acusaciones de siempre.

—¡Capitalista!

—¡Comunista!

—¡Burgués!

—¡Asesino!

—¡Fascista!

—¡Viva Perón, carajo!

Entre el tumulto de empujones y voces, los encapuchados, aprovechando el desconcierto, abandonaron el improvisado estrado dejando inconcluso el mensaje y a los alumnos discutiendo entre ellos.

La única que permaneció tranquila en su asiento fue la niña de los ojos rasgados, esa misma a la que nadie conocía. Flotaba alucinada ajena al caos de gritos reinantes en el aula, inmersa en una experiencia sin precedentes, concentrada por arribar al clímax de una idea nueva.

Mientras tanto, el profesor intentaba restablecer el orden, sonriendo al intentar recuperar la palabra que había cedido. Pero la niña dejó de prestarle atención, ya no era la misma, solo pensaba en ponerse en contacto con las personas que habitaban debajo de las capuchas y hablaban con tanta naturalidad de la igualdad entre el hombre y la mujer, la envidia del pene y la lucha de clases.

Frases hermosas tales como el pueblo peticionando, asambleas, socialismo y pelear por un ideal superior.

—¿Te interesa participar? —en una charla que en apariencia parecía casual y desinteresada, un muchacho se le acercó.

Atraído por su belleza.

—Sí, por supuesto —y ella aceptó porque sí, estaba interesada en lo que había escuchado, y no en el muchacho, aunque sabía que era un medio para un fin.

—Bueno, te voy a ayudar.

—Gracias.

Después de mucho buscar hubo un contacto. No era tan fácil, debían estudiarla, asegurarse de que no fuera de los servicios de inteligencia estatales, saber de dónde provenía y si podía llegar a traicionar la causa.

No los mal intérpretes, tienen miedo a los filtros, ellos se van a asegurar de tu procedencia y después te van a dar una cita.

Era muy común que los represores intentasen infiltrar gente en las filas de los luchadores populares. Por las dudas, para que no la confundiesen y no hubiera dudas de quién era, ella se transformó en los primeros meses, intentando borrar su pasado y todo lo que la ataba a él.

—Ya te vas a enterar, ellos ya saben quién sos, te vas a encontrar en una cita de seguridad y ahí te van a dar instrucciones.

No queriendo evidenciar su procedencia burguesa, se mimetizó entre la multitud: comenzó a fumar cigarrillos negros, fuertes, de esos que le dejaban el aliento parecido al de un hombre, espació la depilación de sus partes privadas, limitándose a lo justo y necesario para no engancharse el cierre de los pantalones gastados, las camisas de hombre bien holgadas, zapatillas de lona que habían dejado de ser blancas, el cabello deshilachado, y la belleza, aunque golpeada, resistía a abandonarla, sus ojos marcaban la diferencia: atraían, enloquecían, apuñalaban por la espalda y luego huían.

Decisión tomada

Cuando el General Aramburu por fin quedó en soledad, dilapidó varios minutos de silencio e incertidumbre en la estrecha habitación donde fuera confinado, rodeado de cuatro paredes húmedas, de pintura vieja, crujiente y olor penetrante.

Dio algunos pasos.

Respiró profundo.

Y se sentó pensativo en una cama que se robaba la mayoría del espacio. Aguzó los oídos para intentar quebrar la reclusión, captar alguna palabra perdida, un descuido, un rumor escapado de la imprudencia del viento que lo convidase con una pista para entender lo que estaba sucediendo.

No tuvo esa suerte.

Seguía sin comprender.

¿En manos de quienes había caído? En las primeras horas no obtuvo respuestas. Nadie le habló. Desde que lo sacaron de su departamento hasta que lo encerraran en aquella pequeña habitación no le dieron ningún tipo de explicación.

—Mi General, usted viene con nosotros —fue lo único que le dijeron sus captores y no volvieron a hablar con él. A su alrededor sólo percibió nervios, transpiración, rostros de niños asustados y mucho cansancio.

Aramburu meditaba sin lograr recuperarse. La eterna travesía en la caja de la camioneta le había dejado secuelas. Largas horas incomodas que le generaron dolores de espalda, huesos y músculos quejumbrosos por su edad avanzada.

Con la conducta adquirida de viejo militar, gastó su reloj con incontables miradas indecisas hasta que volvió a ver a los muchachos que lo secuestraron. Quebraron el aislamiento de manera abrupta, ingresando todos juntos al cuarto como si se tratara de una redada policial. Al detenerse justo en el límite de sus pies, Fernando, al parecer el jefe, tomó la palabra.

—General, usted está detenido por una organización revolucionaria que lo va a someter a juicio.

Aramburu sonrió, no lo podía creer, aquel niño, porque Fernando no era más que un niño de veintitrés años y en apariencia aún menor, con pelo corto, prolijo, engominado, flaco, no muy distinto a un soldado conscripto, que le hablara a un General, a él, ex-Presidente, a él, que había derrocado a la enorme figura de Perón, a él, con su mirada penetrante, a él, que ahora debía rendirles cuentas a un grupo de imberbes, que se dirigiera de una forma tan impertinente resultaba intolerable.

A él, que no tenía forma de evitarlo.

El dormitorio, que hacía las veces de celda, era austero, sin brillo ni lujos. Aramburu llenó sus pulmones de aire en la imperiosa necesidad de recuperar su investidura militar, esos ojos inconmovibles que rigieron al país con puño de hierro durante tantos años.

"¿Ustedes, mocosos de mierda, me van a juzgar a mí?" Tal vez ese pensamiento pasó por su cabeza al oír el tenor de las intenciones de sus captores, mas no hubo ninguna reacción: guardó un silencio desafiante, una resignación que se encargó de no traslucir en su semblante.

El General permanecía sentado con un dejo de tristeza, su espalda erguida y sus manos apoyadas en las rodillas. Cuando los jóvenes lo miraron con semblante dudoso, expectante, en señal de que habían terminado de hablar, él se limitó a asentir restándole importancia al asunto.

—Bueno —agachó la cabeza, quizá con temor, o añorando una brisa de su poder pasado, la decisión sobre la vida y la muerte del prójimo. Esa impotencia característica de los mayores ante los abusos de las nuevas generaciones y la imaginación de lo que hubieran hecho de contar con la potencia física que, a causa de la edad avanzada, los fuera abandonando.

"Ya nos van a encontrar", pensaba dispuesto a ganar tiempo, apostando todo su dinero a la única expectativa posible que podía salvarlo: la llegada de sus camaradas de armas irrumpiendo con violencia, pateando la puerta, barriendo con toda la resistencia, que les sirva de ejemplo, pendejos de mierda, hacerme pasar por esto a mí.

—Por favor, póngase de pie —con respeto, pero sin esperar respuesta, Carlos lo tomó del brazo para que se levantara de la cama.

Aramburu miraba con curiosa pasividad, mientras Fernando lo fotografiaba, haciéndolo posar delante de una pared blanca: no llevaba puesto el saco ni la corbata. No recordaba cuándo se los había quitado. Permanecía confundido, aguardando el fin del circo en el que estaba involucrado. Su silencio rozaba la ansiedad, deseaba regresar a su casa, a la libertad, desquitarse de quienes lo entregaron en manos de esos jovencitos. Ya llegaría su momento, estaba seguro.

Se relamía las manos de la futura venganza.

Después de anoticiarlo sobre las causas de su confinamiento, y de que aparentemente quedaran conformes con las fotografías, volvieron a dejarlo en soledad. Para ser una jugada de sus enemigos dentro del Ejército ya se estaba tornando algo pesada. Si el fin era asustarlo o retenerlo para dar un golpe ya era hora de que todo terminara y lo dejaran en libertad.

Pronto se daría cuenta de cuan erróneos eran sus pensamientos.

El juicio prometido no se demoró: pasada la medianoche, Fernando, Carlos y Mario rompieron nuevamente el aislamiento de Aramburu. Lo levantaron con cordialidad de la cama trasladándolo en silencio a otra habitación, un poco más grande que la utilizada para recluirlo, decorada únicamente con una mesa rectangular, varios ceniceros y sillas para todos.

Los jueces lucían nerviosos. No dejaban de fumar. La señal de inicio fue el sonido del índice accionando de manera conjunta el botón de *Play* y

Rec de un enorme grabador negro para tener un recuerdo imperecedero del histórico acontecimiento.

—Comencemos —indicó Fernando valiéndose de una entonación lúgubre impostando cara de adulto responsable.

El primer cargo que debió afrontar Aramburu fue por los varios fusilamientos que hubiera ordenado en los días de su usurpación a la Primera Magistratura cuando el General Valle se levantó con un sector del Ejército leal a Perón en 1956 y pagó con su vida aquella intentona.

—Yo en eso no he tenido nada que ver —en un principio negó categóricamente su participación en las decisiones tomadas—. No manejé yo el asunto. Me mantuve al margen. No fue mi responsabilidad.

—General, fueron fusilados por su decisión, no me lo puede negar ahora, sabemos que fue usted —mal comienzo, pensó Mario al mismo tiempo que lo increpaba.

—No fue mi responsabilidad, no era el único que decidía, hubo otros —abrió las manos mirando a cada uno de los interrogadores

—Pero usted firmó los decretos, usted ordenó el fusilamiento —cuando Fernando le exhibió su firma en las órdenes de ejecución de la época no pudo defenderse. Aceptó los hechos intentando justificarse.

—Yo estaba a cargo del Poder Ejecutivo, pero la decisión fue en conjunto con la Marina.

—Pudo haberse negado a firmar antes de fusilar a sus camaradas, haber preservado sus vidas.

—Y bueno, nosotros hicimos una revolución, y cualquier revolucionario fusila contrarrevolucionarios. ¿Qué se creen ustedes? —no pudo evitar retarlos. ¿Qué sabían ellos de revoluciones? No podían saberlo pues no habían vivido los tiempos pasados.

Y puede que tuviera razón, pero sus fundamentos no eran aceptados en ese momento por quienes enarbolaban la victoria. Ese pensamiento con ínfulas atenuantes puede resultar valedero cuando se detenta el poder absoluto, no obstante carece de valor cuando se enfrenta a los vengadores de las víctimas, sedientos de redimir cuentas pasadas.

El segundo cargo que escuchó versaba sobre la difamación al General Valle y sus compañeros, quienes en las ordenes de fusilamiento fueron llamados marxistas y amorales.

—No sé, no me acuerdo. Yo no he dicho eso, no sé, fue hace mucho, se me confunden los hechos —Aramburu parecía confundido, sobrepasado, jamás se imaginó que respondería por hechos tan lejanos.

E inobjetables.

Según su punto de vista.

—Piense, tiene tiempo —lo desafió Fernando.

—No lo recuerdo.

Aramburu se demoraba en cada respuesta, respiraba, pensaba, y nunca recordaba nada de lo que se le preguntaba. Pero los jóvenes fueron precavidos. Fernando tomó una nota de prensa y comenzó a leer las declaraciones del Almirante Isaac Rojas, quien fuera el líder del sector revolucionario de la Armada Argentina en el Golpe de Estado de 1955.

—¡Pero yo no he dicho eso! —se defendió indignado apenas terminó de escuchar toda la lectura.

Los jueces se miraron sonrientes. Gozaban al ver tan pequeño al cautivo, rozando la indignidad.

Fernando, siempre siendo la voz cantante, en vista de su descargo le preguntó.

—¿Comparte Usted esas apreciaciones?— El detenido negó con seriedad extrema. Al parecer no estaba de acuerdo con esas palabras.

—No las comparto. De ninguna manera. No las comparto —reafirmó.

—¿Está dispuesto a firmar una declaración con lo que acaba de decir?

Y la esperanza asomó en las facciones del General Aramburu. Tal vez salvaría su vida si firmaba la nota que le pedían los jóvenes.

—Si era por eso me lo hubieran pedido en mi casa muchachos —suspiró aliviado, intentando sonreír, utilizando un dejo campechano, aunque pronto se dio cuenta de que el final estaba muy lejos.

La nota estaba preparada y el General la firmó con gusto negando haber difamado al General Valle y a todos los peronistas fusilados en 1956.

—¿Cómo los voy a difamar, muchachos? Eran mis camaradas. Podíamos tener diferencias pero éramos compañeros, faltaba más, ahí tienen, ya está, firmé ¿Conformes?

Cuando Aramburu se decidía a hablar, lo hacía mirando con angustia el grabador. No le gustaba para nada lo que estaban haciendo, que sus palabras trascendieran, ser el hazmerreír del país, llegar a oídos de sus competidores, que todo fuera una broma de mal gusto, porque eso creía, que todo se trataba de una mala jugada.

Cada vez que lo compelían a responder, hablaba lo justo y necesario, con monosílabos, y a veces ni siquiera eso. Eran expresiones guturales junto con movimientos de su cabeza. Pero cuando el grabador se apagaba, momento utilizado por los jueces para comer algo o refrescarse, el viejo General revivía, intentaba hablar con sus captores, generar una cercanía, pero ellos nada querían saber *off the record*.

—Piensen bien esto muchachos, todavía pueden salir indemnes. Podemos hablar y no les va a pasar nada, yo me puedo encargar de eso, todavía la gente me responde, tengo muchos amigos, los puedo proteger si todo esto termina ahora mismo —Aramburu pensaba en su poder pasado, en que todavía estaba en sus manos el perdón, en salir vivo de allí, pero ninguno le respondió y no hacían más que mirarlo con deprecio.

—No se preocupe por nosotros, General —Fernando fue seco, displicente. Al parecer no pensaba en su futuro.

—Pero muchachos, ¿Cómo no me voy a preocupar por ustedes? Son jóvenes, tienen mucho futuro por delante.

No le volvieron a responder a sus preocupaciones. Lo ignoraron un buen rato. Las palabras de los jueces volvieron a nacer cuando nuevamente comenzaron a grabar la sesión.

—Usted está preparando otro golpe de estado. Lo sabemos. Hasta que lo tomamos prisionero estaba gestando un Gran Acuerdo Nacional en contra del Peronismo. Y estos son los generales con los que está conjurado —Fernando le acercó un papel y Aramburu se sorprendió al reconocer varios nombres de generales muy cercanos a su idea.

—Son solo amigos. Hace mucho que no los veo. No sé lo que ellos estarán tramando, por mi parte no estoy en nada —respondía lo justo y necesario antes de llamarse a silencio.

No estaba dispuesto a colaborar.

—¿No estuvo reunido usted con ellos la última semana?

—No sé, no me acuerdo, tendría que hacer memoria.

—¿Memoria de lo que hizo hace unos días? —se exaltó Carlos.

—Sí, no me acuerdo muchachos, no sé, no sé— dobló el labio inferior, infló las mejillas, movió su cabeza y miró la pared.

Fernando respiró con mal humor al ver que no podían sacarle ninguna respuesta al interrogado y apagó el grabador, despertando la locuacidad del General.

—Muchachos, es cierto que el régimen no da para más, pero la salida tiene que ser consensuada. Yo puedo salvar al país de la situación que está viviendo. Se necesita un gobierno de transición. Después se puede pensar en la vuelta de Perón, pero todavía no estamos preparados para eso.

—¿Eso es lo que planea? —Fernando se paró a su lado amenazante.

—No, no, es solo un pensamiento, es lo que creo que tiene que pasar en la Argentina.

—Eso no tiene que pasar en la Argentina —respondió molestó Mario—. En la Argentina tiene que pasar que personajes como usted dejen de existir, y que vuelva el General Perón lo antes posible. Eso es lo que tiene que pasar y por eso luchamos.

—No sé si lo vamos a ver eso muchachos. Se derramaría mucha sangre.

—No se crea. Usted no lo va a ver. Nosotros sí, para eso luchamos —Carlos volvió a referirse a la lucha sin saber que por una casualidad del destino no iba a ver nada de eso por lo que tanto luchaba.

La muerte lo esperaba a la vuelta de la esquina.

Una y otra vez.

Más allá de aquellas preguntas duras que en nada lo comprometían, los captores guardaban otro reproche a la conducta pasada de Aramburu, recuerdos de una noche imprescriptible que lo colocarían entre la espada y la pared.

—¿En dónde escondieron el cadáver de Evita? —pasó al ataque Fernando apenas la cinta de grabación volvió a girar.

Al escuchar ese nombre tan odiado, el General palideció y recuperó su rectitud marcial: sabía que no tendría opción de escape y afrontaría cualquier cosa que sucediera con extrema dignidad. Se lo debía a sus camaradas de armas. Dejando atrás toda la confusión comenzó a clarificarse en los fines de sus secuestradores y se llamó a silencio.

—Vamos, General, el cuerpo, ¿dónde está? —se agitó Carlos, demostrando ser el más vehemente de los jueces.

Maquillado con la naturaleza de un blanco fantasmal, Aramburu enmudeció. Ya no respondía al interrogatorio a pesar de que los jóvenes lo hostigaban con violencia por llegar al fondo de la verdad: deseaban conocer el paradero de los restos mortales de la esposa del General Perón.

—¿Lo sacaron del país? —intentó adivinar Gustavo que se sumó al juicio.

—Vamos, General, acabemos con esto —Carlos se calmaba únicamente con la mirada inquebrantable de Fernando que, como a un perro rabioso, debía controlarlo cada cierto tiempo para que su temperamento no lo hiciera pasar a los hechos.

Aramburu nervioso, valiéndose de señas, requirió que se apagase el grabador. Los jueces se miraron y Fernando con un movimiento de cabeza aceptó. Una vez que se le hizo caso, y la cinta se detuvo, su garganta dejó escapar unos sonidos que denotaban extrema seriedad.

—Sobre ese tema no puedo hablar, es una cuestión de honor. Lo único que puedo asegurarles es que ella tiene cristiana sepultura.

—Eso no nos alcanza —se quejó Gustavo con gesto de asco.

—No puedo decir más.

Ninguno de los jóvenes quedó conforme con el alegato del acusado acerca del honor y continuaron presionando.

—¿Dónde está enterrado? ¿Quién lo tiene? —Carlos tomó el mando y preguntó casi al borde de la histeria. Pero Aramburu no cedía.

—Me comprometo a hacer aparecer el cadáver en el momento oportuno, bajo palabra de honor.

—No nos alcanza su compromiso, para nosotros no vale nada, usted no conoce lo que es el honor —Mario dijo lo peor que se le puede decir a un militar, que acusó recibo y se indignó.

—¿Cómo qué no? Soy un hombre de honor.

—Usted no es un hombre de honor, General. De serlo no hubiera obrado como lo hizo —se enfureció Gustavo y abandonó la habitación.

—Ya lo verán, van a tener que confiar en mí —desafió Aramburu

LA NOVIA DE LA REVOLUCIÓN

pensativo— Es la única alternativa que les queda.

Pero, ¿cómo confiar en la palabra de una persona que ordenó el secuestro de los restos mortales de Eva Perón?

—¡No confiamos en usted de ninguna manera! —otra vez Carlos, el más sanguíneo y decidido, se puso de pie gritando y encaró al viejo General con ganas de ahorcarlo, pero a Aramburu no le producía ningún temor la pretendida cara de matón del jovencito con rasgos angulosos y cuerpo pequeño, aunque en su interior cargara con una fuerza física descomunal y un arrojo casi suicida.

Y Aramburu le sostuvo la mirada.

El humo del cigarrillo inundaba el ambiente, se impregnaba en la ropa, en los ojos y en las paredes, a medida que las horas de interrogatorio cedían al tiempo y la gran cantidad de colillas en los ceniceros eran una clara señal de la impaciencia de los jueces por la falta de respuestas: el acusado acorralado, sin vislumbrar una salida, buscó tiempo.

—¡Vamos, General! Le debe al pueblo los restos de Evita —Fernando se acopló al nerviosismo de su compañero y también levantó la voz, aunque permaneció sentado.

—Tendría que hacer memoria —dijo bajando la cabeza, estacionado su mirada en el suelo y dejándola reposar allí.

Hubo silencio y miradas cruzadas entre Mario, Carlos y Fernando. Sus rostros se contorsionaron en señal de disgusto.

—Bueno, haga memoria —con malos modales, que dejaban traslucir el fastidio, Fernando lo intimó dando por finalizada la cesión y encerrándolo nuevamente en la habitación húmeda que hacía las veces de calabozo.

—¿Me podrían conseguir papel y lápiz? —solicitó el detenido de manera muy respetuosa antes de quedar de nuevo en soledad.

Gustavo, que regresó a la habitación más calmado, asintió y le facilitó unas hojas en blanco y un lápiz gastado.

—Tome, General.

—Gracias, piensen en lo que están haciendo —intentó otra vez un acercamiento, aprovechando que podía hablar con uno solo de sus captores.

—Ya está todo pensado, no se preocupe —contestó Gustavo y sin darle más posibilidades de conversar dio media vuelta y salió de la habitación.

Aramburu transpiraba, su corazón latía a un ritmo frenético y apretaba los dientes con amenazas de romperlos pretendiendo dominarse. Después de varias horas en la misma posición se puso de pie, caminó por la pequeña habitación. La fuerza parecía haber vuelto a su cuerpo vetusto. Miró su reloj. Faltaba poco para el amanecer. No iba a intentar dormir, no podría hacerlo. Quería pensar, aclarar la mente y consciente de su destino comenzó a escribirle unas líneas a su esposa. Se tomó media hora garabateando palabras de aliento e intentos de justificaciones para la posteridad, pero por alguna razón rompió todo lo que había escrito.

Decidió no dejar en manos de sus verdugos sus últimas palabras.

No se las merecían.

No permitiría que manipularan su última voluntad.

Y cansado, intentaba buscarle una explicación a su situación. Pensó mucho, gastó la mayoría del tiempo que quedó en soledad pretendiendo encontrarle el sentido a todo lo que estaba viviendo, aunque sin quererlo, cuando se recostó el cansancio lo venció y se durmió.

A la mañana siguiente, cuando el sol y su salida estorbaron las pocas horas de descanso en la improvisada cárcel del pueblo, los jóvenes despertaron con indiferencia al cautivo que no demoró demasiado en recuperar la posición vertical. Se refregó los ojos y no, no había sido un mal sueño, seguía allí atrapado en manos de aquellos imprudentes, pensaba mientras era el objetivo principal de todas las miradas.

—Haga memoria, General, por el bien de todos —Fue lo primero que le dijo Fernando, como si no hubiera habido una pausa en el juicio revolucionario.

—¿Memoria? —Aramburu, todavía un poco confundido, jugaba al distraído.

—Sobre el cadáver, ¡el cadáver! —gritó Carlos.

—¡Ah! —exclamó Aramburu sin entusiasmo.

—Necesitamos saber en dónde está —intervino Gustavo también con violencia.

Antes de reanudarse el juicio, y mientras lo trasladaban nuevamente de habitación, se le advirtió otra vez al acusado sobre el tema del cadáver.

—Está seguro en un cementerio en Europa —aprovechando la lejanía del grabador, Aramburu se permitió decir unas palabras que asombraron a sus captores y todos se detuvieron para escuchar más—. La documentación de la ubicación está en la caja de seguridad de un banco. Más no les puedo decir.

Ya lo sabían.

Era cuestión de honor.

—Díganos donde está. El pueblo lo merece —rugió Carlos fuera de control, con ganas de terminar todo en aquel pasillo, pero Aramburu no le dio importancia a los malos modales.

—Lo lamento, aún no es el momento, no puedo ayudarlos. Lo único que puedo decirles es que su cadáver descansa en un cementerio de Roma.

—¡¿En cuál, General?! ¡¿En cuál?! —Fernando creyó estar cerca de otro momento histórico y se vio él mismo recuperando el preciado trofeo, las felicitaciones de Perón, el pueblo reconociéndolo como el nuevo líder de la resistencia peronista.

Pero nada de eso sucedería.

—En Roma. No puedo decirles nada más —movió lentamente su cabeza en forma negativa.

—De alguna manera lo vamos a encontrar —lo desafió Mario.

—No tiene sentido. Fue enterrado bajo un nombre falso. La documentación está resguardada en una caja de seguridad. Puedo ayudarlos en su momento.

—No, usted ya no nos puede ayudar —aseguró Fernando desilusionado.

Sin ningún otro tema por tocar, y en vista a la reticencia del reo a confesar su delito, se llamó a un cuarto intermedio.

—Señor, el tribunal va a deliberar —le informaron de manera solemne cambiando el rumbo sin dar explicaciones, regresando a Aramburu a la habitación en la que lo mantuvieron recluido.

Los jueces impostaron en sus caras aniñadas la responsabilidad histórica que les pesaba sobre la espalda. Desde aquella madrugada se convertirían en hombres. Ataron a la cama al viejo general y se retiraron a decidir la condena.

—¿Por qué me atan? —preguntó resignado.

¿A dónde se iba a escapar?

—No se preocupe —fueron las únicas palabras que Aramburu escuchó.

Después de una eternidad, imposible de traducir en una medición horaria para quien espera la suerte en manos ajenas, los jueces regresaron.

—General, el tribunal lo ha sentenciado a la pena de muerte —Fernando nuevamente tomó la palabra para anunciarle la condena decidida.

El asombro del viejo general no impidió que rogara por su vida, ¿no tendría posibilidad a apelar la sentencia? ¿Y ese librito pequeño llamado Constitución? Sí, sí, ese mismo con el que los militares se limpiaban el culo. ¿No respetarían sus derechos?

—Ustedes son muchachos jóvenes, mírense, no tienen que derramar sangre, no se manchen las manos, esto es algo que a ustedes los excede, no hagan algo de lo que no van a poder volver —Forzando la simpatía que no tenía, intentó convencer a sus verdugos.

—Con gente como usted no nos manchamos las manos —cortó tajante Gustavo los intentos de apelación.

Claro, no era aconsejable seguir su ejemplo, y menos si la sangre próxima a verterse sería la suya propia.

—Piénsenlo, muchachos, van a empezar algo que luego no van a poder parar, se les va a escapar de las manos —Aramburu les anticipaba lo que vendría con los años.

—No nos asusta, estamos preparados para lo que venga —concluyó Carlos.

Ninguno de los muchachos se conmovió frente a las peticiones desgarradoras del condenado. Ellos eran jueces, conformaban un tribunal revolucionario, respondían al mandato del pueblo y las palabras de un asesino no los detendría.

La decisión estaba tomada.

Por nada cambiarían de parecer.

El condenado, respirando sus últimas plegarias, volvió a quedar en soledad. Quizá los jueces fueron a decidir quiénes integrarían el pelotón de fusilamiento o tal vez necesitaban armarse de valor para hacer cumplir la sentencia. ¿Quién sabe? Lo cierto es que pasados unos minutos regresaron a buscarlo. Lo soltaron de la cama y le volvieron a atar las manos, pero esta vez a la espalda.

—Permítame por favor.

El viejo pidió que le anudaran los cordones de los zapatos, no fuera cosa de morir desaliñado, era un General de la Nación, ex-Presidente. También expresó sus deseos de afeitarse, prolongar unos segundos la vida. El tribunal expeditivo decidió.

No ha lugar.

No había con qué satisfacer sus requerimientos de última voluntad.

—Levántese por favor —los modos de los muchachos habían cambiado. Parecían respetar al condenado, pero como Aramburu no obedecía, lo obligaron a incorporarse.

—Vamos, camine por favor —en vista de sus dudas incentivaron su decisión con la ayuda de unas manos apoyadas a la altura de su cintura cuando sus pasos sonaban dubitativos: ya había perdido la dignidad que traía desde el día del secuestro. El miedo a la muerte era más fuerte.

Con suavidad lo guiaron por los pasillos del casco de la estancia hasta la puerta de un sótano.

—¿Me pueden conseguir un confesor? —el tribunal estaba decidido a no dilatar la sentencia, no se dio curso, nuevamente, a su petición.

—No —respuesta seca, cortante.

—Si no me pueden traer un confesor, ¿cómo van a sacar mi cadáver? —se interesó Aramburu por el futuro de sus restos, por el terror de un cristiano a no ser sepultado cómo mandan las sagradas escrituras.

El silencio de los jóvenes inquietaba más al General que la cercanía de su muerte. Desesperado intentaba provocar alguna palabra. No deseaba morir en silencio.

—¿Qué va a pasar con mi familia? —las preguntas se amontonaron en sus labios. Se detuvo frente a la escalera de madera que lo acercaba al infierno de su consciencia.

—Contra ellos no es efectiva la sentencia —contestó lacónico Fernando mientras impaciente lo animaba con la palma en la columna vertebral para que continuase con su camino.

¿Cómo será el laberinto mental de quien sabe que no puede escapar a su destino? Aramburu, en unas horas, había envejecido más que en toda su vida: encorvado, deprimido, con la mirada arrugada avanzó unos pasos transpirando temor. Sus gestos faciales se contorsionaron de la misma manera del que soporta un huracán de frente.

—Vamos, baje —lo intimó Fernando.

Aramburu se resistía.

Sabía que de allí no saldría nunca más.

Pero no le quedaban alternativas: descendió ayudado por unos brazos que su visión no llegó a enfocar. Los veía nebulosos. La escalera se movía con amenazas de partirse, parecía derrumbarse con cada paso.

—¡Ah! Me van a matar en el sótano —reflexionó conmovido, pero los verdugos no hablaban.

Cuando al fin lograron bajarlo, lo ubicaron con la espalda pegada a una pared y le pusieron un pañuelo en la boca, pero Aramburu lo rechazó moviendo el mentón con dignidad.

A Mario se le encomendó la tarea de golpear sobre una morsa con un martillo. Buscaban, con el sonido de la fricción, disimular los ruidos del pelotón. Para cumplir la misión se dirigió escaleras arriba, abandonando la escena histórica.

—General... —advirtió Fernando.

—Proceda —se escuchó la voz temblorosa de Aramburu previo a los disparos, antes de levantar el cuello mirando de frente al pelotón unipersonal de fusilamiento. Ya no le quedaba nada por hacer, las palabras sobraban.

Una pistola 9 milímetros fue la destinada a impactar a la altura del torso del condenado. Una vez Aramburu se desplomó, Fernando se acercó para rematarlo con una 45. Nunca supo cuántas veces apretó el gatillo. Esos disparos fueron innecesarios, rencorosos.

Cuando la sentencia estuvo cumplida, taparon con una manta el cuerpo y fueron a cavar su futura sepultura.

Decidieron enterrarlo en un pozo sin ninguna decoración, lo suficientemente profundo para albergar el cuerpo de un viejo diminuto. Nadie quiso mirar los restos de Aramburu, ese que tantos sufrimientos ocasionó a los leales seguidores del General Perón. Cuidadosos de no levantar la manta, lo arrojaron al lugar que pensaron que sería su última morada. Convenientemente, antes de sepultarlo con tierra, lo taparon con abundante cal. Tomando el ejemplo de Cartago, deseaban castigarlo hasta en la otra vida con la aniquilación de sus restos mortales.

Bautismo de fuego

¿Justificaba soportar tanto dolor? ¿Por qué se empeñaba en guardar sus secretos si de sus acciones no habría más testigos que su propia conciencia?

—¡Nooooo! —gritó de manera desgarradora con cara de espanto anticipándose al toque de la picana en esa porción del cuerpo reservada a las miradas—. ¡No sé nada! ¡Yo no tengo nada que ver! ¡Por favor!

Un cofre en manos de los piratas: era cuestión de tiempo para que el candado que protegía el tesoro cediese a la codicia de sus captores.

¿Qué alternativa le quedaba? Permanecía a merced del brazo represor del Estado, entregado al arbitrio caprichoso de quienes le preguntaban sin atender a sus gritos desesperados.

—¡Por favor, señor. ¡Por favor! ¡No sé nada!

¿Hacía cuánto que estaba detenido? No lo sabía a ciencia cierta. Perdió la noción del tiempo, del espacio, de la vida. Su cuerpo dejó de pertenecerle. Adentro de esas cuatro paredes la autodeterminación de la voluntad resultaba vacía de sentido.

¿Tenía miedo de morir? Por supuesto, pero el dolor era más fuerte y tal vez la muerte se representaba como una alternativa tentadora para que todo acabase, aunque no era tan sencillo: ninguna forma de escape estaba a su alcance y menos la decisión sobre su vida.

¿Y por qué no hablaba? Porque si algo todavía le pertenecía era su dignidad, la lucha entre el bien y el mal, las palabras que no diría y ellos tan empeñados en arrancárselas.

¿Quién se saldría con la suya? ¿Quién representaba la bondad? Todos creían estar del bando correcto y la mejor manera de defender esos principios era destruyendo al mal, encarnado en la piel del enemigo, ese que estaba enfrente, del otro lado del propio pensamiento.

—Martín, hablá, no seas boludo, te van a matar.

Y esa voz suspendida en su recuerdo, esa frase que regresaba, un eco del más allá, la traición menos esperada: lo atormentaba desconocer si era real o la había imaginado en medio de tanto sufrimiento.

La última vez que se vieron no se habían despedido de la mejor manera, pero nunca creyó que Diego pudiera llegar a ser un colaborador.

Cualquier cosa menos un traidor.

—Martín, Martín, mirame, ¡Martín!

La existencia de los *regenerados* era un rumor que las organizaciones revolucionarias no deseaban propagar para evitar caer en el derrotismo y nadie había regresado del más allá de los centros de detención para atestiguar sobre su existencia,

—No quiero que sigas sufriendo, no tiene sentido, hablá, respondé sus preguntas, no seas boludo, te van a matar.

Había anochecido. Lo adivinaba porque la claridad no se filtraba por la capucha cuando abrían la puerta de la habitación en la cual mantenían hacinados a todos los prisioneros. No comió ni bebió desde que fuera detenido, tal vez si le ofrecían algo tampoco pudiera hacerlo. No sentía el cuerpo, su boca era una sucesión de grietas: desértica, seca, con gusto a sangre y óxido.

Sabía que no estaba solo. Aunque inhibida su vista distinguía quejidos, movimientos, susurros, toses y respiraciones, pero no se animaba a preguntar ni a levantarse la capucha por miedo a que las amenazas de quienes lo custodiaban se cumplieran y según había advertido alguien montaba guardia detrás de la puerta.

Hacía esfuerzos enormes, sobrehumanos por distraerse, dejar de pensar, pero no lo conseguía. Otra vez detenido. ¿Dos detenciones en seis años? ¿Volverían a amnistiarlos?

Antes de la presidencia de Héctor Cámpora los militares eran otros pero los métodos eran iguales: el año 1972 renegaba sus últimos días así como la Dictadura Militar, pero no se debían relajar, y Martín lo hizo, bajó la guardia.

¿Qué vehículo lo había levantado? Una frenada brusca, ruidos de neumáticos, el miedo, y cuando escuchó un grito le pareció distinguir un Chevrolet cuadrado, desgastado y sin ninguna identificación.

—¡Policía! ¡Quedate quieto!

Intentó reaccionar, correr, escapar, ser libre, luchar. Sin embargo sus intentos fueron en vano, un golpe certero en la nuca lo derribó.

—¡Levantá las manos!

Una vez en el suelo, en estado de semiinconsciencia, reconoció a su alrededor pasos pisando muy fuerte. Lo obligaron a poner las manos abiertas en la nuca: palpándolo con violencia comprobaron que no llevaba armas. Una mano peluda le colocó esposas.

—Me duele, por favor, no tan fuerte.

—Callate hijo de puta, cerrá el orto.

Sin atender a sus quejas lo tomaron de los cabellos rizados, largos, despeinados: a rastras subió a la parte trasera del Chevrolet. No lo sentaron cómo una persona. A empujones lo acomodaron en el hueco entre los asientos, asegurándolo con las suelas duras de unas botas. Cada pocas calles, con amenazas de muerte, apretaban ese montón de huesos desparramados que formaban su espalda.

Pese a todo tuvo suerte: más allá de los malos tratos fue puesto a disposición de la Cámara Federal en lo Penal y recluido en la Cárcel de Devoto. Debió soportar unos pocos meses de encierro para después salir a la calle festejando como un héroe entre los abrazos de sus compañeros.

La amnistía fue una realidad y Cámpora el héroe de la juventud.

Pero esos tiempos eran felices. Después llegaron sus dudas, la ruptura obligada con todo lo que creía, con su ideología, la teoría del cerco a Perón y todo lo que Martín cargaba en su pensamiento: no pudo soportarlo como sus demás compañeros de militancia.

¿Por qué no resistió hasta el final cuando fue detenido nuevamente a mitad de la década del setenta? Por desilusión. Ya no quería pertenecer, aunque el miedo podía más. De pronto se encontró en medio de dos fuegos: o lo mataban sus propios compañeros por deserción o bien caía en manos de las fuerzas de seguridad.

No llegó a elegir, eligieron por él.

Pensó que con la llegada de Perón a la Presidencia todo cambiaría, pero nada cambió, fue más de lo mismo e intentó dejarlo, alejarse: deslizó la idea, quiso discutirla, no se lo permitieron. No se lo podían permitir a nadie. De la Organización Revolucionaria nadie se iba. Una vez adentro la autonomía de la voluntad dejaba de existir.

—¿Qué están haciendo? ¿Qué les pasa? ¿Se van a pelear con Perón? ¿Están locos? ¡Yo maté por él! Y ahora —dudó, midió sus palabras—. Y ahora me dicen que todo eso está mal. ¿Están locos?

—Martín no podés hablar así, te lo advierto.

—La concha de su hermana, que se vayan a la mierda, yo no quiero saber más nada.

—¿Y qué vas a hacer? ¿Te vas a ir así como así? ¿Hasta luego, acá les dejo las armas? ¿Estás en pedo?

—No sé, no sé, pero yo no quiero saber nada con esto.

Sus opiniones no fueron tomadas del todo bien por el oído que las recibió.

En vista de las dudas derrotistas que segregaba por todos sus poros lo intimaron para que se excusara con sus superiores y diera explicaciones. Sabiéndose en peligro ante sus propios compañeros aceptó los regaños y las órdenes para que volviera a hacerse cargo de la zona que tenía asignada.

—Martín, es la única salida que tenés. Haceme caso, hacé lo que te dicen. Esta te la dejan pasar, no va a haber otra, y pasa porque nos estamos reagrupando, solo por eso. Se llegó a pensar hasta en fusilarte, pero ahí me tocaría a mí también, porque sos mi responsabilidad.

—Aaah, entonces te la dejaron pasar —dijo con sarcasmo.

—No, a vos te la dejaron pasar, pero otra no va a haber, aprovechá esta oportunidad.

Martín, acorralado, continuó perteneciendo a la Organización y las órdenes seguían llegando, cada día más peligrosas, disparatadas y arriesgadas: tomar una comisaría, ametrallarla, matar a un centinela, un atentado a alguna personalidad de la vida pública, emboscar algún camión del Ejército, recuperar armas, asaltar un banco. No todas se cumplían, y allí llegaba la indignación de los superiores.

A mitad de la década de los setenta todo parecía derrumbarse y

Martín, a causa de una serie de detenciones, quedó aislado. Buscó hacer contacto, las citas de seguridad no se cumplían, pensó en el desastre, en el abandono, tanto lo había deseado que cuando al fin parecía suceder se sentía mal, un poco huérfano, tantos años de lucha para terminar en la nada misma.

Pero después de varias semanas lo contactaron para que acudiera a un encuentro.

Fue de la manera habitual.

Con un papel en el diario que retiraba todas las mañanas.

Cuando lo leyó desconfió. ¿Sería una trampa? Hasta el último momento dudó, pero al final se decidió y concurrió a la cita. No tenía alternativa.

—¿Qué hacés acá, Diego? ¿Vos eras la cita?

—Sí, me mandaron a evaluarte.

—¿Ah, sí? ¿Vos? —sonrió desdeñoso mirándolo desde los pies a la cabeza.

—Sí, ¿tenés algún problema? Todavía sos mi responsabilidad, por más que me pese, yo te presenté, yo soy tu responsable.

—Sí, está bien. ¿Qué tengo que hacer? Hace dos meses que no sé nada de nadie. No tengo un peso, no puedo salir, no sé en quién confiar, están cayendo todos, me tuve que ir de la casa, no sé nada de mis compañeros.

—Hubo que hacer algunas reestructuraciones de mandos —sus palabras eran frías, no le tenía nada que explicar—. Quedate tranquilo que se arregló todo. De ahora en más va a ser distinto.

—Sí, me imagino. En una carta que recibí decía que necesitaban que diera un golpe en mi zona. Pero no me dicen con quién. No sé nada de nadie —Martín y Diego hablaban mientras caminaban sin rumbo y no dejaban de mirar a todos lados como pretendiendo anticiparse al peligro.

Los dos tenían miedo, aunque entre ellos simularan lo contrario.

—Quedáte tranquilo, ya vas a tener noticias, para eso te convocaron. La Orga está más viva que nunca. Tenemos que mostrarnos. Están pensando en algo importante, ya te vas a enterar, quedate tranquilo.

—Sí, me quedo tranquilo —dijo con evidente fastidio—. ¿Qué tengo que hacer?

—Toma, leelo y rompelo ya, que te vea hacerlo. En esa esquina pasado mañana tenés la cita. Te vas a encontrar con alguien y te va a llevar a un lugar.

—¿Con quién? —preguntó Martín desconfiado mientras leía la dirección, masticaba papel y escupía los restos.

—Con alguien. Lo vas a encontrar. Él te va a reconocer a vos.

—¿Y yo como lo voy a reconocer?

—Él te va a reconocer a vos, si sabés bien como se manejan las citas, no te preocupes, y te va a llevar a un lugar para preparar un golpe.

—¿Un golpe? ¿Estás loco? —desconfiaba, no quería seguir.

—¿Cómo loco? ¡Vos estás loco! —lo regañó sin dignarse a mirarlo, porque quizás él también tenía algunas dudas y no quería que se le note en la mirada—. Estamos en guerra. No podemos rendirnos, tenemos que luchar hasta el final, hasta la victoria final.

—¿Quién te ordenó dar un golpe?

—Ya te vas a enterar. No te puedo decir nada pero te vas a poner contento. ¿Siempre igual vos? Mirá que te esperan, no falles, es una orden.

—¿Me voy a poner contento? —se rio incrédulo, ya nada lo sorprendía—. ¿Y qué vamos a hacer?

—No sé, ya nos van a decir, es algo grande, tenés que ir a la cita.

—¿Y vos? ¿No vas?

—Sí, claro, pero no con el grupo, todavía no sé en donde se reúnen ni el objetivo, en realidad no sé nada, por el momento tengo que hacer otras cosas más importantes. No te puedo decir nada más, ya te vas a enterar —y antes de despedirse lanzó una advertencia—. ¡No te olvides de llevar la pilcha, eh! Mirá que es algo importante, es una reunión formal.

—¿La pilcha? —se sorprendió.

—Sí, Martín, el uniforme.

"Andate a la mierda", murmuró Martín al despedirse de su amigo, y pensó en no ir a la cita, escaparse, esconderse, sin embargo, sintiendo esa mala sensación en el estómago que precede a una catástrofe, acudió a la cita y sucedió lo que sus entrañas le advirtieron.

Por no escuchar sus instintos se metió en el medio del desastre.

—Quedate un rato parado hasta que no me veas más —Diego seguía siendo el mismo, no había cambiado en nada—. Saludame y quedate acá parado hasta que no me veas —Martín asintió, lo saludó con desprecio y se quedó mirando la espalda de su amigo mientras se alejaba.

Había engordado, lucía descuidado, con el pelo graso y la barba crecida, pero sus facciones de superioridad moral estaban intactas.

¿Se volverían a ver? En esos tiempo difíciles la respuesta al interrogante era incierta. Todo había cambiado, nadie era el mismo, él no era quien fue: las sombras avanzaban oscureciendo todo lo que tocaban.

Ellos soñaban con ser día pero se transformaron en la noche más cerrada.

Un desastre por los que vendrán

¿Fue desquite? ¿Capricho? ¿Venganza? ¿Soñaban en las noches solitarias con La Calera, mientras sentían endurecerse la entrepierna? ¿Qué extraño magnetismo los atraía una y otra a un mismo sitio?

Al terreno lo conocían demasiado: varios integrantes del comando revolucionario pasaban la mayor parte del día en esa pequeña localidad, segura y aislada. Exactamente un año atrás, cuando no eran nadie, decidieron que La Calera fuera el lugar del primer operativo conjunto entre los jóvenes de Buenos Aires y los conterráneos de la Provincia de Córdoba.

Y pasado un año del primer operativo decidieron volver a intentarlo: estaban dulces, sentían confianza, nada podía salir mal, conocían la zona, ya lo habían hecho, un juego de niños.

Decidieron que Emilio estaría al mando del comando revolucionario. Tenía una vasta experiencia militar, había sido parte del exitoso secuestro del General Aramburu y eso le daba una imagen heroica frente a sus nuevos compañeros, los que fueron incorporándose a la Organización Revolucionaria Peronista durante su año de vida.

Se podría arriesgar que aquella operación realizada en 1969, por ser la primera de gran envergadura y la primera vez que tomaron el riesgo de enfrentar abiertamente al Poder, resultó satisfactoria: asaltaron una sucursal del Banco de la Provincia de Córdoba llevándose dinero vital para financiar la vida al margen de la ley represiva y ninguno de los jóvenes revolucionarios resultó herido.

Ahora ya tenían un discurso y un nombre que la gente bien conocía: Organización Revolucionaria. Se dieron a conocer después del gran golpe inesperado para el Gobierno Militar, aquel desquite histórico con una carta de presentación anunciando el fusilamiento de Aramburu tipiada prolijamente en máquina de escribir, letra por letra:

1° DE JUNIO DE 1970 COMUNICADO N.° 4 AL PUEBLO DE LA NACION: La conducción de la ORGANIZACIÓN REVOLUCIONARIA comunica que hoy, a las 7,00 horas fue ejecutado Pedro Eugenio Aramburu. Que Dios Nuestro Señor se apiade de su alma. ¡PERÓN O MUERTE! ¡VIVA LA PATRIA!

El nombre de la Organización mecanografiado por dedos revolucionarios con el que se dieron a conocer después del fusilamiento de Aramburu fue nombrado por infinitas bocas, leído en las calles, escrito con el atrevimiento del aerosol en las principales avenidas del país, pronunciado por los medios de comunicación al servicio del aparato capitalista, repetido en los organismos de inteligencia desconcertados de las Fuerzas Armadas y en la confusión de los investigadores de la Policía Federal.

¿Quiénes eran? ¿De dónde provenían? ¿Quiénes lo financiaban? Hasta ese momento eran preguntas vacías de respuestas.

Las cuentas no cerraban.

La oligarquía exigía el pronto esclarecimiento del secuestro, el crimen que aún no se conocía con seguridad porque nada se sabía del cuerpo del General Aramburu: según la versión del Gobierno continuaba desaparecido. La única información con la que contaban los organismos de seguridad era un comunicado dando la fatídica noticia de su ajusticiamiento, redactado por una insipiente Organización que, según alegaba, el pueblo en su conjunto había decidido la acción contra uno de sus más grandes represores. A su vez en el mensaje intentaban llevar tranquilidad a sus deudos, dejando la salvedad de que el cadáver contaba con cristiana sepultura.

El Tribunal Revolucionario, Resuelve:

1°) Condenar a Pedro Eugenio Aramburu a ser pasado por las armas en lugar y fecha a determinar.

2°) Hacer conocer oportunamente la documentación que fundamenta la resolución de este Tribunal.

3°) Dar cristiana sepultura a los restos del acusado, que solo serán restituidos a sus familiares cuando al Pueblo Argentino le sean devueltos los restos de su querida compañera Evita.

¡PERÓN O MUERTE! ¡VIVA LA PATRIA!

Una vez que los jóvenes revolucionarios dieron a conocer el fusilamiento del General Aramburu, se preocuparon. ¿Qué opinaría el Conductor del Movimiento Nacional Justicialista? Un intercambio epistolar con Perón los tranquilizó. Alguien les hizo llegar una carta paternal escrita de puño y letra desde Madrid.

No han arruinado mis planes inmediatos. La juventud es el bien más preciado que tenemos los argentinos. Sigan por la senda, es la correcta, no se han equivocado de elección.

Con el visto bueno desde Madrid, los revolucionarios deseaban reafirmar la pertenencia al Movimiento Nacional Justicialista, evitar transitar el largo camino del olvido, quedando en la memoria colectiva como los realizadores de un hecho fortuito.

Quizá no lo notaron al momento de ejecutar el primer golpe en La Calera un año atrás, pero habían salvado sus vidas de milagro. No debieron apostar nuevamente sin prever las consecuencias de volver a equivocarse.

Lo cierto es que esa pequeña y tranquila localidad en medio de las sierras cordobesas resultó nuevamente adjudicada para atacar, por quienes eran, aún sin saber de quienes se trataba, las personas más buscadas de la Argentina.

Por el momento nadie sabía que habían sido ellos los responsables del secuestro de Aramburu. Nadie se lo imaginaba, no encuadraban sus aspectos aniñados en la silueta de luchadores revolucionarios: la sociedad solo conocía el nombre con el cual firmaron el operativo y los posteriores mensajes al pueblo oprimido, que todas las mañanas despertaba leyendo cientos de paredes pintadas en los grandes centros urbanos con una inconfundible leyenda:

Organización Revolucionaria. Perón o muerte

Tal vez, y el sentido común así lo indicaba, el golpe perpetrado en 1969 les permitió a los jóvenes con sueños revolucionarios conocer las debilidades de La Calera: de seguro conservaban en la cabeza la planificación, el mapa de la ciudad, los puntos por donde entrar y salir, cómo reducir a las fuerzas del orden, y acaso por ese motivo le tenían tanto afecto.

Ya no repetirían los mismos errores.

Tomarían todas las previsiones para no volver a equivocarse.

La mañana elegida para el nuevo golpe despertó helada. El sol no se animaba a asomarse. La escarcha en los autos como testigo del rocío que aún recordaba a la madrugada, y el aliento helado de quienes se animaban a caminar, eran los únicos dueños de la pequeña localidad que continuaba recordando el asalto, los disparos y heridos del año anterior.

El mal tiempo provocó un retraso en el inicio de las actividades.

Si alguien se hubiera interesado, podría haberse dado cuenta que el Renault Torino con luz giratoria sobre el techo al estilo policial, el Fiat 1500 y la Camioneta Pick-up celeste no pertenecían para nada a personas que fueran oriundos de La Calera. Sin embargo, la regla de las probabilidades concordaba en que allí no debía ocurrir otro hecho violento en varios años.

—¡¿Acá?! Imposible muchachos —repetía una y otra vez el jefe de la Comisaría a sus hombres para levantarles la moral.

Circulando en perfecto orden y sincronización se detuvieron los tres vehículos foráneos frente a la Comisaría, descendiendo de ellos cinco personas: todos cargaban rostros desconocidos, preocupados, mirando en varias direcciones con signos de no haber dormido la noche anterior. Dos de los personajes, a juzgar por el uniforme que llevaban puesto, parecían pertenecer a la Policía de la Provincia de Córdoba. Todos ingresaron con paso firme blandiendo armas de fuego de grueso calibre.

En el interior los únicos policías de guardia, desperezándose, comenzaban a tomarle la denuncia a una pareja de novios que hacía minutos habían llegado. Ellos juraban haber sufrido un robo.

Cuando los policías despegaron la cabeza del escritorio, las sonrisas que llevaban se desdibujaron de sus labios al ver ingresar a los desconocidos con intenciones belicosas: ¿quiénes eran? ¿Camaradas?

—¡Quietos! Estamos tomando la localidad. Somos de la Organización Revolucionaria, levanten las manos, no hagan boludeces.

La sorpresa aún fue mayor para los policías cuando la pareja cambió de bando, o se decidió por uno de ellos, y comenzó a desarmar a los agentes, a esos mismos que hacía segundos les tomaban amablemente la denuncia y bromeaban con alegría.

—Muchachos, quédense quietos, no les va a pasar nada, con ustedes no es la cosa, no queremos que nadie salga lastimado. Ustedes son parte del pueblo, de los trabajadores, no es nada personal.

Y mientras obligaban, con algunos empujones, a los policías desarmados a pasar a los calabozos de la Comisaría los conminaban a exteriorizar sus dotes artísticas.

—Canten, canten la marcha Peronista.

Sí, los jóvenes desconocidos querían escuchar a los policías entonar la marcha vitoreando al General Perón.

—Los Muchachos Peronistas… —comenzaron los agentes con vergüenza, mirándose entre ellos desconcertados.

—¡Más fuerte carajo! No se escucha.

Y los policías prisioneros, solícitos, entonaban las estrofas sin el compás del bombo, mientras los muchachos reían y los ayudaban, siguiendo el ritmo, contra los escritorios de la seccional policial y también los acompañaban a coro.

—Todos unidos triunfaremos, y como siempre daremos, un grito de corazón, ¡Perón, Perón!...

Al mismo tiempo, en otro rincón de la localidad, coordinados cronométricamente, otros dos jóvenes se dirigieron a la oficina central de teléfonos: ingresaron, redujeron al personal, y cortaron las comunicaciones de La Calera con la Ciudad de Córdoba.

Pese a la hora todavía no había clareado, el alba era una amenaza latente trepando el horizonte. Los pocos automóviles que circulaban lo hacían con las luces encendidas intentando vencer la oscuridad:

—¿Y por qué viene tan rápido esa camioneta? ¿Nos vio? —se preguntaban confundidos, en el confortable interior de un jeep, los policías que cuidaban el Banco, mirando desesperados por el espejo retrovisor.

Al parecer no los había visto porque una colisión fuerte, desde atrás, los hizo cabecear, sacudirse, golpearse, retorcerse en los asientos del Jeep.

Debido al asalto del año anterior se decidió que, en forma preventiva, un móvil realizase custodia desapercibida en la puerta del Banco. Pero sucede que su presencia no pasaba tan inadvertida, ya que el vehículo estaba decorado con los colores de la Policía.

El jeep recibió un fuerte impacto imprevisto para los dos únicos ocupantes que montaban guardia.

—¿Qué pasó carajo? —interrogaba a los gritos el Subcomisario al Agente ubicado en el lugar del conductor, como si levantar el tono de voz fuera una fórmula eficaz para esconder el miedo.

El Subcomisario, mientras esperaba una respuesta, buscaba la ametralladora que dejó caer de entre sus piernas. El golpe lo había atontado. No encontraba el arma.

—Bájense, levanten las manos —los policías escucharon una orden escondida detrás de varias personas que comenzaron a rodearlos.

—Abajo mierda, levanten las manos —otra voz de un muchacho llevando una pistola imprudente y de muy mal humor, abrió la puerta del acompañante. Los policías no tuvieron otra alternativa más que obedecer y descender del jeep con las manos en alto.

—Tranquilo pibe, a ver si se te escapa un tiro —dijo el subcomisario.

—No se me va a escapar nada. Espósense juntos y métanse en el asiento de atrás. Dame las llaves del jeep.

Los agresores ingresaron al Banco, que ya contaba con experiencias en esa clase de sucesos: controlaron al personal, revisaron las cajas, cajones, tesoro, y comenzaron a cargar el dinero y a pintar las paredes: vivas a Perón, a la Organización Revolucionaria, muerte a los tiranos, venceremos.

Una película que ya se había visto el año anterior.

—¿Otra vez? —Se preguntaban los vecinos de La Calera al escucharse disparos en la calle principal. ¿Qué sucedía? El eco de un repiqueteo asustó a la población: de manera preventiva todos cerraron con llave las puertas y bajaron las persianas de las viviendas.

El rumor se esparció.

Se comentaba que había alguien herido.

—¿Quién será?

Uno que tenía las heridas frescas del año anterior.

—¿Por qué no me retiré cómo mis compañeros? —pensó Héctor González cuando recibía los disparos de ametralladora surgiendo de los hombres que topó por casualidad en la calle mientras manejaba distraído al llegar desde la Ciudad de Córdoba. Sintió fuego en sus hombros, la sangre bajaba por sus mejillas y se tocó.

"¿Dónde me pegaron? ¿Otra vez? La puta que me parió". Los disparos estallaron el parabrisas. González se echó sobre los asientos delanteros fingiendo un cuerpo a tierra. El automóvil pasó de largo a los asaltantes y las heridas le quemaban, mientras avanzaba fuera de control porque no se animaba a levantar la cabeza. Teniendo en cuenta las heridas recibidas, si se lo proponía, ¿podría incorporarse?

Con los restos de fuerza que conservaba Héctor González giró el volante en la primera esquina torciendo el rumbo. Nadie se tomó la molestia de seguirlo. Tenía un disparo en la frente, en el cuero cabelludo, no sabía dónde, la sangre le brotaba y tapaba su cara. ¿Cómo no murió? Otros dos disparos lo alcanzaron en los brazos: fue la muerte del año anterior que volvía a buscarlo, olvidó llevarlo.

¿Lo llevaría ésta vez?

—Me tengo que jubilar —pensó mientras luchaba contra el desmayo—. Es la última, no me joden más a mí, que se vaya a cagar.

¿Podría conducir en ese estado, con la sangre nublándole la visión?

Sí, y lo hizo.

¿Y qué hacer? No tardó mucho tiempo en averiguar la respuesta mientras por la ruta abandonaba nuevamente La Calera en dirección a la Ciudad de Córdoba: avisar a los milicos.

"Estos hijos de puta de nuevo no se la llevan gratis", repetía dolorido, desandando el camino por el que había llegado hacía unos minutos.

—¡Alto identifíquese! — veinte minutos después escuchó el grito familiar, ameno, relajante, la intimación por los soldados de guardia que le cortaban el paso con una mano sosteniendo el fusil en la otra.

Dicho y hecho: condujo el vehículo agujereado por las balas y manchado por su propia sangre hasta la sede del Tercer Cuerpo del Ejército Argentino y puso sobre aviso a las autoridades militares.

—¡Soy policía! ¡Estoy herido! ¡Me tiraron! ¡Están tomando La Calera de nuevo! —gritó sacando la cabeza ensangrentada por la ventanilla del auto, contó su versión y luego se tiró a descansar en un rincón cuidadoso de no ahogarse con su propia sangre.

Creía haberse ganado el derecho.

Los oficiales, aburridos, festejaron las buenas nuevas: destinaron a una brigada de paracaidistas altamente adiestrada para la guerra ordenándoles perseguir a delincuentes comunes. Una vida de entrenamientos pensando en el enemigo exterior y este se representaba en asaltantes bancarios.

El tiempo en el que a los militares les tomó alistarse, el grupo de jóvenes revolucionarios paralizó y tomó el control de la localidad de La Calera por una idílica hora. En ese lapso las leyes fueron impuestas por su criterio juvenil. Pintaron paredes, arrojaron panfletos, pusieron a sonar por alto parlantes la marcha Peronista y avergonzaron policías:

—¡Perón, Perón! Qué grande sos. Mi General cuanto valés…

Y en la huida los jóvenes arrojaron convenientemente detrás de sí, sobre el asfalto, los famosos clavos *miguelito*, virtuosos en sus posibilidades de caer siempre de pie, de punta al cielo, resultando letales para los neumáticos de quien se arriesgara a perseguir a los que iban en fuga tomando la delantera.

—¿Están todos bien? —sonaron las estrofas de la retirada.

Dispuestos en varios autos todos los revolucionarios intentaron abandonar La Calera tomando el camino hacia la Ciudad de Córdoba.

¿Se repetirían los hechos del año anterior? Sí, esa localidad se rehusaba a plegarse a la revolución y siempre sucedía lo mismo: un automóvil descompuesto.

—¿Y dónde están los compañeros que faltan? ¿Por qué no llegan?— Se preguntaban angustiados los revolucionarios que pudieron romper el cerco, escapar: las autoridades militares y policiales, advertidas, rastrillaban la zona y cortaban los caminos.

A espaldas de los jóvenes que abandonaron La Calera, la Policía encontró un paquete con una inscripción peligrosa:

Cuidado, explosivos

—Traigan a la brigada de explosivos —ordenó el Comisario.

—¿El qué? ¿Qué es eso Jefe? No existe acá.

—Bueno, entonces todos atrás, abran el paquete con cuidado. ¿Quién se atreve?

—Yo voy Jefe.

Alguien tomó coraje, transpiró, pero pudo comprobar que era una broma, solo había un reproductor de *cassetes* dentro de la caja.

—Aprieten el botón de *play* —exigió el Comisario a sus hombres.

¿Un comunicado? No, la marcha Peronista, esa misma que debieron entonar a viva voz los policías encarcelados en la Comisaría, la que enrostraba las virtudes del Líder exiliado.

—¡Perón, Perón! Gran Conductor, sos el primer trabajador…

De la toma de La Calera escaparon todos excepto los ocupantes de una camioneta Rambler: dos revolucionarios quedaron atrás. La camioneta corcoveó, se ahogó y se detuvo en medio de la ruta. Debieron estacionar en la banquina, esperar a que sus compañeros notaran la falta y los rescatasen.

Pero en la espera al costado del camino notaron que ya no pasaban desapercibidos. Sus juventudes resultaban sospechosas.

—Carajo, ¿quiénes son? Se acercan dos hombres —hablaban nerviosos no sabiendo si empuñar sus armas o esperar.

Y esas dos personas que se distinguían por los espejos retrovisores resultaron ser policías con ropa de civil que abrieron fuego, los hirieron y los llevaron detenidos de vuelta a La Calera, esa misma localidad que por una hora habían hecho propia.

Para desgracia de ambos muchachos fueron obligados a regresar a la Comisaría. Sí, a esa en la que los esperaban los policías que habían sido encerrados en los calabozos y compelidos a entonar la marcha Peronista.

—Así los queríamos ver; ¿van a hablar? ¿No? ¿A qué sí?

De seguro que los policías estarían enojados, porque a muchos metros a la redonda se escucharon las palabras de los jóvenes capturados, dando nombres y direcciones de sus compañeros en fuga.

—¿En dónde se esconden sus compañeros?

—No sabemos, no sabemos nada.

—¿Ah, no?

Los jóvenes detenidos no consiguieron mantenerse callados. Colaboraron. Contaron todo lo que sabían.

Que era mucho.

Que era todo.

En busca de los datos aportados por los ocasionales colaboradores, se dirigieron las fuerzas del Ejército Argentino y de la Policía Cordobesa poseídos de furia vengativa.

El grupo de hombres y mujeres que dirigía el comando revolucionario y escapó de La Calera se refugió en la Ciudad de Córdoba, en un barrio llamado Los Naranjos: allí habían preparado una casa segura para esconderse.

Segura hasta que por las ventanas notaron movimientos extraños en el exterior.

—¡No puede ser! La Policía, el Ejército. Están rodeando la casa. Pero si solo los que estamos acá conocemos la ubicación del refugio. ¿Qué mierda pasó? —se preguntó Emilio desesperado, transpirando nervios.

Observando por una mirilla se escurría el lamento sorprendido de quienes estaban escondidos y convencidos de la efectividad del refugio secreto elegido.

La casa estaba ocupada por cuatro personas especialmente elegidas: dos hombres y dos mujeres. Ellos eran los jefes del grupo que tomó por asalto La Calera.

Se suponía que se trataba de una casa de seguridad. ¿Qué salió mal? Personal del Ejército y la Policía patearon la puerta, tomaron por asalto la morada, hirieron, mataron, hicieron prisioneros y secuestraron material sensible a los secretos de la Organización Revolucionaria.

Era correcto lo que pensaban los jóvenes minutos antes de ser detenidos, heridos o muertos: nadie más que ellos tendría que haber conocido la ubicación de la casa ubicada en medio de ese lujoso barrio, salvo por un error, un detalle, ese que siempre se presenta para arruinar lo que debió ser perfecto.

Previo al operativo hubo una reunión en la casa que acababa de ser descubierta por las Fuerzas Represivas. Todos los participantes, menos ellos cuatro, los comandantes, los que se encontraban refugiados al momento del allanamiento, llegaron tabicados, es decir, con los ojos vendados cómo extrema medida de seguridad: nadie debía conocer la ubicación del lugar en donde se esconderían los cabecillas. Si algo no salía según lo planeado esa vivienda debería ser un parador exclusivo que protegiera a los hombres más importantes a la causa popular.

Los apóstoles del redentor exiliado.

Hasta allí todo perfecto. Se realizó la reunión, se ultimaron los pormenores, se afinó el lápiz de la futura operación y se designaron a los hombres encargados de conducir los vehículos que permanecían estacionados en la puerta: ¡ups! Los chóferes, evidentemente, no podían trasladar a nadie con los ojos vendados, entonces, quienes llegaron ciegos como extrema medida preventiva salieron pisando el acelerador y cometiendo la imprudencia de mirar a sus alrededores.

—¿Te duele? Si me das una dirección esto se acaba.

—No, no, no sé nada.

—¿No? Nada más decime dónde se esconden.

—Bueno, bueno, está bien.

Cuando por casualidad uno de los conductores fue hecho prisionero en una Rambler al costado de la ruta, no tuvo mucha opción frente al dolor. Debió delatar a sus compañeros, que aunque lo acusaron de debilidad y delación, no fue su culpa. Si lo pensado hubiera sido perfecto, él nunca debería haber conocido la ubicación de la casa de seguridad.

Una vez que los soldados del Ejército Argentino, junto con personal policial derribaron la puerta de la finca marcada, allí se encontraron con los cuatro jóvenes prófugos. Hubo intercambios de disparos y un herido de gravedad, de mucha gravedad, se moría.

—Se lo merece —se escuchó un rumor repetido en el aire mientras Emilio agonizaba.

La Policía requisó todo y encontró documentos falsos, armas, fotos, una autorización para conducir un vehículo a nombre del herido.

—Del que ya se murió.

—¡No, todavía vive! —advirtió un suboficial humanitario.

—¡Se murió dije! —exclamó el jefe a cargo del operativo.

—Pero respira Jefe.

—Se murió, carajo.

—Jefe, se puede salvar.

—No, si levantó las armas contra nosotros. Este no llega vivo a ningún lado.

Los policías continuaron revolviendo la casa mientras quien pasaría a la historia continuaba en el suelo, escupiendo sangre cada vez que rogaba por atención médica.

Acto seguido, después de trasladar a los heridos al hospital, se procedió a realizar peritajes sobre los documentos secuestrados.

—¡¿Cómo?!

La máquina de escribir utilizada para falsificar los documentos encontrados en la casa del Barrio Los Naranjos era la misma que confeccionó los comunicados posmortem del General Aramburu, esos que anunciaron el nacimiento de la Organización Revolucionaria.

—¿Están seguros? No puede ser, ¿son ellos? ¿Estos pendejos secuestraron a Aramburu?

Y la incertidumbre sobre un plan perfecto tomaba una resolución y se disipaba por un mínimo error.

—Sí, así como lo escucha, tenemos a los autores, triangulamos informaciones, están todos identificados. Conocemos todos los nombres.

Y así comenzaron los procedimientos, allanamientos con detenidos. Los prisioneros quebrados hablaban. Se encontró un cadáver enterrado, rodeado de cal, aunque la corrosión buscada no logró efectivizarse. Se pudo identificar el cuerpo: se trataba del General Aramburu.

—Sabemos la identidad de los autores, todavía no están todos detenidos, uno murió en el asalto a una casa de seguridad en el barrio Los Naranjos después de la toma de La Calera. Su nombre es Emilio y participó en el secuestro de Aramburu.

Se confeccionaron afiches, se adosaron fotografías, se ofreció recompensa, un número telefónico donde llamar en caso de reconocer a los asesinos del General Aramburu.

Carlos, Mario, Susana, Norma, Fernando, Gustavo. Buscados. ¡Delincuentes peligrosos!

Sin salida

Emiliano caminaba furioso, enceguecido, le costaba pensar, ver lo que estaba a punto de hacer, o al contrario, veía con claridad lo que tenía pensado hacer: denunciarlos, denunciar a todos.

Nadie se salvaría de su furia, de su necesidad de marcar un límite, de predicar con el ejemplo.

Pero también tenía miedo. ¿Qué fue la explosión que escuchó? ¿Estaban todos muertos? En ese caso no tendría que denunciarlos pero sí contar su versión de los hechos, las causas de su deserción para que no lo acusaran de colaborar en el aniquilamiento de la célula.

La reunión que el Inglés planificó no salió como esperaba, se degeneró y eso no se podía tolerar. Lo sucedido no podía pasar de largo. Alguna cabeza tenía que rodar.

Rodarían todas pero ese detalle todavía él lo desconocía.

Ya nadie obedecía a los mandos naturales.

Hubo discusiones con los pocos concurrentes y Emiliano se fue indignado, preso de la furia, y esa exaltación le jugó en contra.

Cuando uno está enojado, el discernimiento se ve afectado.

¿Qué les había sucedido? ¿Qué le sucedió a él que no reaccionó como se esperaba de un buen revolucionario?

Pensamientos, reflexiones, enojos que no le permitieron percibir el trueno y el yunque explotando su nuca, la oscuridad y los malos tratos. Todo sucedió en segundos. Sin entender se vio golpeado, insultado y en segundos levantado en el aire, transportado hacia la parte trasera de un automóvil debajo de varias suelas que lo pisaban sin consideración por el dolor.

—¡Quedate quiero! ¡No te muevas porque te mato!

En medio de las advertencias de sus captores, Emiliano lograba escuchar la radio del auto, la frecuencia policial, voces hablando en claves incomprensibles. ¿Quiénes eran? ¿Compañeros o represores? La velocidad disminuyó. Por obra y gracia de la sensación de sus músculos siguiendo las vicisitudes del vehículo pudo notar que comenzaban a transitar por un liso asfalto dejando atrás las calles empedradas.

El viaje duró una media hora hasta que el coche se detuvo. Oyó ruidos de un portón, los rieles peleándose contra el metal que se abría, sirenas, más autos, personas que iban, regresaban, murmullos lejanos, neumáticos quejosos, un intento por estacionar, marcha atrás, rectificar, la palanca de cambios, el freno de mano y las puertas abriendo el paso a los humanos. La presión cediendo y las botas sobre su espalda dejaron de marcarle el ritmo: una mano violenta lo tomó del centro de las esposas.

—¡Dale, bajá! —escuchó el grito mientras lo encapuchaban, aislándolo del mundo conocido.

—Guardalo en la capucha —órdenes, susurros, risas, todo era

confusión en la penumbra de tela en la que se vio inmerso.

Estaba asustado. Temblaba, aunque le costara reconocerlo. Caminaba guiado por las vías de los empujones e insultos. Subió algunos pisos por escaleras. De fondo escuchaba música emitida por una radio que intentaba camuflar los gritos de dolor. El olor arrugaba las narices, contenía la respiración, el olfato menos deseado: desperdicios humanos, transpiración, comida. ¿En dónde estaba?

Le quitaron las esposas, lo obligaron a desvestirse y una lluvia de golpes le dio el recibimiento. No veía más que la oscuridad impuesta sobre la cabeza. No percibía desde donde llegaban los puñetazos, solo atinaba a gritar: el estómago, la cabeza, la espalda, parecía como si quisieran ablandarlo o advertirle. La bienvenida se prolongó hasta que cayó al piso y no consiguió volver a levantarse.

—Basta, basta, dejalo un rato, Pomelo.

Antes de que lo abandonaran y le permitieran recuperarse escuchó unas palabras que se iban con la distancia.

—Ojo con sacarte la capucha porque sos boleta.

Bajo ningún concepto debía reconocer el rostro de sus captores. De esa manera, ellos podían trabajar sin cargos de consciencia ni preocupaciones que alteraran su rendimiento.

Cuando volvió a escuchar pasos a su alrededor, lo obligaron a acostarse sobre una camilla. Ataron con una goma sus pies a un extremo, sus manos al otro y sintió un pinchazo en el cuerpo que le transmitió un dolor nunca antes experimentado e indescriptible. Mientras se sacudía por las descargas le preguntaban acerca de nombres, lugares, fechas, armas y dinero.

Sobre todo dinero.

Y todas las preguntas iban acompañadas con datos exactos de su pasado. Con la poca lucidez que pudo conservar, concluyó que algo no andaba bien pues no existía forma de que supieran todo sin que alguien lo hubiera traicionado.

—¿Vos sos Emiliano, no? ¿Rubio es tu nombre de guerra, no? Escuchame, Rubio, la plata, ¿en dónde tienen la guita flaco? ¿Vos también estabas en la joda?

La violencia aumentaba cuando las preguntas quedaban huérfanas de respuestas y se escuchaban solamente sus ruegos, los gritos de dolor: el voltaje subía, las amenazas también. ¿Cuánto tiempo lo interrogaron? Es imposible que lo supiera. Llegó un momento en el que su cuerpo entumecido se retiró a descansar y ya no sintió nada más. Todo se nubló, las risas fueron alejándose, sin percibirlo mutaron en quejidos, toses, respiraciones, lamentos y lágrimas.

—¿En dónde guardan las armas? ¿Los fierros nene?

—Pará Julito, me parece que se desmayó.

—Hijo de puta, ni lo toqué todavía —se quejaba la Araña porque la sesión había sido leve según su criterio.

—Me parece que este es un pichi —consideraba el Gringo mientras lo agarraba de los cabellos para comprobar si realmente había perdido la consciencia.

—Mmmmm —dudó la Araña—. No me parece, este tiene algo. ¿De dónde venía cuando lo engancharon?

—No sé, lo encontraron lanchando cuando nosotros estábamos en el quilombo —convencido, el Gringo lo soltó de mala manera.

—Quizá tenga algo que ver, jefe —se metió el Petiso en la conversación, uno de los suboficiales que acompañaba el grupo.

—Bueno, tenemos que saber de dónde venía. ¿Qué dijo ese Diego? ¿Se lo mostraron? —preguntó la Araña mirando a los dos suboficiales.

—Sí, lo reconoció —esta vez el que habló fue Pomelo.

—Bueno, preguntémosle por la piba, por ahí nos llevamos una sorpresa —continuó la Araña.

—¿Te parece? —el Gringo Umbidez dudaba, pero teniendo en cuenta la forma en que trabajaban, uniendo cabos sueltos, todo podía ser—. Bueno, dejémoslo un rato, más tarde lo vemos, ahora concentrémonos en la piba a ver quién tomó la posta de eso, apretemos al otro.

—Okey —asintió la Araña dispuesto a seguir enfocado en una investigación que parecía más importante.

Y se olvidaron del Rubio.

Alguien lo trasladó del cuarto en donde se llevaban a cabo los interrogatorios.

Emiliano despertó en una habitación oscura: el piso duro, frío se aliaba contra el cuerpo magullado, la sangre seca en el rostro, el dolor entreverándose con el miedo. Hastiado de la ceguera artificial, hizo a un lado la capucha, liberó sus ojos. Tamaña imprudencia le permitió reconocer a otras personas en su misma situación, retraídas por el terror, aislados del resto por una línea imaginaria y sin moverse por temor a las represalias de los guardias.

La recepción no había sido la mejor: algunos detenidos se le acercaron, intentaron hablarle, conocer su procedencia, pero no lograron quitarlo del estupor, la sensación de abandono. ¿Lo habían defraudado? ¿Cómo es que sus captores conocían sus datos personales?

Cualquier intento de comunicación finalizó cuando escucharon pasos en el pasillo: quienes estaban a su alrededor regresaron a sus lugares muy rápido, sosteniéndose en sus cuatro extremidades.

Y la puerta se abrió.

Alguien entró en la habitación.

Los gritos e insultos regresaron a escena.

—¡Arriba carajo, vamos a jugar!

—¡Afuera! ¡Afuera todos!

—¡Vamos! ¡Vamos! ¡Salgan!

Y las patadas se ensañaban contra quienes tardaban más de la cuenta en incorporarse contrariando el deseo de los captores. De vuelta los golpes en el estómago, el rostro y la espalda. No había consideración con quienes no consiguieran la velocidad requerida.

Llegaron más hombres. Los detenidos salieron al pasillo, esperaron en fila frente a la puerta de las celdas. Cuando hubieron reunido a todos, fueron conducidos a un *hall* muy amplio: quien parecía mandar lo hacía con un tono marcial, decidido, seguro de sí mismo. Ni bien llegaron al sitio elegido, comenzó a ordenar saltos, carrera *march*, cuerpo a tierra, flexiones de brazos, una puesta en escena similar a una instrucción militar a personas ciegas, ya que a ninguno de los que se esforzaban por cumplir las consigas disparatadas le habían quitado la capucha que los aislaba de la realidad.

—¡Vamos, vamos carajo! No me hagan enojar que hoy no estoy de humor. A ustedes hay que mantenerlos a raya, tienen que aprender —su voz era gruesa, cascada—. ¡Al piso! ¡Arriba! ¡Salten! ¡Vamos! ¡Vamos!

Y en un momento, como por arte de magia, las órdenes cesaron, los cuerpos permanecían tendidos en el suelo, agitados, expectantes. Las risas de los carceleros se escuchaban cómplices, divertidas por asistir a un circo romano del Siglo XX: la música continuaba sonando y la voz de mando hablaba en un rincón alejado.

Emiliano quedó alejado de todo el grupo y le costaba reconocer lo que estaba sucediendo.

—Ustedes dos, ¿así que son oficiales? ¡Arriba carajo cuando les hablo! ¡Párense, mierdas!— Después de la última sílaba se escucharon ruidos secos, huesos, músculos, botas que impactaban, dolor y quejidos.

—¿Son machos para andar matando gente no? Ahora vamos a ver —un gemido profundo siguió a la pregunta por un golpe de puño en el estómago del interrogado que no lo soportó y cayó de boca al suelo—. ¡Te di una orden! ¡Arriba!

Cuando al parecer la orden pudo ser cumplida, las carcajadas estridentes festejaron la ocurrencia y la misma voz seguía dirigiendo la opereta.

—Ahora le vas a bajar la bragueta a tu compañero y le vas a chupar los huevos, ¡dale! Metetelos en la boca, quiero verlo, hacelo o te doy máquina hijo de puta, te lo juro, te doy máquina hasta que te mueras.

La diversión continuaba, pero no todos podían ver el resultado. ¿Se los estaría metiendo en la boca? ¿Podía más el temor a la dignidad? ¿Qué haría si a él le ordenaban lo mismo? Era oficial de la Organización y quizá en algún momento le tocaría la misma humillación, ya que evidentemente se ensañaban con los de mayor jerarquía. ¿Cómo explicarles que estaba desencantado y que no le importaban los escalafones después de lo que había visto en el departamento?

—A ver, gritá ahora ¿Cómo es que dicen? Dale, viva al Ejército

Revolucionario ahora, dale, dale, te quiero escuchar, ¿Cómo es? —y en tono de burla, subiendo la voz gritó—. ¡A vencer por la Argentina! ¡Dale! ¡Dale!

Pero nadie repitió con él.

La expectativa terminó cuando al parecer dejaron de intentar cruzar sexualmente a las dos personas y comenzaron a separarlos en grupos. Nadie sabía de a cuantos, solo los ubicaban en fila y en el momento que menos lo esperaban recibían un puñetazo en el rostro.

—Dale maricón, levantate que no te pegué tan fuerte.

Los golpes a ciegas eran terribles, no le daban oportunidad al detenido a prevenirse e intentar una defensa. Las caídas después de los puñetazos eran violentas: cabezas contra el suelo, huesos y desvanecimientos. Nadie llegaba a protegerse con las manos. La ceguera virtual no les permitía tamaño detalle.

El odio y las ganas de combatir regresaban cuando los golpes se espaciaban y otros detenidos llevaban lo peor de los embates.

"¿Por qué dejé la pistola?", se reprochaba Emiliano mientras arrugaba los ojos esperando el impacto: hubiera preferido morir peleando a seguir soportando esa clase de humillaciones.

¿De estar armado se hubiera resistido? ¿Tenía posibilidades frente a una brigada policial?

Increíblemente no recibió ni un golpe. Pasada una media hora de entretenimientos todo terminó abruptamente.

—¿Qué estás haciendo, Adrián? —alguien llegó, se escuchó un reproche, una discusión a la distancia y algunos nombres.

—Nada, los estoy ablandando, Ariel.

—¿Ablandando? Vos sos un hijo de puta, guardalos a todos de nuevo.

Con los detenidos a la expectativa, el tal Adrián aceptó lo que parecía una orden de un superior: debió suspender las actividades recreativas y devolver a los prisioneros a las habitaciones. Los carceleros apurados los arrojaban como bolsas.

Y la puerta volvió a cerrarse.

Oscuridad.

Había silencio interrumpido por quejidos.

Ya nadie tenía ganas de sociabilizar con sus compañeros de encierro: algunos lloraban, otros llamaban a sus madres, novias, no se sabía, eran nombres al azar, sin rostro, hasta que la amenaza del guardia los volvía a sumir a todos en un letargo doliente.

—¡Silencio carajo! —ordenaba cuando perdía la paciencia quien cuidaba la puerta.

¿Cuánto tiempo había estado detenido? Le parecían siglos, aunque en realidad no se llegó a cumplir un día y por desgracia llegó en el peor turno, la guardia más terrible, el inquisidor más temido según le advertían.

—Es un hijo de puta. Es suboficial. Por lo que oí le dicen Adrián.

Emiliano escuchaba a sus compañeros de encierro y no creía poder soportar mucho. Todavía no lo había interrogado en persona esa voz marcial que los hiciera jugar en la improvisada arena: aquella bienvenida significó una advertencia interesante. De contar con las fuerzas necesarias, debía pensar muy bien cómo se iba a comportar si planeaba conservar la vida.

Despecho

Una vez que consiguió serenarse y reflexionar, ¿le resultó simpática su declaración amorosa?

—Jorge es un excelente revolucionario —le aseguraba su responsable en el intento por inclinar la balanza de sus sentimientos—. Es un ser humano impresionante. Y no te olvides que vos estás acá por él.

¡Qué forma tan novedosa de conquistar a una mujer! En piloto automático.

A decir verdad no significaba ninguna invención. Ya la utilizaban los reyes al enviar a sus emisarios para realizar los acuerdos prenupciales en tierras lejanas.

Estupefacta, acorralada, reía sin emitir ningún gesto, algo muy común en ella cuando las palabras la abandonaban: sin notarlo, de a poco, se iba introduciendo en una trampa de la que le fue muy difícil salir.

Jamás pensó que podría llegar a ser tan abrasiva.

—Es un excelente revolucionario para ser tu compañero —repetían a coro en la reunión, en la ronda consultiva que decidía la vida de los demás.

Increíble. ¿Habrían comprendido bien el concepto de socialismo? ¿O ella fue la que no entendió? Lo mío, sigue siendo mío: mal, muy mal. Lo suyo, era de todos. Lo sabía, lo compartía, pero por momentos regresaban esos recuerdos capitalistas y pretendía elegir con quien compartir sus virtudes veniales.

¿Acaso no era lo que deseaba cuando le advertía a modo de broma, y el pequeño burgués la miraba desconcertado?

—Yo creo en el amor socialista. ¿No leíste a los filósofos griegos? Yo opino lo mismo que ellos sobre el amor comunista. No puedo ser de uno solo. Tenemos que compartir.

Y bueno, tal vez había encontrado ese amor, y no era tan bueno como esperaba, o quizá que los demás opinaran sobre sus deberes amorosos no la seducía, y menos la actitud indigna de su nuevo compañero sentimental.

Así sucede siempre en el amor. Durante los primeros meses de relación los actos del ser idealizado nos llenan de ternura, pasión y simpatía, pero una vez que la llama disminuye, con riesgos de extinción, las mismas actitudes que hasta hacía segundos nos enloquecían ya nos resultan molestas, nos incomodan, irritan e intentamos esquivar sus embates lujuriosos.

Clelia soportó algo similar. Su inexperiencia le jugó una mala pasada. Ciertos comportamientos livianos, que en su pasado transcurrían como un divertimento satisfaciendo sus caprichos, en su nueva realidad partidaria resultaban acciones intolerables. Debía aprender del mal trago y evitar los errores de su vida anterior.

Para ella Jorge no significaba nada especial, era uno más del que se sirvió para concretar un objetivo. El golpe lo recibió al reparar en el concreto inflexible, teórico, del ámbito en el que comenzó a moverse. Sus decisiones y elecciones ya no le pertenecían. Su sexo pasó a formar parte de las resoluciones del órgano máximo del Ejército Revolucionario.

Ellos se conocieron en un pasillo de la Universidad. Alguien la invitó a participar a una reunión con tintes conspirativos, discusiones y clandestinidad. La casa pertenecía a un compañero. Ella, como otros tantos, nunca supo su ubicación. Llegó ciega en el asiento trasero de un Fiat 1500 familiar.

—Vista al suelo, no levantés la cabeza —advertían recelosos quienes organizaban el mitín.

La rutina era por seguridad, la cuestión residía en no reconocer el recorrido. Había que tomar ciertas precauciones por si algún participante llegase a caer en manos de la Policía y lo compelían a hablar. Aunque confiaban en el espíritu del nuevo hombre que integraba las filas partidarias, uno nunca se podía fiar, no era conveniente apostar a pleno todo el dinero de una vez.

¿De qué se habló en la reunión? Seguramente de la solución a los problemas del pueblo, la toma del Poder, del ejemplo Cubano, la organización de algún foco guerrillero, interpretarían escritos, libros o películas. Sin embargo, ella no recordaba con exactitud, como así tampoco el nombre del muchacho, uno más. Fueron presentados por la denominación de guerra, otra medida de seguridad. No obstante, si bien se lo piensa, ese recaudo era un poco absurdo: todos eran amigos, y aunque intentaran convencerse de que únicamente conocían el apodo combativo de sus compañeros, llegado el momento, bajo presión, no había quien no recordase los años de amistad previo al ingreso a la clandestinidad.

Resultaba inevitable, pese a la estructura piramidal de las organizaciones revolucionarias y las medidas estrictas de seguridad, que siempre hubiera uno que conociera a otro de una relación pasada: ese conocimiento se traducía en nombre y apellido, presión, delación y caída de la estructura.

—¿Cómo se llama esa piba? —le preguntó Jorge a un compañero en voz baja sin quitarle la vista de encima.

—No sé, no la conozco, es la primera vez que viene.

—¡Está buenísima!

Ella notó su mirada perdida. Jorge la hostigó durante toda la velada con miradas penetrantes sin saber cómo materializar sus sentimientos: no le dirigió la palabra, apenas si la saludó cuando la volvieron a obligar a bajar los ojos tan llamativos, rasgados, fríos, sensuales, que se negaban a obedecer las reglas.

Clelia lo olvidó, ni siquiera recordaba su voz. Jorge no pudo dejar de pensar en ella. Cuando llegó a la reunión y tomó asiento cerca de la mesa parecía timorata. Pero en el instante que comenzó el debate defendió sus ideales con sobrada vehemencia.

Jorge no dudaba de sus propias habilidades revolucionarias ni de su valor en los operativos. Era un experimentado combatiente del frente militar. Su carencia se conjugaba en que nada sabía de mujeres ni de cómo conquistarlas. Aunque no lo admitiera en presencias extrañas, y relatara historias de conquistas que solo se producían en su imaginación, en privado se avergonzaba de su falencia galante.

¿Y cómo acercarse a ella si no conocía su nombre, su procedencia, ni si la volvería a ver? Él, como pilar de la revolución, como proyecto de hombre nuevo, debía resolver ese dilema porque no podía distraer su mente en el amor. Le resultaba imperioso llegar a esa mujer cuanto antes, saciar su fetiche capitalista, recomponer el pensamiento combativo y entregarse sin distracciones al bien del pueblo.

—Me dijeron que se llama Clelia. Conozco a su responsable. Es muy amigo mío —a Jorge le ofrecieron la punta de un hilo y solo debió comenzar a tirar.

—¿Cómo lo conoces? Eso es imposible, está prohibido.

—Sí, bueno, pero es amigo mío, ¿qué querés que haga? Lo conozco.

—¿Se podrá hacer algo? — preguntó sumido en un susurro, sabiendo que romperían algunas reglas de seguridad.

—¿Querés conocerla?

—Sí, me encantaría. ¿Se podrá manejar?

—Sí, Jorgito, despreocupate.

La solución se le presentó de una manera muy simple: discutir, arribar a conclusiones, decidir todo por el voto de la mayoría. Utilizó las cadenas de mando, lo que estaba prohibido, las barreras que se flanquearon, derrumbadas en nombre de una hermosa historia de amor.

—¿De verdad me decís? —pero, aunque su responsable se lo aseguraba, él se negaba a creer que se rompería la severa disciplina impuesta en las células.

—Sí, claro, dame unos días, dejame que lo hable.

En teoría nadie debía conocer ningún dato de personas integrantes de otras células porque de esa manera se aseguraban que, si alguien llegaba a caer, nada supiera de la operatividad de otros grupos.

Los verdaderos nombres, la base de datos de todo el Ejército Revolucionario la tenía "El frente legal", algo así como el departamento de recursos humanos de una empresa.

Las distintas Convenciones Internacionales referidas a la guerra habían prohibido desde hacía muchos años la utilización de armas químicas. Pese a esta limitación, es sabido que se usaron, y se seguirán utilizando. Este instrumento, a través del tiempo, fue el más imperceptible aunque vil, incorrecto y genocida.

El amor, una vez que estalla, degenera las sustancias químicas del organismo, comenzando por el cerebro: ciega completamente al receptor de la emisión toxica, produciendo en el damnificado pensamientos irracionales.

Eso mismo fue lo que le sucedió a Jorge. Si bien la niña nunca buscó ese fin, era portadora de un arma de destrucción masiva sin precedentes en la historia en cuanto a sus atributos devastadores.

Él no volvió a ser el mismo desde la primera vez que la vio.

Ya nunca consiguió quitarla de su pensamiento.

Tras la despedida, el final de la reunión, sus días se extendieron eternos. Las noches no dormían, se negaban a amanecer y comenzó su derrotero de suspiros perdidos, implorantes al dios de la causalidad, otro encuentro, una oportunidad.

Desesperado su tiempo se diluía pensando en una estrategia de conquista, por si acaso llegase a volver a encontrar a Clelia. Y de esa manera la revolución se detuvo, debió aguardarlo, no podía quitarse esos ojos color miel de la memoria.

—Me vuelve loco. Quiero que sea mi compañera.

En una conversación íntima, con fingida eventualidad, pero muy meditada, a modo de confesión, con la consciencia del que quiere pedirle ayuda a quien lo escucha, se declaró ante su responsable: este, enternecido, siguió la cadena de mando hacia arriba, en representación del cuadro inferior, interfiriendo frente al responsable regional. La triangulación cayó en la persona que estaba a cargo de Clelia. Se discutió sobre la situación que vivía el compañero. En nombre del amor se usufructuó la estructura revolucionaria, se decidió el destino de la bonita mujer sin que ella se enterase.

—Está bien, ella está sola. ¿Qué mejor que estar con un buen compañero? Lo voy a hablar, se lo voy a proponer.

Y después de mover las fichas en el tablero, los secretos que tan celosamente se guardaban, los nombres propios, la procedencia, la identidad de los integrantes de células que nadie debía conocer por cuestiones de seguridad, el responsable de la niña fue el encargado de declararle el amor a pedido, a distancia, a ciegas, en representación de un compañero militante que no dejaba de pensar en ella desde la primera vez que la vio, como si se tratara de una carta parlante. Le habló de todas las virtudes del muchacho y que, de aceptar la relación, sería transferida de inmediato al frente militar, a compartir la suerte de su pareja.

—Es un gran revolucionario, una excelente persona, un compañero de primera. Y como sabrás, sí decidís ser su compañera, si aceptás, pasarías al frente militar con él. Tal como vos querías.

Clelia pensó, sonrió, era lo que tanto buscaba: la lucha armada, participar de los operativos, ser una pieza fundamental de la revolución.

Sin embargo, dudaba.

"¿Al menos es lindo?", pensó al escuchar las características de aquel Robín Hood del tercer mundo, aunque no se animó a formular su interrogante por miedo a que la confundieran con una insensible que aún guardaba vicios burgueses.

Si ella aceptaba la relación, desde ese mismo instante, serían pareja, novios, compañeros, no había necesidad que intercambiasen palabras previas, y lo mejor llegaría de la mano del beneficio, atarse a las costumbres socialistas: la mujer siempre seguía la suerte del hombre y entre los dos, si el amor llegaba a concebir un fruto, nacería el hijo de la revolución.

Con los oídos cercanos a la explosión por los constantes adoctrinamientos amorosos, la niña cedió a las presiones.

—Y Bueno, sí, no tengo problema en conocerlo —Clelia se dejó convencer en la imprevisión de que una vez aceptado el cargo le sería muy difícil renunciar a él.

Y el inconveniente fue que el muchacho no era tan buen revolucionario como lo referían sus responsables. Resultó flojo. Se enamoró perdidamente después de dormir con el ardor de su nueva compañera.

En las circunstancias que se vivían, todo se resumía a la primera cita. Nada de dilaciones, cines, almuerzos ni vergüenzas. Nada los podía distraer ni poner en riesgos. Ella fue trasladada a la casa que compartía su nueva pareja con otros compañeros. Fueron presentados y eso fue todo.

—Hola, soy Jorge.

Y su nuevo compañero quiso tocar lo que era suyo, y Clelia no se lo negó, ese día. Jorge se sintió victorioso, no conseguía contener ni su sonrisa ni su miembro viril cuando comenzó a acariciar la piel tersa de su compañera, una y otra vez, entrar y salir, recuperar el tiempo perdido.

—Yo soy Clelia.

Desvestirla no fue un problema. Ella no tenía mucha ropa y la poca que llevaba se la quitó sola. Al quedar desnuda dejó que su compañero hiciera todo, no le negó nada, pero aunque él no lo supiera en ese momento la manifestación de su desprecio lo exteriorizaba en quedarse quieta, dejarlo hacer, no intervenir, hacer a un lado la mirada, distraerla en el techo, en un rincón sin siquiera asentir frente al esfuerzo pelviano de su compañero.

—¿Te gusta? ¿Te gusta? Decime algo.

Jorge y su excitación no tomaron nota de la ausencia de besos de su nueva compañera. Ella nunca lo satisfacía por más que él quisiera guiarle su cabeza hacía lo más bajo de su cuerpo. Clelia siempre encontraba un camino alternativo para no besarle aquellos confines.

—Es cuestión de tiempo Jorge, ya te la va a chupar —lo consolaban sus compañeros cuando él les contaba sus pesares—. ¿Y vos? ¿Bajás?

—¡Por supuesto! Es lo que mejor hago. Si no, no estaría conmigo. A ella le encanta. Me lo pide. Hasta hay veces que me deja hacer solo eso porque le encanta.

—¿Y no hacen nada más? ¿Ella no te devuelve el favor? —emocionados por el relato sus compañeros no podían creer lo que escuchaban, que ella no hiciera nada, que solo ella disfrutara. Algo estaba mal pero no se animaban a decírselo, se reservaban la opinión.

—Bueno, bueno che, tantos detalles no me pidan, ya está —Jorge frenaba de golpe avergonzándose al descubrir que la falta de interés de la niña no era normal como él pensaba. Ella lo utilizaba en propio beneficio: para ingresar al frente militar y para que con su lengua le otorgara placer sin que tuviera que hacer nada más.

—¿Y? ¿Ya te la chupó? —semana a semana sus compañeros seguían el caso.

—No me hablés, no hay caso.

—Ja ja ja ja, no me jodas. ¿No quiere?

—No, pero es cuestión de tiempo.

Jorge creía poder cambiarla. Estaba obnubilado. Le gustaba mirarla mientras dormía, su aparente calma, como respiraba, se quejaba, daba vueltas, no se quedaba tranquila, y aunque no se lo reconociera a sus compañeros, disfrutaba besándola, regalarle placer oral, por más que ella después se durmiera y fuera lo único que le dejaba hacer y él tuviera que arreglarse solo.

Cada día que pasaba a su lado más quería conservarla.

Jorge pensaba que tal vez Clelia no se fijaba mucho en él por toda la tensión que vivía. Entonces proyectó protegerla, abandonar todo y huir con su compañera, temeroso de que algo malo le sucediera, quedar solo, tener que volver a conquistar a una muchacha con lo difícil que le resultaba.

—Dejemos todo mi amor. Escapemos lejos de toda esta locura —sin embargo, la contrariedad llegó cuando para ella él fue uno de muchos. Después de acostarse varias veces, sus pláticas repetidas la aburrían en exceso.

En un principio, siendo dos completos desconocidos, descubrirlo la entusiasmó. Quizá se divirtió hablando las primeras madrugadas desveladas con el frenesí de quien espera en el otro más de lo que éste puede dar. Pero hastiada de que todas las conversaciones giraran sobre un mismo tema revolucionario, llegando al extremo de que hasta cuando asentía excitado aclamaba a la revolución, ya dejó de interesarse en el muchacho.

La niña había aprovechado su fugaz relación, pero una vez conseguido su objetivo el muchacho estaba de más, sobraba. A cambio, en justa retribución, le había permitido ingresar a sus húmedas cavidades revolucionarias. ¿Qué otra cosa pretendía? Sin embargo, él no se resignaba, estaba enamorado. Continuaban durmiendo juntos, respetando las apariencias, pero ella lo castigaba con el silencio.

—Clelia, Clelia. ¿Otra vez te dormiste? Hace un mes que no hacemos nada. Clelia. Contestame. ¿Qué te hice para qué me tratés así? Soy tu compañero, carajo.

Esperanzado, el joven intentó revertir por sus propios medios la situación, pero conociendo su falencia para la galantería fracasó. La abstinencia sexual lo acorraló, no la pudo seguir soportando. Ella resistía, no se dejaba desvestir, hacía a un lado las manos ajenas a su cuerpo.

—Lo voy a plantear con nuestros superiores, no puede ser que no tengamos intimidad, que me ignores —se quejó Jorge susurrando, desconsolado al ver frustrados sus planes sexuales nuevamente, sin saber cómo resolver el conflicto.

—¿Qué vas a hacer qué? ¿Estás loco? —reaccionó Clelia espantada. Al parecer no estaba tan dormida.

—No, esto no puede seguir así —le advirtió una noche, y ella pensó que fue una vana amenaza.

El peor estado de un hombre es el resentimiento que sobreviene a la desesperación. Todavía más terrible es si el despechado considera que una mujer le corresponde por derecho divino. Y, lo que una vez resultó, ¿por qué no dos veces? De nuevo a utilizar la estructura de mandos. Los compañeros ya convivían en una misma casa junto a otros dos integrantes de la misma célula: una comunidad. Y todos respondían al mismo responsable.

El joven, desesperado, se confesó frente a su superior. La compañera se rehusaba a tocarlo íntimamente, apenas le hablaba, no respetaba el débito conyugal.

—Soy su compañero, carajo. No entiendo, soy un excelente revolucionario, hablo de Marx, de Lenin, de la lucha de clases.

¿Y esas eran todas sus virtudes? Al parecer sí, pero a su responsable lo conmovieron sus lamentos.

—Bueno, dejame que lo maneje.

El problema era muy delicado para el superior de ambos, y este, desbordado por la pena ajena, creyó que lo mejor, lo más conveniente, era molestar nuevamente a la cabeza regional, dejar el problema en sus manos.

—Clelia no quiere acostarse con el compañero. Me preocupa la merma en su concentración revolucionaria.

—¿De ella?

—No, de él.

Y en vista a tamaño inconveniente que podía degenerar la armonía combativa, se decidió hacer una reunión con todos los integrantes de la célula. En total se sentaron a la mesa seis personas.

Terminado el almuerzo ninguno se levantó de su silla. Junto con el humo del cigarrillo de la sobremesa se planteó el problema en presencia del responsable de los cuatro combatientes y también quien estaba a cargo de toda la región.

—La compañera no quiere estar más conmigo, no quiere tener sexo, no me toca, no me habla. Llegué al extremo de arreglarme solo. No lo puedo soportar más.

Clelia mientras escuchaba sonreía nerviosa, no creía la situación que vivía, se tapaba el rostro avergonzado con el cabello, las manos y desviaba los ojos.

—¿Vos que opinás, Clelia? ¿Qué es lo que te está pasando? ¿Qué ves mal?

—No sé, no sé, yo tengo mis tiempos, tengo mis preocupaciones, no tiene sentido esto —Clelia no pudo explicarse: estaba asombrada, no podía creer lo que sucedía en esa casa de seguridad de un ejército revolucionario.

—¿Cómo qué no sabés? ¿Qué pensás de todo lo que él dijo?

—Tal vez necesite reflexionar a solas por un tiempo, tomar distancia —presentó tímida su pensamiento.

Seguido al planteo de la pareja, fue el turno de los compañeros de convivencia para que se explayaran, expusieran sus opiniones respecto a los deseos de la niña. Uno a uno fueron hablando. Ninguno reconocía las causas, no veían un problema en la pareja, quizá nada sabían sobre el lívido y sus desapariciones.

El alegato final le correspondió al despechado compañero.

—Yo estoy triste, estoy enamorado. Reconozco que no le doy todo lo que ella se merece, pero es que la lucha por el pueblo consume todas mis energías. No puedo tener estas preocupaciones en la mente. Quizá a ella le molesta mi historia, somos distintos, yo vengo de abajo.

Gran jugada: él era de origen obrero, quizá esa era la causa por la cual la compañera no quisiera estar a su lado. Por ese motivo, después de oír los alegatos, el responsable regional la reprendió con dureza.

—Pequeño burguesa: tu problema es porque él es un obrero, no pasa por el amor, sino por su origen social. No quiero excusas, para la próxima reunión la pareja debe estar recompuesta. No quiero quejas. Voy a seguir la evolución día a día.

El despechado sonrió. Cumplió su objetivo, creía que podía manejar los sentimientos de la niña: evidentemente no la conocía. Cupido revolucionario se había expedido, el Partido decidió. Ambos se amaban. El problema era la mujer. No se adaptaba, discriminaba al compañero porque era de origen proletario. No se les permitiría separarse. No se hablaría más del tema. Levantada la sesión volverían a compartir la intimidad, y él podría acceder cuantas veces quisiera dentro de la compañera.

Pero la sentencia nada decía del interés que ella debía mostrar ni de su desprecio.

Sin embargo, antes de que venciera el plazo del ultimátum, el compañero fue detenido por la Policía y cometió la imprudencia de hablar, quebrarse frente a los captores para detener su dolor, sin importarle que, con esa acción, despertaría sufrimientos ajenos. Ya no era tan buen revolucionario.

Los restantes integrantes de la célula guerrillera debieron abandonar la casa apresuradamente, salvar lo que se pudiera cargar en los bolsillos, el resto dejarlo en manos de las Fuerzas Represivas. Nunca más se supo del joven apresado, solo se lo recordó por los compañeros que fueron detenidos, uno tras otro, víctimas de sus delaciones:

—Tenías razón Clelia, se te autoriza a buscar una nueva pareja —se disculparon los Jefes con la niña en plena huida—. Jorge colaboró, nos vendió a todos.

La excusa

Apenas entrada la década del setenta el Gobierno militar presidido por el General Lanusse no conseguía erradicar la epidemia que avanzaba sin control, afectando en su mayoría a la población menor de treinta años: el pensamiento político se desparramaba entre los más jóvenes. Todos opinaban, luchaban, se involucraban y gritaban, deseando torcer el rumbo hacia otra realidad.

La solución, el remedio, la estrategia del Gobierno de facto se basaba en la monotonía, el blanco y negro cerebral, suprimir el libre pensamiento, la censura de lo que pudiese despertar la curiosidad del pueblo.

Por esa razón hablar en voz alta resultaba peligroso.

El escenario podía encontrarse del lado oculto de cualquier puerta, un cuartito, la parte trasera de alguna casa, un sótano, en diversos rincones escondidos de la geografía Argentina: una ciudad, un pueblo, alguna localidad apartada. Lo fundamental era mantener el secreto, no llamar la atención entre las personas que no resultaban confiables para la causa popular.

—Clelia, ya hablé con mis compañeros, te esperamos esta noche.

La clandestinidad, las hojas de los libros, los cigarrillos, el humo cual niebla irritando las pupilas, las gargantas roncas y los debates eternos hasta lograr la afonía intelectual.

—¿Querés que vayamos juntos? Va a ser mejor que te vean conmigo.

Sin temer a las redadas policiales, una parte de la juventud conspiraba contra la Dictadura. Atendían extasiados a los discursos de los mayores ilustrando a los adherentes, los colaboradores, los periféricos, a los que querían ser, pertenecer, entusiasmados por participar de un proceso histórico: la lucha contra la opresión.

—Acordate, les dije que te conocía hace muchos años, que somos amigos, porque si no se ponen a dar mil vueltas, son muy desconfiados de la gente nueva.

Pero primero, lo primero. Convencerse, escuchar, repetir, estar listo para triunfar en la guerra filosófica.

—¿A dónde es?

—No sé, nos encontramos con ellos y después nos trasladan, tenemos que seguir algunas medidas de seguridad, vamos a ir tabicados.

—¡¿Tabi qué?!

—Jaja —se río por su desconocimiento creyéndose superior a la niña—. Tabicados, no podemos reconocer el recorrido, nos vendan los ojos y nos llevan, eso significa, que no podemos ver nada.

Y así sucedió: acudieron a la cita, siguieron a un joven que no les habló demasiado, caminaron unas cuadras, los esperaba un auto, subieron atrás, les vendaron los ojos, dieron más vueltas y una vez que llegaron al destino, descendieron ayudados para recuperar la visión en el interior de una enorme casona.

—Acomódense donde puedan, ya vamos a empezar.

Y el debate se inició, o más bien se trató de una charla abierta de algunos disertantes muy seguros de su misión, hasta que tomó la palabra el que parecía ser el de mayor responsabilidad: después de varias horas discursivas arrastraba la lengua como una lija, ya no podía detener la saliva que escapaba seca por la comisura de sus labios en pos de dejar bien en claro lo que quería que todos grabaran en su memoria.

—Nosotros tenemos nuestra ideología e ideas propias: no peleamos por Perón, eso está más que claro. Por más que lo nieguen enfáticamente, Perón siempre fue un defensor de la oligarquía. Por lo tanto no deseamos su regreso. Solo anhelamos que los trabajadores, los que fueron engañados con su discurso y lo siguen, la masa, su gente, los obreros, su mayoría, las huestes revolucionarias que vengan a nosotros porque somos quienes en realidad los defenderemos de las injusticias de la oligarquía.

Escuchaban con atención una decena de jóvenes dispuestos a dejarse convencer. La mayoría no pasaba los veinte años y quién hablaba parecía ser un hombre con todas las letras, aunque no tuviera más de veintitrés o veinticuatro, tal vez veinticinco.

—Por alguna razón los obreros no consiguen darse cuenta del engaño al que los somete el Peronismo. El cariño no cotiza en el mercado cambiario, y aunque así fuese nosotros estamos en contra del capitalismo: conquistaremos a las masas a fuerza de razón, lucha e imposición. De allí en más el pueblo tomará el camino correcto, que deriva, sin lugar a dudas, en nuestra senda.

Su seguridad convencía. Citaba de memoria frases de grandes pensadores y eso era lo que más admiración causaba en el auditorio.

—El Partido Revolucionario, y su brazo armado, el Ejército Revolucionario, significan lo nuevo, la transformación de la humanidad, el concepto valedero, la igualdad en todo sentido, la ternura revolucionaria, que se traduce en amar profundamente a los hermanos, odiar con tenacidad a los enemigos y explotadores, o sea todos los demás, los que no son como nosotros —después de una pausa, que le sirvió para tomar aire y mirar fijo con ojos color muerte a todos los escuchas, continuó—. ¿Y qué hacemos con los diferentes? Los convencemos, y si no se convencen no tendrán lugar en la nueva sociedad. Los mejores hijos de nuestro pueblo sabrán honrar las tradiciones revolucionarias, dicho con palabras más claras: nuestro Partido es el de los mejores, no hay lugar para el resto.

Lo aplaudieron, esperó, alguien le dio la razón sin explicarse, y una vez que el auditorio volvió a estar en silencio bajó los ojos, miró al suelo y retomó el discurso con el énfasis de un huracán:

—Los enemigos del pueblo generalmente son policías, militares, los patrones, políticos, la Iglesia Católica, y los delatores al servicio de nuestros explotadores, son los que torturan y asesinan a nuestro pueblo, son los defensores incondicionales de los amos de nuestras fábricas, son los que cuidan las fábricas con armas, garrotes y gases, son los que con la prepotencia y las balas nos quieren domesticar, son los gusanos, parásitos de nuestro pueblo que no trabajan y se comen el presupuesto nacional —respiró profundo después de la enumeración y se detuvo.

La niña de los ojos rasgados, orientales, fríos, ya estaba inmiscuida en la lucha, pero le restaba involucrarse totalmente: en cuerpo y alma. Cortar sus lazos con la vida real, la superficie, desligarse. Su pareja debía ser un compañero militante, alguien que siguiera su mismo tren ideológico.

¿Y el amor? El amor sucede, luego llega, se acostumbra. Primero es necesario que haya coincidencia en los pensamientos. Es por el bien de la revolución, la manipulación de las células, los genes que se eligen. Si los progenitores cargan los mismos ideales por el producto de esa unión se crearán pequeños revolucionarios. De esa manera se comenzará a edificar una sociedad más justa, de iguales, en donde todos los pensares sean la cara de una misma moneda.

El amor platónico de Clelia eran las letras, sus letras, la escuela de un autor alemán que no la llegaba a satisfacer en plenitud porque se había muerto el siglo anterior. Solo le quedaba imaginarlo mientras leía sus libros y con sus manos rozaba su pubis. Pero ella necesitaba la realidad, carne caliente que ingresara en su cuerpo y el amor, objeto autónomo que no entiende de ideologías, se negaba a enamorarse de un compañero de militancia.

—La crisis actual de la Argentina capitalista no tiene ninguna posibilidad de ser superada a corto o mediano plazo por ningún gobierno burgués. El gobierno que surja del proceso electoral próximo, lo mismo si es o no peronista, estará incapacitado para concretar ni siquiera soluciones mínimas. En el caso de un gobierno peronista este proceso no será más lento porque la posibilidad de maniobra, producto de la confianza de las masas, será contrarrestada porque esta confianza favorecerá también la movilización obrera y popular por reivindicaciones inmediatas. Así, el nuevo gobierno que surja de la elección que se proyecta en el 73 se encontrará con las masas en la calle, con la ampliación de la lucha de masas, obligado desde bambalinas por las Fuerzas Armadas Argentinas a reprimirnos violentamente, y nosotros defenderemos al pueblo trabajador de los opresores y de quienes intenten engañarlo.

La pasión, traicionera, orientó a Clelia hacia la burguesía, y cuando su responsable la conminó a seguir las normas internas del Partido, una de ellas le fue muy difícil de obedecer. Aunque fría, su corazón resistía, albergando el poco de calor que le quedaba en su cuerpo. Lo último que la ataba a la vida capitalista era su novio, un pequeño burgués sin consciencia de clase

Con su silencio habitual, ese que no decía una palabra fuera de lo necesario, dilató el momento de la ruptura, engañó al Partido, a su responsable, a la revolución. Cuando le picaba el deseo, se escabullía a la casa del pequeño burgués.

—Clelia, ¿cómo estás? —al pequeño burgués sin consciencia de clase le extrañó escuchar su voz en el teléfono—. Tanto tiempo, sí, voy a estar, vení, te espero.

Aunque enojado por sus desapariciones, la recibía, hacían el amor y dormían juntos. El burgués no preguntaba. Ella no daba explicaciones, solo se limitaba a esperar una señal negativa del maldito capitalista que la indignase, dándole así la posibilidad de no regresar nunca más, evitar las secuelas del sufrimiento, volcarse de lleno al Partido Revolucionario sin que nada le robara su atención y enamorarse según los lineamientos del marxismo: comenzar una relación con un compañero de militancia.

—¿No me vas a preguntar nada? —ella lo provocaba después de saciar sus deseos, que generalmente eran pasivos, porque él trabajaba, se esforzaba por conservarla, por hacer las cosas a la perfección haciéndola gozar de manera increíble.

Única.

—No, no sé, si querés contarme te escucho —y aunque fingiera indiferencia, se moría por saber, por ser parte de sus emociones, sus desapariciones lo consumían en vida, no pensaba en otra cosa, sentía celos, sabía que ella disfrutaba de otros cuerpos y otras manos, pero fingía, se hacía el desinteresado.

¿Y ella qué le podía contar?

Clelia, virtuosa en ocultarse, hacía sus primeras experiencias en el Ejército Revolucionario: pegaba afiches, asistía a reuniones, asambleas, manifestaciones, operativos, discusiones y algunas noches hasta camuflaba sus aficiones burguesas durmiendo con algún compañero de pensamientos.

Aunque ninguno la hacía gozar como el pequeño burgués sin consciencia de clase.

Y ese detalle no la dejaba en paz.

Necesitaba cortar.

—Bueno, si no te interesa no te cuento —se levantaba de la cama, y comenzaba a vestirse demostrando enojo—. No sé para que vengo.

—¡¿Qué?! ¿Ya te vas? —buscando el reloj en la mesita de luz, y admirando los últimos segundos de su desnudez, sus pechos, su cola y sus piernas calzándose el pantalón, preguntaba sorprendido.

—Sí, ¿para qué me voy a quedar si no te interesa nada de lo que hago?

—Es que no es eso —intentaba explicarse sin que sus palabras causaran enojo en la niña, pero le era imposible hacerlo.

Cualquier cosa que dijera despertaba su ira.

Y lo sabía.

Sin embargo, habían llegado al punto de que aunque no dijera nada ella también se enojaba.

El amor higiénico, automático, instintivo practicado por Clelia la diferenciaba de sus compañeros de militancia. Ellos sí lo disfrutaban e intentaban congraciarse repitiendo frases socialistas a su oído viciado por la burguesía, prometiéndole amor al mejor estilo de la lucha de clases porque sentía culpa.

Pero, aunque ella tuviera relaciones dentro del seno del Partido, no conseguía olvidar a su verdadero amor, a ese al que le importaba vivir de su profesión, lo material y conseguir una enorme cartera de clientes.

—Yo no soy cómo vos, a mí no me interesa la plata —le aseguraba cada dos palabras Clelia al maldito burgués después de hacer el amor, intentando diferenciarse de su asqueroso capitalismo, sintiendo la culpa con el semen bajando por la cara interna de sus muslos.

Algunas noches, ella se escabullía, lograba escapar a la vigilancia del Partido y se entregaba a sus brazos, sus besos, el coito, sus fantasías de mercado, el orgasmo que más la atraía y apenas lo conseguía se arrepentía, no deseaba permanecer junto a ese cuerpo.

—¿No entendés que a mí no me interesa la plata? Yo quiero cambiar al país, cambiarle la mentalidad a la gente y ayudar a los que menos tienen.

La excusa tan deseada se interpuso entre los dos: el retorno de la bastardeada democracia y las elecciones presidenciales de 1973. Hasta ese momento ella aún se mantenía virgen de muertes.

Cumplía una misión imperceptible, oculta, desapercibida.

Aprovechando el amor que despertó en un oficial de la Organización Revolucionaria Peronista, aceptó una invitación para unírseles, a las Vanguardias, a las Formaciones Especiales y a su cama.

En su Partido lo supieron porque obediente les comunicó la novedad.

En la sabiduría de que debían aprovecharse de cualquier oportunidad para estar en contacto con la clase obrera le ordenaron sumarse a los partidarios del General Perón. Necesitaban gente de confianza allí adentro para seducir a las masas, hablarles sobre las bondades del marxismo, del Ejército Revolucionario, el entristmo(1) tan famoso y así conseguir cambiar el curso de las aguas hacia sus filas.

Una brillante idea a la que se dedicaron miles de recursos humanos. Entrar.

Y por esa razón la niña de los ojos helados comenzó a militar a favor del regreso del líder exiliado, aunque en realidad lo detestaba y debía aguantar la respiración para no vomitar a gritos su ideología. Su ideario político descansaba en el extremo opuesto de la doctrina que llegaba desde España mediante emisarios. Sin embargo, ella respondía a las instrucciones, sacrificándose por el bien de la revolución.

—Quedáte tranquila, vení, entremos, si venís conmigo no va a haber problema, yo tengo peso en la Orga. Te van a aceptar —le aseguraba el Inglés.

—¿Sí? ¿No vas a tener problema?

—No, para nada, necesitamos gente como vos —mientras le acariciaba los pechos presumía de sus contactos adentro de la Organización. El Inglés siempre se aprovechó de su situación para ganarse el favor de las mujeres más lindas, pero esta vez una se aprovechó de él.

El problema del amor continuaba presente en la cabeza de Clelia y a su sangre fría se le sumaban engaños difíciles de sostener en conjunto: por un lado debía traicionar al Partido de los Trabajadores, su Partido, en cuanto al amor de su corazón, su relación extra partidaria con el pequeño burgués; también les mentía a los seguidores de Perón, fingir que seguía sus postulados, su doctrina, y a la vez acostarse con su compañero cómo si lo adorara, ocultando su pertenencia al Partido de los Trabajadores. Conviviendo con los dos engaños encubría el tercero, ya que al maldito burgués nada le decía sobre su vida clandestina.

Eran tres piedras demasiadas pesadas para su cerebro. Necesitaba quitar algún secreto de su vida y decidió que amputar el amor era lo más sencillo, ya que los ideales, sus ideales, eran irrenunciables.

El amor podía apartarse del camino.

Pero aunque tuviera en claro que debía cortar por lo sano, continuar la militancia sin las ataduras de esa relación capitalista, oír su voz la derretía, acaloraba esos ojos, el deshielo menos pensado, lavar los pecados, redimirse enredada entre sus sábanas.

—Somos muy distintos —no se cansaba de asegurarle vistiéndose, preparándose para la fuga.

Clelia siempre jugaba sus travesuras en terreno visitante. Llegaba sucia a su departamento, con la consciencia limpia porque creía en la lucha, pero sus manos hedían a sangre, ese líquido rojo furioso que ayudaba a matar por la causa. Sin oposiciones obedecía, colaboraba en los operativos, seducía incautos que luego eran ajusticiados en representación del pueblo oprimido, y tal vez el muchacho burgués fuera su cable a tierra, su cara buena de sus dos caras, olvidarse de los gritos, los hijos huérfanos, las heridas, las esquirlas de las bombas que laceraban, las viudas.

Él, aunque paciente, con los signos y el silencio de quien está enamorado, nunca llegó a entenderla y justamente allí residía el clímax del conflicto. Esa incomprensión era lo que ella le recriminaba cuando discutían. Las peleas en el interior de la cabeza de la niña, que desconsolada se reprochaba su necesidad venial, el deseo indomable de estar al lado de un hombre que defendía una postura totalmente contrapuesta a su pensamiento ideológico.

"¿Por quién lucha si no quiere tener hijos y no se interesa en su familia? No la entiendo", se preguntaba el maldito burgués en la soledad de la compañía de la niña, cuando ella dormía sin prestarle atención, después de saciar su apetito sexual: quizá en su casa, sabiéndose a salvo, ella buscaba tranquilidad, refugio, hallando el sueño profundo que en el peligro clandestino no conseguía conciliar.

¿Cuál era el ideal de Clelia? ¿En quién depositaría todos los beneficios que creía conquistar para las generaciones venideras? Nunca se lo confesó, pero su pensamiento se basaba en no dejar a nadie atrás, sacrificar su vida por la causa, o al menos quería convencerse de ello.

Esa relación definitivamente debía terminar y la excusa llegó de la mano de la conmoción electoral que vivía la Argentina con el gobierno militar del General Lanusse en retirada.

—¿A quién vas a votar? —le preguntó cómo al pasar, en medio de una conversación telefónica que no presagiaba el temporal.

—No sé, todavía no sé.

El muchacho sabía perfectamente a quien elegiría, cuál era su candidato para acceder a la Primera Magistratura de la Nación, pero también recordaba que para conquistar a la muchachita y llevarla a su cama mintió acerca de su ideología política al escuchar sus advertencias cuando salieron la primera vez.

—Sí Balbín llega a ser elegido presidente me voy del país —el joven rió por dentro, justo su candidato preferido. ¿Y qué debía hacer un buen caballero en la primera cita con una señorita atractiva? Mentir, fingir, por supuesto, si nada más quería acostarse con ella.

—Seeee, yo también soy marxista —le había asegurado junto con los primeros besos.

¿Qué importaban las ideologías políticas a la hora del sexo? Más adelante, si la relación continuaba, de a poco iría rectificando el rumbo, volcándose tenuemente, con palabras desinteresadas de la extrema izquierda a la derecha reaccionaria, tal cual era su lugar en el mundo, o evitaría tocar temas candentes. Sin embargo, en aquella lejana primera salida ignoraba que con Clelia resultaba absurdo obviar la discusión ideológica. Igualmente, en ese momento, todavía ni siquiera la había besado. Después decidiría. En ese momento solo deseaba dormir a su lado.

Y mintió.

Lo hizo muy bien.

Pero ella jamás se rendía, la política era su vida y en la distancia telefónica le pidió un favor a modo de ruego.

—¿En dónde estás, Clelia? ¿Estás bien? ¿Necesitas algo?

—Sí, sí, quedate tranquilo, nada más quería hablar un rato —¿Necesitaba desahogarse? ¿Para qué lo llamaba?

—Aaah, está bien, me gusta que me llames.

Quizás Clelia necesitaba pensar en otra cosa, pero su tendencia la traicionó y después de unos minutos de palabras sin sentido volvió a dirigir su pensamiento a la política y a las futuras elecciones.

—Tenés que votar por mí, yo tengo mi domicilio en Neuquén, no puedo votar en la Capital, y allá no voy a volver, así que no voy a poder votar —estaba desconocida, hablaba con cariño, parecía otra mujer.

Pero no encontró lo mismo del otro lado.

—Sí, bueno —respondía desinteresado el pequeño burgués. Al parecer estaba aburrido de tanta política en medio de la relación.

Clelia luchaba por juntar un voto más para su Partido, el Partido que no creía en la democracia, aunque igualmente presentaba candidatos para facilitar el camino, cambiar todo, acceder al poder y desde ese lugar girar, destruir el sistema. Pero el muchacho, ese día estaba harto de la política, de las discusiones, de escucharla. Como ya había dormido varias veces con la niña no veía por qué necesitaba seguir mintiendo.

Su sinceridad, aunque la conocía, la dejó sin palabras. Ellos tenían razón. ¿Quién la estaba tocando? ¿Quién la desnudaba? Escuchó ese nombre detrás la línea telefónica, el peor candidato a presidente, el de la oligarquía, el amigo de los militares, y estalló.

A Clelia se le borró la media sonrisa, los ojos fríos bajaron las persianas frente a tamaña indignación.

—¿En serio me decís? ¿Vas a votar a los Radicales? No quiero hablar más con vos. Perdoname, pero tenemos muchas diferencias, no podemos seguir juntos.

Era la excusa absolutoria que buscaba y no encontraba, esa que no deja cargos de consciencia posteriores.

El problema anidaba en que, aunque no creyera en la democracia venidera, conservaba intactos sus ideales. De ninguna manera podía dejarse penetrar por un seguidor de tamaño candidato presidencial: encima que secuestraban, torturaban y desaparecían compañeros, lo único que faltaba era que además le introdujera el miembro en la boca.

No lo podía tolerar.

Ella era la representante del Partido.

Habiendo cortado las cadenas del amor burgués no tendría que cargar con la triple vida. Ya únicamente le quedaban dos. Una con la Organización y la otra más oscura aún, su pertenencia oculta al Ejército Revolucionario.

Clelia era una más en el Movimiento Nacional Justicialista que, si cumplía con su misión de desviar las masas en algún momento llegaría la desilusión con Perón y los desencantados buscarían una alternativa: solo quedaba ser paciente, sigilosa, y de esos métodos ella sabía mucho, para eso fue entrenada en las mejores escuelas de cuadros.

1) ENTRISMO: Estrategia utilizada por los partidos de tendencia marxista para infiltrarse en el Justicialismo, allí donde estaba el grueso del pueblo, y así captar a los seguidores de Perón intentando volcarlos hacia la izquierda revolucionaria.

Misma piedra, distinto tropezón

Los disparos ingresaban, rebotaban, astillaban, desgarraban la madera de las sillas, las mesas, la barra, rompían cristales, botellas, vasos y silbaban incentivando la capacidad auditiva como solo sucede en las películas, aunque la secuencia no provenía de ninguna producción de Hollywood.

El ataque llegaba desde el cordón policial que rodeaba la ratonera: el gato expectante, seguro de la victoria, atravesaba sus fauces hambrientas frente a la única salida del bar "La Rueda".

Los agentes de la represión estatal aguardaban a que la trampa cayera por su propio peso. No entrarían a buscar a la presa. No consideraban necesario tomar tanto riesgo después de lo que les sucedió a los primeros compañeros que pretendieron identificar a los sospechosos.

Quienes permanecían desconcertados y cercados en el interior del bar, con serias amenazas a sus integridades físicas, parecían un grupo de escolares realizando actividades deportivas. Cada cual esperaba su turno detrás de una línea imaginaria, agazapados, preparándose para salir a la carrera a la calle, pasar la prueba, que significaba conservar la vida.

El reloj fallaba. Esa misma hora fatal que fue la última para algunos de los jóvenes cercados en el interior del bar no se representó para otros. Según se descubrió unos meses después, sus agujas adelantaban el tiempo, equivocó lo que luego rectificaría. Aunque un pelotón de combate de la Organización llevaría el nombre del compañero Carlos, en homenaje a quien, atormentado por la espera, estaba a punto de tomar la decisión de intentar esquivar los disparos de la Policía. Aún no era su momento de caer, transformarse en un mártir por la causa.

Había otros a su alrededor con los billetes de partida reservados.

No se trataba del único aviso de la muerte. Era el primero tan cercano. Carlos ya tendría otros. Sin embargo desoyó todos los gritos, se creyó inmortal.

¿Quién no cree a su edad?

¿Hubo autocrítica sobre el incidente que produjo el desmembramiento de la cúpula jerárquica de la Organización Revolucionaria?

Después del desastre de La Calera, y de ser descubiertos todos los pormenores del secuestro del General Aramburu, quienes peleaban por su vida en el interior del bar "La Rueda", se habían convertido en los hombres más buscados de la Argentina.

Fernando, Gustavo, Carlos, Sabino, Luís, jóvenes atrevidos, maravillosos, giraban la cabeza desesperados hacia todos los rincones, buscando una salida alternativa, un hueco, una filtración de luz, una esperanza para seguir con vida, rehusándose a rendirse y aceptar lo que les sucedía, o peor aún, lo que les estaba a punto de suceder.

La bandeja, el plato servido a las Fuerzas Represivas, la soga vengativa de la oligarquía anudada al cuello. ¿Qué sucedía? Con sus identidades al descubierto, ya no los protegía la gracia del anonimato. Con sus nombres reales y sus fotos en todos los periódicos tuvieron que esconderse.

Pasado un tiempo prudencial del desastre de La Calera, decidieron volver a reunirse y no tuvieron mejor idea que sesionar en forma secreta en público. Todos juntos, sin medidas de seguridad ni de contención, utilizando los estrados de un bar, pese a que en los últimos operativos hubieran recuperado para la causa del pueblo miles de dólares, los que les hubiesen permitido hacerse de un lugar que les ofreciera una reserva más efectiva.

Una trampa ideada por ellos mismos: una mesa en medio y el comienzo de las sesiones extraordinarias de ese disparatado Congreso de la cúpula directiva de la Organización Revolucionaria.

¿Quién hubiera creído al atender la denuncia en la Comisaría de William Morris que en el lugar encontrarían casi en su totalidad a la Conducción Nacional de la Organización que con sus acciones ponía en jaque al Gobierno militar?

Nadie.

No lo creyeron.

—Acabo de ver en el Bar La Rueda a integrantes de un grupo extremista guerrillero subversivo.

—Sí, señora, como no señora, ya mando al patrullero —respondió con fastidio quien contestó el teléfono en la Comisaría y rutinariamente se comunicó con los móviles para que quien estuviera más cerca del bar "La Rueda" se desplazara al lugar.

—Son los chicos del cartel, esos que dicen buscados por delincuentes peligrosos, los vi, los vi —insistía la señora mayor.

—Sí, señora, como no, quédese tranquila, ahora nos ocupamos nosotros.

—Otra falsa alarma —pensaron los ocupantes del patrullero que respondieron al llamado cuando recibieron la orden por la frecuencia policial, ya que por día tomaban cientos de denuncias de iguales características.

La ciudadanía, influenciada por el exceso de información de los medios de comunicación capitalistas, veía guerrilleros en todos lados. Las vecinas preocupadas llamaban a la Comisaría y la Policía enviaba un patrullero: dirigirse a tal dirección, verificar, mover el culo del asiento, y eso que estaba tan cómodo sentado.

Se dice que cuando uno está en dificultades los pensamientos se tornan nublados y las decisiones que entonces surgen serán del mismo tono: algo similar les ocurrió a los personajes más buscados del país.

En el desastre de La Calera no sólo perdieron a uno de los miembros fundadores de la Organización, también hubo heridos y detenidos que hablaron. Gracias a esa vital colaboración extirpada a fuerza de tormentos la Policía halló el sepulcro secreto en donde reposaba el cuerpo sin vida del General Aramburu, y de allí en más la cadena de acontecimientos fue hilando datos que le permitió a la inteligencia oficial descubrir a los autores materiales del asesinato, sus nombres y refugios.

Ya las calles no eran seguras para los fundadores de la Organización Revolucionaria Peronista. Es por ello que por un tiempo prudencial las abandonaron, pero por alguna extraña razón decidieron reunirse a discutir en un lugar donde cualquiera los podría reconocer.

Y los reconocieron.

¿Significaba una especie de suicidio en masa? ¿Una ruleta rusa donde la potestad de apretar el gatillo recaía en poder de terceros?

El número ideal requerido para el comienzo de la sesión no pudo cumplirse por el retraso de dos Congresales que llegaban a pie: Mario y Norma caminaban juntos desde la estación de tren, intentando confundirse con los últimos destellos del sol cuando, a unas pocas cuadras, antes de llegar al bar "La Rueda", los ruidos secos de los disparos desencajaron sus latidos. La reacción instintiva fue ponerse a cubierto hasta que estuvieron seguros de que las balas no los perseguían a ellos. Sorprendidos giraron sobre sus talones y huyeron desconcertados, salvando sus preciosas vidas.

A quienes fueron puntuales y esperaban en el interior del bar, convertido en trampa, nadie pudo advertirles sobre los dos sigilosos patrulleros que llegaban sin encender las sirenas para no alertar a los posibles delincuentes.

La policía se dividió: un grupo de tres agentes ingresó al bar y otros intentaron identificar al hombre que se encontraba afuera en un automóvil particular esperando algo que no se sabía que era.

—La cana —advirtió Carlos con la mirada puesta en la puerta de ingreso al bar.

—Cagamos —susurró Sabino.

Alrededor de la mesa las respiraciones de los jóvenes revolucionarios acabaron en un hondo suspiro cuando, por la única puerta, reconocieron los uniformes policiales.

—Ni se muevan —ordenó Fernando tanteando la pistola de su cintura—. Veamos qué hacen. Por ahí ni nos ven y vinieron a manguear una pizza.

Los agentes distraídos por la rutina se acercaron a hablar con el dueño del establecimiento que se encontraba detrás de la caja registradora.

—A los únicos que no conozco son a esos muchachos de esa mesa, después todo normal —indicó el hombre dictando, sin saberlo, una sentencia de muerte al señalar a los jóvenes revolucionarios

—¿A esos? Bueno, vamos a ver.

En la mesa indicada ninguno de los congresales atinó a moverse. El habla, que hasta hacía segundos discutía elocuente, brillaba por su ausencia. El aire silencioso, de a poco, se filtraba por los pulmones temblorosos.

—Están viniendo. ¿Qué hacemos? —preguntó Carlos inquieto.

—Tranquilos, no hagan nada —respondió Fernando—. Déjenme a mí.

De los tres policías que se presentaron en el interior del bar, un suboficial se adelantó y se lo escuchó decir unas palabras en conjunción en el movimiento de sus manos para solicitar las identificaciones de los muchachos que, en apariencia, cenaban en paz y armonía.

—Documentos por favor...

"La gente ve guerrilleros por todos lados", maldecía en silencio, harto de las falsas denuncias, quien llevaba la delantera pero... ¿qué podía hacer? Era el trabajo, para eso le pagaban.

"Otra falsa alarma", pensaba en la rutina, la costumbre que baja la guardia, el estado de alerta ausente, la despreocupación de su andar sin tomar ninguna medida por su seguridad.

Nadie en la partida policial reconoció a los jóvenes, pese a la gran cantidad de afiches que circulaban con la fotografía de sus rostros peligrosos. El lugar estaba algo alejado de la Capital Federal, allí donde en realidad se interesaban en esos temas.

El suboficial que se anticipó no tuvo tiempo de lamentar su exceso de curiosidad. En vez de recibir la documentación solicitada, tuvo por respuesta varios disparos que le quitaron la vida. Todos los congresales presentes se pusieron de pie, pero no lo hicieron para jurar ni votar, sino que debían escapar de la aniquilación de la Organización.

Les quedaba mucho futuro por delante.

¿Cómo forzar la evasión? Los policías que lograron sobrevivir se arrojaron cuerpo a tierra en un acto instintivo, evitando ser el destino de los proyectiles revolucionarios empeñados en hacer blanco en sus siluetas. A rastras consiguieron abandonar el interior del bar. Una vez afuera, no se olvidaron de rodear prudentemente la puerta y aguardar a los agresores para que ninguno pudiera escapar. Por allí tendrían que pasar de manera obligada, pues solamente había una salida civilizada y un gran ventanal, por si algún arriesgado deseaba romperlo.

Gustavo, que hasta hacía segundos esperaba en Chevrolet Caprice en la puerta, cuando vio acercarse los patrulleros entró al bar demorándose para no levantar sospechas, pero fue tarde, no pudo prevenir a sus compañeros y se vio también atrapado en la ratonera.

Los máximos dirigentes de la Organización Revolucionaria Peronista reconocían la imprudencia que significaba resistir en el interior del local y proponer una guerra de trincheras: en las miradas cruzadas entre Fernando, Luís, Carlos, Gustavo y Sabino predominaba el miedo, la desesperación, el desconcierto y la seguridad de que vivos no se entregarían. Sus bocas llenas de secretos eran una presa muy sabrosa para caer en los brazos del enemigo. Debían intentar la fuga a cualquier costo, aunque la única posibilidad pasase por donde permanecía apostada la Policía, relamiendo sus pistolas y devolviendo los disparos hacía el interior del local.

Tanto se conocían los muchachos, que en silencio todos llegaron a un entendimiento. No hizo falta votar como usualmente acostumbraban. La primera parte del acuerdo era fácil, lo más difícil era reunir valor para lanzarse en forma de bayoneta humana, de frente a los disparos que llegaban de las trincheras enemigas, detrás de los patrulleros cruzados sobre la puerta.

Gustavo fue el primero. Miró a sus compañeros a modo de despedida, respiró profundo y enarboló como estandarte, en el puño apretado, una granada. Sonreía victorioso al exhibir el as que llevaba guardado en la manga. Con el pecho inflado, a causa de la confianza que su compañera explosiva le infundía, la descorchó y corrió hacia la salida. Lamentablemente el artefacto estalló antes de que pudiera arrojarlo, produciendo el efecto adverso de despedazarlo, salpicando con su sangre a sus amigos que espantados se quitaban los restos mortales de encima.

El intento de huida se asemejaba a una carrera de postas, cuando uno caía lo sustituía el compañero que aguardaba detrás. Pero esa fórmula los exponía a una muerte segura. Eran un blanco fácil.

—¡Salgamos juntos! —propuso Sabino desesperado, gritando para hacerse entender por sobre el ruido de los disparos.

Sin tiempo para entristecerse por la sangre del compañero impregnada en las paredes, sus extremidades desgarradas, el grito, un muerto más de los miembros fundadores, y convencidos que de a uno no era la mejor manera de contar con una posibilidad de escapar, todos corrieron gritando y disparando al unísono como si fueran hombres de William Wallace avanzando ante el Ejército Inglés.

—¡Viva Perón, carajo!

—¡Patria o muerte!

Fernando, jefe de la incipiente Organización Revolucionaria, no consiguió salir: sus compañeros lo vieron caer como un enorme árbol tomándose el pecho. Todos pensaron que su determinación de hierro lo haría levantarse, pero no fue así, aquella vez significó su última caída.

—¡Fernando! ¡Fernando! Lo bajaron a Fernando.

—¡Hoy no era el día! —gritaba Carlos.

—Sí, sí, es su día —respondió Sabino—. Hoy será su día, pero no el nuestro.

Sabino, notando que la puerta era muy pequeña para la necesidad de paso de todo el grupo de muchachos, y hastiado de la incertidumbre que antecede a la muerte, atravesó con su cuerpo la marquesina: estallaron los vidrios y los disparos se volvieron más repetitivos, ensordecedores y amenazantes. Su cuerpo y los cristales tomaron por sorpresa a los policías y eso le permitió escapar, seguido de muy cerca por otro de sus compañeros.

En cambio, Carlos esperaba. "No es mi hora", repetía respirando confuso, procurando convencer a la suerte. Era el más decidido de los jóvenes, veterano de la toma de La Calera y del secuestro de Aramburu, y apoyado en las dos pistolas que apuntaba al frente disparaba mientras buscaba a paso ligero la puerta.

Jamás olvidaría la experiencia.

Carlos tenía veintidós años, por sus facciones aniñadas parecía algunos menos, pero por su decisión y fiereza mucho más. Lo apodaban "el Flaco", experto en artes marciales, gran tirador y con una fuerza física fuera de lo común. Desde su ingreso a la Organización Revolucionaria sus acciones constantemente lo llevaban a estar al borde la muerte.

La tentaba.

No le tenía miedo.

Sabía que le iba a llegar.

Aprovechando la anarquía que generaron los cristales rotos por la ansiedad escapista de Sabino, Carlos consiguió salir del bar pero no pudo seguirlo porque tropezó, cayó al suelo, las imágenes comenzaron a traicionar su visión: sus oídos dejaron de ser claros, los cargadores vacíos, el gatillo que rebotaba contra el arco guardamonte no producía ninguna explosión. Se había quedado sin balas y la única posibilidad que le quedaba era ganar la esquina, perderse en la oscura oscuridad, fugarse y conservar la vida.

No era su hora.

El escape para Carlos, con el cuadro de situación reinante, parecía una utopía irrealizable. Sentado en el suelo esperaba que el dolor lo acometiera, el plomo desgarrando su piel, el ardor, ¡viva Perón, carajo!, pensaba en morir gritando su consigna.

Sin embargo nada de eso sucedía, era como si las balas no quisieran acertarlo, inducirle la muerte; pasaban a su lado sin atreverse a tocarlo. Sabiendo que solo tendría una oportunidad, se incorporó de un salto, esa agilidad tan suya, y con todas sus fuerzas huyó hacia las sombras del barrio lindero perseguido por los disparos que acariciaban su nuca.

El resultado fue desastroso. La Conducción Nacional de la Organización Revolucionaria Peronista quedó descabezada, con dos de sus principales miembros muertos, sumando al deceso que soportaron meses atrás de otro de sus héroes en el desastre de La Calera.

La muerte se ensañaba contra ellos.

¿Cómo continuarían?

¿Habrían aprendido algo de tamaña imprudencia? ¿Realizarían una severa autocrítica? Claro que sí, eso le sería de utilidad a los cuadros inferiores para que aprendieran de sus errores y también para que ellos mismos no volvieran a cometerlos. Hubieran bastado cinco muertes más, esos que lograron escapar, para desmembrar la Organización política más importante del país, la que había sorprendido al pueblo con un hecho mítico vengando a Perón, a Evita, a sus mártires, a la dignidad, a la historia, y en un acto estúpido estuvieron a punto de tirar por la borda todo lo conseguido gracias a la lucha revolucionaria.

El desvío

12 de octubre de 1973.
Visto: Que en el día de hoy, con la recuperación de la presidencia por el General Perón, se cumple un objetivo crucial en la historia de nuestra Organización Revolucionaria, alcanzado después de 18 años de cruenta lucha;
Y considerando: Que no solo contribuimos con nuestras armas y nuestras vidas a la victoria popular, sino que también trabajamos activamente en la construcción de las fuerzas populares, en la consolidación y desarrollo doctrinario, político y organizativo de la clase trabajadora y el pueblo peronista; Por todo ello:
LAS ORGANIZACIONES REVOLUCIONARIAS
RESUELVEN:
A partir de la fecha las organizaciones se fusionan pasando a constituir una sola y quedando unificadas definitivamente todas sus estructuras y mandos;
La organización resultante de la fusión se denominará únicamente Organización Revolucionaria, desapareciendo la denominación FAR a partir de la firma de la presente acta;
La unidad de nuestras organizaciones está orientada a contribuir al proceso de reorganización y democratización del Movimiento Peronista a que nos ha convocado el General Perón para lograr la participación orgánica de la clase trabajadora en su conducción, única garantía de que la unidad del pueblo argentino en el Frente de Liberación bajo la dirección del Movimiento Peronista, haga efectivos los objetivos de Liberación Nacional y Justicia Social, hacia la construcción del Socialismo Nacional y la unidad latinoamericana.
Libres o muertos, ¡jamás esclavos!
¡Perón o muerte! ¡Viva la Patria!

Algo raro sucedía.
Las bases empezaban a moverse. La Organización Revolucionaria comenzó a pensar distinto, a nutriste de otras ideologías extrañas al Peronismo en la creencia de que lo mejorarían. El problema era que el Peronismo era Perón y los pensamientos salían de su boca y no admitía otra corriente de pensamientos, aunque con su sonrisa seductora hiciera creer todo lo contrario.
Y muchos le creían.
A los integrantes de las Fuerzas Armadas Revolucionarias (FAR) se los conocía como los "hombres del Che", porque se incorporarían a su guerrilla en Bolivia, en el Norte Argentino o donde el mítico revolucionario

lo ordenara. Pero una vez muerto el perro, los miembros de las FAR decidieron buscar otros platos donde comer y se incorporaron a las filas de la Organización Revolucionaria Peronista.

Aunque en principio no fueran Peronistas.

Imperceptiblemente las cabezas colegiadas de la Conducción Nacional, en una decisión tomada con los nuevos integrantes, bajaron la orden de comenzar despacio a virar el discurso, a prescindir de las enseñanzas del General Perón, a contradecirlo, a mirar hacia el Caribe y a rodearse de combatientes con ideas de otro extremo.

Y de a poco a la Organización fueron llegando hombres y mujeres provenientes de otros grupos revolucionarios que nada querían saber con el liderazgo de Perón, es más, lo repudiaban abiertamente.

—Viejo fascista. Él no quiere cambiar nada, no le interesa la revolución. Es un burgués que utilizó a la masa trabajadora en su provecho, es un milico de mierda, nunca va a dejar de serlo. ¿No lo ven sonriente paseándose con ese uniforme de mierda?

El Inglés, proveniente de la izquierda más radicalizada, era uno de los tantos que objetaban el liderazgo del Gran Conductor y debió buscar el equilibrio en su interior, concentrarse, morderse la dicción y hacer enormes esfuerzos en público para no insultar a todo aquel que alababa a Perón dentro de la Organización a la que comenzó a pertenecer en los primeros años de la década del setenta, mucho antes de la ruptura.

La idea de los miembros de la izquierda revolucionaria incorporados a la Organización, aunque no lo dijeran en voz alta, era copar la Conducción Nacional, hacerse del botín más preciado con el que contaba el Peronismo: las masas.

Y después enderezarlas, corregirlas y enseñarles el verdadero camino.

Y para eso había que fingir, vitorear al General, cantar la marcha, endiosarlo, hablarle a los trabajadores de las bondades de Perón, de su ideología, de su pensamiento, pero el Inglés no lograba hacerlo, y para su sorpresa muchos compañeros tampoco lo conseguían, y se sintió mejor, más cómodo, porque se estaba hastiando de gritar todo el día "Perón o muerte".

Para él la muerte venía de otro lado.

—¿Vos por qué estás acá? —le preguntó el Inglés en medio de una multitud en un día soleado cuando el régimen militar del General Lanusse ya había arrojado la toalla con la convocatoria a las elecciones generales del 73.

—Para apoyar, por supuesto —respondió esa hermosa mujer de ojos misteriosos que parecía estar sola.

—¿Y con qué columna viniste? ¿De dónde sos?

—¡¿Qué?! —caso que sacó pecho y lo enfocó casi con picardía—. ¿Hay que tener invitación para venir? Pensé que estábamos en democracia.

Era hermosa, misteriosamente hermosa, no se decidía a sonreír, pero con el medio gesto de su boca alcanzaba y sobraba para seducir por completo a quien tuviera enfrente.

—No, no, por supuesto, pero me resulta raro que estés sola —y el Inglés quedó cautivado al instante por ese cuerpo menudo pero fuerte, los pechos asomando por su musculosa blanca y el negro profundo de su cabello.

—¿Qué te resulta raro? ¿Por qué soy mujer? ¿Me ves indefensa? —ella no se quedaba atrás y mientras la marea de gente los iba arrastrando hablaban entre gritos, sin reparar en los movimientos de quienes serían los oradores del acto.

Ellos no estaban allí para escuchar loas a Perón.

—No, no, para nada.

—¡Aaah! Menos mal, ¿entonces? ¿Qué te preocupa?

—Nada, nada —el Inglés vaciló, cosa que nunca hacía, pero se recuperó enseguida—. Quedate conmigo si querés

—Bueno, gracias —apenas ella movió la cabeza para agradecer el gesto el Inglés la miró dudando.

—Pero… yo te vi en algún lado a vos.

—Jajaja, claro, me habrás visto escuchándote hablar, pero tenías la mirada en otras seguramente —mientras contestaba se reía con esa media sonrisa tan suya, los ojos rasgados y los gestos sugerentes.

¿Qué quería expresar en realidad?

—Jajaja, no, no —el Inglés, un hombre de experiencia en el frente de combate, se puso nervioso y hasta se ruborizó.

—Sí, sí, se te van los ojos mientras hablás, se re nota —¿Ella sabía con quién estaba hablando?—¡ Aaah! ¿Entonces estás en la Organización?

Y de esa forma se conocieron dos combatientes llamados a escribir varias páginas en los anales de la historia argentina: en medio de un festejo por la recuperación de la democracia, otra de tantas efímeras recuperaciones.

Pero Clelia no estaba sola ni su encuentro significaba una casualidad. Tenía una misión: debía buscar un hueco y según la inteligencia del Ejército Revolucionario lo mejor era acercarse a los miembros de las FAR.

Ella se infiltraría y abriría las puertas.

—Cuidate Clelia, sos muy importante —fue la despedida de Manuel, su responsable cuando ella debió armarse de valor para convivir con el enemigo.

—Y vos también cuidate, sos muy importante para mí.

—A mí no me va a pasar nada, no te preocupes.

Clelia sonrió, lo miró con sus ojos penetrantes, y lo siguió mirando hasta que quedaron solos, y su responsable entendió la mirada, porque coincidían en casi todo, en lo más importante, en el odio a Perón y el amor a Marx, a Lenin, al Comunismo y a Stalin.

—Una vez por semana te voy a dejar las indicaciones como acordamos. Yo voy a ser tu único contacto. ¿Te acordás de todo? ¿Tenés alguna duda? —Manuel era un miembro muy importante del Ejército

Revolucionario: el encargado de infiltrar a los combatientes en donde más se los necesitaba.

—No, ninguna.

—¿Estás preparada?

—Sí, por supuesto —asintió. Estaba preparada para lo que vendría, para el sacrificio, para luchar por la causa.

—Tenemos varias misiones pensadas para vos.

No tuvieron que decirse mucho más. Les quedaba una última noche antes de que ella se marchara, y quizá era la última enserio. Ellos como soldados de la revolución nunca sabían si pasarían la noche o el día siguiente, si las Fuerzas Represivas les derribarían la puerta a patadas, si serían apresados en la calle, o si desaparecerían en la tarde.

Debían vivir cada día como si fuera el último.

Y eso hicieron. Buscaron un rincón oscuro de la casa de seguridad en donde se encontraban y se despidieron, no era la primera vez que sucedía: Clelia le acarició la entrepierna, le bajó los pantalones, lo excitó, y su responsable la correspondió, también la dejó sin la parte inferior de su ropa, se acercaron hasta ser uno, se movieron, limitaron los gritos, no querían despertar a los demás compañeros, se mordían los labios para no hablar de más.

Y todo terminó.

Ella se fue de madrugada con promesas de volverse a ver, pero Manuel no cumplió, no pudo seguir dejando mensajes.

Imágenes del capítulo anterior

—El operativo salió perfecto —le informaron al cerebro de la operación que aguardaba mordiéndose la uñas vacías, pues ya no le quedaban rastros de ellas en los dedos.

—¿Dejaste los bultos en donde se te indicó? —Marcos, el infiltrado, fue recibido por su responsable con una pregunta puntual.

No le interesaba otra cosa más que saber los detalles de la operación.

—Sí, sí, nadie sospechó, entré como siempre y dejé los bolsos en el comedor.

—¡Perfecto! —exclamó el Animal, la cabeza más pensante de la Organización, culminando la espera ansiosa que debió soportar—. Ya debe haber explotado todo —agregó mirando el reloj y calculando el tiempo.

Aunque la cabeza más pensante estuviera acostumbrada a que sus planificaciones finalizaran con éxito, y que los demás las ejecutasen sin discusiones, esta vez era especial porque era una revancha; el gran golpe de efecto anhelado.

Con la ceguera expectativa en la lejanía de un refugio seguro, el Animal sentía la ansiedad, producto de la incertidumbre, hasta el momento en que se enteraba de la finalización de los hechos.

—¡Ya está! —saltó después de dejar el teléfono—. Me informaron que escucharon la explosión. Fue fuerte. Se debe haber derrumbado el edificio.

La guerra total pretendida se ramificó por todo el territorio argentino cuando finalmente sucedió el tan esperado levantamiento miliar del 24 de marzo de 1976.

¡Argentinos, a la armas!

Arengaban los distintos grupos revolucionarios a sus combatientes y al pueblo en general.

Por suerte el enemigo dejó de ser el Gobierno Nacional y Popular. La ética y la moral ya no era un problema. La señora Presidente María Estela Martínez de Perón, Isabelita, fue quitada del medio por la Junta de Comandantes de las Fuerzas Armadas. Perón cometió la imprudencia de morirse dos años atrás, dejando en su testamento una nación ingobernable al frente de su esposa, la tercera.

Cuenta la leyenda que en la primera etapa de su exilio el ex-Presidente sexagenario, mientras pasaba sus madrugadas en un popular cabaret de Caracas, conoció a una bailarina que le produjo una erección incontrolable, y Perón, que sabía de visiones, siendo como era un gran estadista, la tomó a su servicio. ¿Cuál fue la paga? Convertirse, una vez que el viejo líder falleció, en la excelentísima señora Presidente de la Nación Argentina. Un precio muy elevado para los que debían convivir con el tono irritante de su voz.

—¿Está seguro, General? ¿Va con ella de Vicepresidente?

—Sí *m´hijo*, ¿algún problema?

—No, mi General, es una idea brillante, como todas sus ideas.

Llegar a la Primera Magistratura fue una merecida recompensa, para ella, que había pasado su mocedad como militante de base, de rodillas, en los más costosos clubes nocturnos del continente Americano. Y así, el viejo General Perón, rejuvenecido por las manos de su nueva esposa, resolvió, una noche en vela, sus deseos de volver al Poder.

¿Por qué? ¿Qué necesidad tenía? ¿Por qué no pasaba los últimos años de su vida en la tranquilidad del exilio, montando a su esposa, recordando sus años en el Ejército Argentino? Porque Juan Domingo Perón no pertenecía al arma de caballería y ya no podía utilizar ciertas salientes de su cuerpo a causa de sus enfermedades. El problema residía en que carecía de erecciones frecuentes y necesitaba impresionar a la jovencita con otras virtudes.

Extensos trabajos bibliográficos refieren su primera y parte de su segunda presidencia, antes de ser derrocado, como brillante, quizá el mejor gobierno que la Argentina haya conocido: la tercera posición. Pero eso fue cuando era joven, ahora ya no se podía incorporar sin colaboración del inodoro y la elección para que lo ayudasen a limpiarse las excreciones recayó sobre un enigmático exsuboficial de la Policía Federal Argentina, a quien le encantaba oler culos ajenos mientras soñaba con llevar las riendas de la esposa del General Perón, sueño que con extrema paciencia pudo materializar.

—Lopecito, por favor, ayúdeme.

—Sí, mi General —respondía servicial, agachando la cabeza y aguardando paciente su momento—. ¿Con qué lo ayudo? ¿Con su esposa?

Y después de un tiempo, este enigmático personaje, ayuda de cámara del anciano Presidente, llamado José López Rega, tomó muy a pecho eso de ser su más cercano colaborador y comenzó a prestarle el pene para beneficiar a su joven esposa, la que resultó muy demandante para la virilidad del líder exiliado.

Pasados los años la pareja de recién casados pudo sentar cabeza y se instaló en Madrid, en la Quinta 17 de octubre en Puerta de Hierro. En la España Franquista se sentían a gusto, eran tratados con suma deferencia y nadie ponía ningún límite a su exilio. Si en el pasado te ayudé hoy me ayudas, era el pacto implícito entre dictador y derrocado.

—General, venga a Cuba que Fidel lo espera con los brazos abiertos para comenzar la verdadera revolución en Latinoamérica —le reclamaba una y otra vez cierto sector de la juventud Peronista.

—No, no, gracias, aquí estoy bien, Madrid me gusta más.

En Puerta de Hierro Perón disfrutaba de la tranquilidad: escribía, comentaba la actualidad política a la distancia, recibía partidarios, arengaba a las masas oprimidas, caminaba, paseaba a sus perros, hasta que cansado de tanto extrañar sus costumbres criollas comenzó a planear la muerte en su tierra y un funeral de estadista.

En 1973 el pueblo Argentino experimentaba una felicidad detrás otra: después del triunfo de su candidato, y con el cielo despejado, Perón decidió regresar a gobernar el país. En principio pensaba ser una autoridad en las sombras, manejar al títere a su antojo, pero cuando uno es viejo tiene menos tolerancia, y enseguida se disgustó con las medidas del nuevo gobierno de Héctor Cámpora.

—¿Quién puso a este boludo de ministro? —preguntó Perón, indignado por la irritación que le causó la designación del Ministro del Interior.

—El Presidente lo hizo.

—Pero —dudó, guiñó uno o o—. ¿Cómo? Si el presidente soy yo.

—No, mi General —risas tenues entre sus colaboradores, quizá el viejo había comenzado a desvariar, pensar el pasado como el presente—. Usted es el ex-Presidente. El Presidente es Cámpora.

—Noooo, m´hijo, usted está equivocado, Cámpora está confundido. Llámelo, dígale que resuelva esto. Que me venga a ver urgente a mi casa.

Y después de varias reuniones, de idas y vueltas, de retos, de consejos y de presiones de sectores más afectos a la derecha, Cámpora se despertó en la realidad, dándose cuenta que le habían quitado el bastón de mando porque no pensó que recibir nuevamente a Perón en su país también significaba su renuncia.

—Pero si recién asumí la presidencia, ¿Cómo me voy a ir? Estoy haciendo las cosas bien.

—¿Quién le dijo eso? —le preguntó Perón en la última reunión que mantuvieron.

—La juventud en las calles. El pueblo me apoya. ¿No los ve? Están afuera cantando y cantando, coreando nuestros nombres.

—¿Nuestros nombres? —el líder detuvo su discurso, dobló el labio inferior, miró desconcertado a sus colaboradores y hacia la ventana exterior de su casa—. No, señor. El pueblo me apoya a mí, y a usted lo tolera porque yo se los he pedido. Sin mi usted no es nada.

Con Perón definitivamente instalado en la Argentina, Cámpora no pudo resistirse a lo que el pueblo anhelaba y debió convocar nuevas elecciones generales.

—Renuncio, me voy, he cumplido la misión, me retiro feliz con la vuelta del General Perón —sonreía el ex-Presidente Cámpora, todavía en ejercicio de sus facultades constitucionales, sin otro remedio más que parecer feliz.

En la sabiduría de que el proceso eleccionario significaría un mero trámite administrativo, la pelea se desarrolló en los alrededores del futuro nuevo Presidente con rumbo octogenario: se libró una puja encarnizada por elegir un nombre que acompañara a Perón en la Vicepresidencia.

Todas las partes en pugna pensaban que, teniendo en cuenta su endeble salud, restaba armarse, entre otras cosas, de paciencia, esperar unos meses para quitarlo del medio y acceder al Poder. Varios sectores creían tener ese privilegio después de años de lucha clandestina, persecuciones, muertes y mártires enterrados.

—El General no puede desconocer nuestra lucha. Debe integrar la fórmula con un compañero de nuestra Organización. Nosotros debemos elegir al Vicepresidente.

¿Qué lado ofrendó más víctimas a las vitrinas del Movimiento Nacional Justicialista?

Si bien era cierto que todos los extremos en puja atesoraban cientos de caídos en combate, apareció una figura tapada, silenciosa e irritante: nadie toleraba el olor a estancamiento del General Perón como ella en su misma cama y es por esa única razón que consideraba merecer el puesto más que ninguno de los demás postulantes.

Lo convencieron o él lo decidió, ese enigma será por siempre un misterio. Lo cierto es que ya con la fórmula presidencial elegida, marido y mujer, Perón-Perón, el pueblo interactuando a través de las urnas, otra vez el General juró con uniforme militar, quizá para dejar en claro su pensamiento.

Lo que resultó sorprendente, para una gran mayoría, fue que el viejo, aunque gastado, no estaba obsoleto: todavía decidía, para desgracia de todos los que peleaban por convencerlo del rumbo a tomar.

Isabelita, impaciente, esperaba la muerte de su esposo para acceder a la Primera Magistratura, atendiendo a todas las palabras de su pene devenido ministro, consejero, exsuboficial de la Policía Federal, José López Rega.

La paciencia de López Rega se vio recompensada: al asumir Cámpora como Perón repatrió a su ayudante, lo hizo volver de apuro a la Argentina y lo impuso como Ministro de Bienestar Social del nuevo gabinete, y una vez que el Presidente renunció, Lopecito siguió en su cargo, cada vez más cercano a la Vicepresidente.

La polémica elección, en cuanto a la vicepresidencia, hizo que las otrora juventudes maravillosas, la Organización Revolucionaria, se vieran desplazadas: ellos, que no podían intervenir en la alcoba del moribundo Presidente ni en sus decisiones viciadas de nulidad, desesperaban al notar el manoseo al que se avinieron. Lógicamente estaban ofendidos, prestaron la sangre, no la de ellos, sino la de los compañeros muertos, para hacer posible la vuelta del líder exiliado.

Furiosos, al verse dejados de lado, le reclamaban al devuelto Presidente Perón, en voz alta, frente a todos, advirtiéndole sobre ciertos personajes muy cercanos a su señora esposa.

—¡Cornudo!

En los primeros meses de 1974 el Presidente Perón, moribundo, pero con una pizca de dignidad, se daba cuenta del comportamiento de su esposa, pero una cosa era saberlo y otra muy distinta era que esos jóvenes imberbes se mofaran de su falta de virilidad, exigiéndole conductas que no estaba dispuesto a aceptar.

Dicen que los disgustos aceleraron la muerte del Presidente Perón. ¿Y ahora? Y ahora la Señora y su amante al Poder, cargando bajo el brazo, en el extremo de la axila derecha, la nueva realidad política.

Los miembros de la Organización Revolucionaria no toleraron su propio error. Cuan entroncado resulta el destino. Ellos, que lucharon contra la dictadura por la vuelta de los derechos constitucionales y del General Perón, en un momento de disgusto juvenil se encontraron peleando en contra de la democracia y del General Perón.

Pero, desgraciadamente, no eran los únicos. La rebeldía que descendió desde el Caribe, proviniendo de una diminuta isla, contagió a todos los jóvenes. Cualquier agrupación de más de cinco muchachos se constituía como revolucionaria. Así proliferaron grupos armados, de todas las corrientes, desde la extrema derecha a la izquierda, miles de personas, armas, ideologías, siglas y siglas en desacuerdo con la democracia representativa, demás países involucrados en el orden interno, fuerzas armadas expectantes, civiles, grupos financieros, monopolios codiciando una cuota de Poder, o la totalidad, escogiendo el camino que les parecía más corto: la violencia.

¿Todos contra todos? Y los políticos de turno asistían con pánico al tambaleo de la endeble opereta, la impunidad y el enriquecimiento ilícito. ¿Qué hacer?

—Hay que convocar a los militares —opinaban en cierto sector del Partido Radical—. Emplazarlos o al menos hacer la vista gorda, liberarles las manos para aniquilar al enemigo.

—¿Quién es el enemigo? ¿Los funcionarios que vaciaron el erario?

—No, no, nosotros no, los adversarios están por allí —señalaban con dedo acusador a los miembros de la Organización y a los de un Ejército Revolucionario que combatía por la democracia en plena democracia.

¿Cómo? ¿No había democracia? Es difícil de explicar. Si bien todos festejaron el regreso de la libertad, las nuevas elecciones, realizaron campañas por sus candidatos, votaron y quienes ganaron vitorearon al nuevo Presidente Cámpora, la tierra a la que nos referimos es fértil en semillas disconformes, engendrando malos perdedores que no aceptan los resultados de las mayorías.

Y una vez que al Presidente Perón se le debilitaron las manos, y el país se le escapó de sus dedos moribundos, debió, a regañadientes, con la muñeca inerte, el bolígrafo forzado, traspasar el mando en su lecho. Su última voluntad que no era la que fue: Isabelita debió hacerse cargo de la presidencia.

Y lo inevitable sucedió: a Perón lo mataron los disgustos y a la nueva Presidente el país no la comprendió, no estaban preparados para tamaña hazaña. Los monopolios, el pueblo, los medios de prensa, los miembros de la oposición, las Fuerzas Armadas, parte de los sindicatos, las organizaciones revolucionarias, todos, en conjunto o por cuenta propia, conspiraban, mientras que las potencias extranjeras colaboraban.

Ella era una estadista opacada por la figura sonriente de su difunto esposo y el recuerdo embalsamado de Evita, la que, desde el más allá, la perjudicaba con la sombra de sus obras pasadas.

La Presidenta a los tumbos manejó el timón. ¿Cuál era la salida? Nadie lo sabía, o todos la esperaban. Faltaban unos pocos meses para las nuevas elecciones presidenciales previstas para 1977, la inédita continuidad democrática. ¿Hacía cuanto que un presidente constitucional, elegido libremente, no recibía la banda y el bastón de un sucesor escogido de la misma manera después de cumplir el periodo total de gobierno? Muchísimo, nadie recordaba haberlo visto más que en fotografías.

La lógica clamaba para que se llegara a un acuerdo entre las distintas fuerzas políticas, aguardar para que el pueblo se expidiera, soportar a María Estela Martínez de Perón por unos meses y escuchar la opinión de los votos.

¿Qué es eso?

Se le pedía cordura a una nación bipolar.

Lo cierto es que, por primera vez, el país entero pensaba en una misma dirección. Ya nadie toleraba a la Presidenta y ella, perdida en su nube, fantaseaba con ser candidata para buscar la reelección, fomentada por las palabras de algunos cínicos ministros. Quienes escuchaban la miraban asombrados.

—¿Reelección? ¿Usted Señora? ¿Está segura? Termine el mandato, retírese a su casa a descansar.

Pero lo cierto es que a nadie le convenía que hubiera elecciones por un pequeño detalle: no se toleraba perder. Si el pueblo elegía supuestamente se debería respetar su mandato. No era la idea de ningún sector escuchar a la gente común, inferior, falta de educación política, que nada conocía del bien general.

Todos tenían una solución, el problema era que la única manera que conocían de llevarla a la práctica era imponiéndola por la fuerza.

Y el golpe de estado más anunciado de la historia Argentina llegó: un sector clandestino, los grupos armados, lo esperaban para declarar la guerra abierta a la burguesía, al gobierno militar que vendría y no sentirse acusador por la voz de la consciencia que los señalaba:

—Es la esposa de Perón, lleva su mismo apellido, hay que respetarla, la eligió el pueblo. Acuérdense de la verticalidad del Peronismo. Ella es la líder del movimiento ahora.

Pero el pueblo no sabía lo que hacía y era preciso abrirle los ojos.

Otro grupo, clandestino, igual pero distinto a los demás, deseaba enfrentar abiertamente a las Fuerzas Armadas que orquestaban el Poder desde las sombras. Ahora sí, todo o nada, Ejército Burgués contra Ejército Revolucionario. Los militares habían usurpado un lugar que no les correspondía, se quitaron las caretas, llegaba la hora de saber quién era quién.

¡A vencer o morir por la Argentina!

Otros sectores añoraban el golpe para beneficiarse económicamente.

Y por último encontramos a los militares jurando querer salvar al país del abismo. Ellos conocían la fórmula y debían aplicarla sin políticos que estorbasen, las manos libres y todo iría mejor, bajo los preceptos de las sagradas escrituras. Un acto heroico, de resignación personal por los intereses de la patria, tomar las riendas sueltas con puño de hierro, de esa manera todo se enderezaría para mejor en beneficio de nuestros hijos.

¡Ah! Por cierto. La gran mayoría, la gente, las personas que rellenaban los límites, las provincias, las casas dentro de las ciudades, las fábricas, las calles, esos que día tras día debían salir a ganarse el pan, asistían indiferentes al colapso, a la lucha, a las discusiones que no entendían, a los discursos cargados de épica: esperaban el final de la mano de póquer que se jugaba el destino del país.

¿Cuándo llegaría la tan ansiada paz social?

Desilusión

La reunión lo había fastidiado y su mal humor se sumaba a la desilusión que acarreaban sus ideas. Su sensación era la de una máquina costumbrista, continuar perteneciendo al engranaje por temor a las represalias, el pánico dividido entre las amenazas de la Organización y las Fuerzas Represivas y un consuelo nada convincente: mejor malo conocido que por conocer.

—¿Qué hacés acá? No me dijiste que la cita era con vos —Martín sonrió con desprecio al reconocer a su amigo después de que lo sorprendiera en una esquina del barrio de Recoleta.

—Y…, viste como es, por cuestiones de seguridad no te podía decir nada. Vamos, vení que te llevo, no nos quedemos hablando acá que es peligroso.

—¿A dónde vamos? —Martín había acudido a la cita con cierto temor, y al verlo a su amigo se sumó el odio, pero tenía razón en lo que decía sobre el peligro de quedarse detenidos en un lugar. Diego le explicó que lo llevaría a encontrarse con otra persona.

Caminaron varias cuadras sin hablarse, molestos por el pasado. Martín de reojo lo miraba a Diego y en él veía acumulada la soberbia de la totalidad de los miembros de la Organización y las causas de la ruptura con Perón.

—Tendrían que encontrarnos acá —Diego se detuvo de golpe, observó, se tocó la cintura, al parecer llevaba una pistola y quería sentir seguridad.

—¿Quién? —Fue lo primero que Martín preguntó después de pasar media hora sin decir nada.

—Nuestro contacto. Yo te dejo y me voy. Si en cinco no viene nos vamos y vamos a la cita de seguridad.

—Okey.

—¿Y el uniforme? ¿No lo trajiste? —preguntó mirando con desprecio.

—No, Dieguito, no lo traje —contestó resaltando su tonó fastidioso.

—Sos un tarado, no me digas Diego, soy Román, y lo sabés bien que no tenemos que decirnos los nombres.

—Dejame de joder —apretó los dientes molesto, mientras esperaban sin mirarse.

—¡Siempre el mismo vos, eh! —sonrió con desprecio.

—Sí, y vos siempre el mismo pelotudo —balbució deseando tomarse a golpes de puño, aunque era consciente de que eso era lo último que le convenía hacer.

—¿Qué, Martín? ¿Qué dijiste? —lo encaró con tono firme.

—Nada, Dieguito, nada —pero ese tono a Martín lo tenía sin

cuidado y sus palabras fueron condescendientes.

—Ah, bueno.

Y pese al retraso, el contacto llegó y los encontró discutiendo cuando los reconoció. Se saludaron y Martín quedó en manos de esa nueva persona conocida como Héctor.

—Bueno, los dejo, mirá que este no trajo el uniforme —se despidió Diego con un reproche, perdiéndose por la calle Arenales hacia el lado de Retiro.

Nunca más se verían en condiciones normales.

Héctor no habló mucho más después del saludo inicial. Comenzó a caminar suponiendo que Martín lo iba a seguir, y después de unos minutos señaló un Citroën Ami 8 verde estacionado.

—Te vas a subir y a cerrar los ojos, tenés que ir tabicado. ¿Ok?

—Sí, sí —contestó Martín y bajando la cabeza hizo lo que le ordenó Héctor escuchando de allí en más el esfuerzo característico del motor del Citroën.

Después de un viaje de casi una hora, Héctor estacionó el auto, bajó primero y le abrió la puerta a Martín tomándolo del brazo para guiarlo.

—Cuando entremos abrís los ojos —le ordenó y, una vez que ingresaron a un edificio, Martín pudo recuperar su visión.

Esperaron el ascensor, no hablaron, bajaron en el noveno piso, caminaron por un pasillo estrecho, oscuro, se detuvieron en una puerta y llamaron.

—¿Quién es? —preguntaron desde el interior.

—Tus primos —respondió Héctor y la puerta se abrió dejando ver a medida que avanzaba su apertura una enorme sonrisa.

—¡Hola! Mis primitos queridos —festejó un hombre de unos treinta años, muy alto, de cabello castaño, ojos claros con mirada profunda y barba de unos días.

—Te acordás del Inglés, ¿no? —señaló Héctor apenas fueron recibidos.

—¡Martincho! ¿Cómo estás? —se sorprendió el nombrado extendiendo sus brazos después de cerrar la puerta—. ¡Como creciste carajo! Me dijeron que estabas un poco rebelde. ¿Qué te pasó? —lo abrazó fuerte y fue correspondido.

—Hijo de puta, tanto tiempo —habló Martín cuando pudo escapar del abrazo de oso del Inglés.

—Vamos, pasen, vení que te presento. Ella es Clelia, él Emiliano —los señaló de a uno a los nombrados.

El Inglés inició a la mayoría de los jóvenes del barrio. Fue el primero en hablarles de revolución en la Unidad Básica, en pedirles que llevaran a sus amigos, el que les enseñó a disparar, a acatar las órdenes de la superioridad sin discutir, el que los dirigió en los primeros operativos, esas travesuras que se fueron tornando cada vez más violentas.

—Sí, sí, y sigue igual, no trajo el uniforme —lo delató Héctor.

—¡¿No?! Muy mal, vamos a tener que hacer algo con eso —advirtió poniéndose serio, pero al parecer no le dio demasiada importancia porque mientras hablaba le guiñaba el ojo izquierdo.

—Tengo que seguir, no me puedo quedar, me rajo —avisó Héctor abandonando el departamento sin esperar a que lo despidieran ni le abrieran la puerta. Lo hizo solo, nadie se tomó la molestia—. Tengan todo listo para cuando tenga la confirmación.

—Sí, sí, quedate tranquilo —señaló el Inglés levantando la mano.

—Esperen a que vuelva —fue lo último que se le escuchó decir antes de cerrar la puerta.

—Martín, vení —el Inglés, cuando quedaron solos, lo llevó aparte, no quería ser escuchado—. Estos siguen igual de pelotudos como siempre. Parece mentira que no cambie, pero hay que tener cuidado porque están difíciles las cosas —los dos se rieron divertidos, se conocían desde hacía mucho tiempo, pasaron demasiadas aventuras juntos, secretos que solo ellos sabían, y quizás deseaban repetir.

—Sí, son muy pelotudos —repitió Martin en un murmullo.

—¿Vos seguís igual no? —el Inglés bajó la voz, le tocó el hombro.

—Por supuesto. Yo no cambio. Me ofendés.

—Ja ja, sos un hijo de puta. Mirá, con ella podemos hacer lo que hacíamos. Hace lo que yo le diga. Vos seguíme, prendete.

—Yo te sigo siempre —aseguró Martín divertido, recuperando algo de la alegría que hacía años había dejado de sentir.

—Bueno, ahora terminemos con esto que al pendejo este se le subió a la cabeza eso de ser oficial montonero —dijo señalando al que había presentado como Emiliano.

—¿Qué tenemos que hacer? —se interesó Martín escuchando a su amigo.

—Ya vas a ver, ¿no ves todos los fierros que hay? —el Inglés señaló las armas desperdigadas por el departamento jugando al misterio. Si bien conocía a Martín desde hacía varios años, no por eso iba a violar las normas de la Organización.

Tenían que esperar a sus superiores.

—¡Uuuy! Sí, ¿qué? ¿Vamos a tomar un cuartel los dos?

—Ja ja, no seas boludo, ya vas a ver.

Martín y el Inglés se unieron a Clelia y Emiliano en el living del departamento: la característica principal del ambiente era un gran ventanal que dejaba ver las alturas de la ciudad. También había un sillón de tres cuerpos, una mesa ratona, y varias sillas distribuidas en desorden.

Además de las armas y municiones.

Varias.

De todos los calibres.

La reunión pactada se desarrolló sin sobresaltos. Hicieron lo que tenían que hacer: hablaron, se enteraron de las novedades, los detalles de la acción que emprenderían y el momento estimado para ejecutarla.

—Héctor tiene que traer la confirmación —concluyó el Inglés, antes de distribuir las ocupaciones de cada uno para el operativo que la Organización tenía planeado.

De ahí en adelante esperaron, nadie podía irse hasta que llegara la orden para actuar y se dedicaron discutir.

Y lo hicieron como de costumbre: Perón, Marxismo, dictadura, Justicialismo, Cuba, revolución, la tercera posición, la URSS, hasta que debieron volver sobre puntos comunes por quedarse sin temas nuevos.

Las ponencias importantes se fueron perdiendo, diluyéndose en medio de discursos banales, trillados, esos que a Martín tanto lo irritaban. Aburrido, su mente comenzó a viajar. De reojo observaba a la única mujer del grupo, mientras conferenciaba con su habitual vehemencia. ¿Serían ciertos los rumores? ¿O eran simples mitos? ¿Uno más de tantos intentando realzar la moral revolucionaria? A donde fuera su compañero, ella lo seguía, siempre aferrada al brazo del Inglés, temerosa de la soledad que la esperaba a la vuelta de la esquina.

Martín había oído hablar de ella: no le parecía tan linda como se la habían descripto, pero tenía algo, un atractivo que lo obligaba a uno a mirarla, intentar descubrirla, con esos ojos profundos que derretían el fuego.

Y mientras Emiliano tomó la palabra Martín perdió la concentración. ¿Sobre qué discutían? No lo sabía, y tal vez no le importaba. Había extraviado el hilo, ya no podía volver a montarse sobre esos rieles, su atención se perdió en su boca, en cómo respondía y argumentaba con odio: sus dientes blancos, ojos celestes, la saliva que navegaba por sus labios cuando se indignaba, su pelo rubio y su tez blanca, muy blanca.

—¡Eso es imposible! En este momento se acordó un repliegue estratégico, y todos estuvimos de acuerdo, resulta indispensable proteger a la Conducción Nacional. Se deben utilizar todos los recursos necesarios para ese fin.

Emiliano señalaba con su dedo índice rígido al cielo acompañando la indignación de su respuesta. Seguía al pie de la letra, sin saltearse una coma, el argumento emanado desde la cúpula de la Organización.

Cuando Martín regresó al mundo real, encarnado en ese estrecho departamento, y comprendió lo que acababa de decir Emiliano rio con un desliz imperceptible al reconocer ese fragmento defensivo. Puede que se haya tratado de una carcajada mental, porque en su exterior no dejó traslucir un solo gesto.

"Nos abandonaron, idiota", reflexionó escondiendo la mirada derrotista, esa misma que ya no creía en la causa y la que tantos problemas le causara con sus superiores.

¿Cuál fue su desencanto? Las semanas de incomunicación e incertidumbre. Todos sus conocidos se hicieron humo. Antes de que Diego volviera a aparecer en su camino, ningún superior dio noticias de vida. El sobre que recibía con dólares vitales para financiar y mantener activa la célula revolucionaria no llegaba, se demoraba con amenazas de eternidad. La clandestinidad sin dinero se tornaba miserable.

¿Se había terminó todo?

No. Sabía que las Fuerzas Represivas continuaban operando y el miedo a ser detenido aumentaba. Le aseguraron que debía aguardar, ser paciente. Hubo muchas caídas, detenciones, estarían reestructurando los cuadros, los jefes, la Organización.

Ya tendría noticias.

El restablecimiento de las comunicaciones lo sorprendió con un mensaje terminante, con el que no tenía oportunidad de disentir. Como siempre se trataba de un monólogo escrito: la Organización debía continuar operando, mantenerse fuerte en el imaginario popular. La zona bajo su responsabilidad estaba en baja. Resultaba imperioso realizar un operativo importante, se lo reclamaba la Conducción Nacional, esa misma que brillaba por su ausencia desde algún país del mundo.

Y para eso fue que se encontró con Diego, porque estaban reuniendo a los sobrevivientes.

La abstracción lo volvió a abducir de la realidad. Comenzó a imaginar el cuerpo desnudo de quien discutía con mayor empeño y refutaba cada palabra con ira. La única virtud que le descubrió al departamento que tanto odiaba, y los mantenía hacinados, era justamente la consecuencia de esa aglomeración desordenada de personas temerosas, que conllevaba la perdida de la privacidad. Dos pequeños ambientes que debían compartir quienes necesitaban mantenerse seguros.

Seguir la pantomima de la Organización por primera vez le causó placer. A causa de la paranoia, y sabiendo al joven amante del rigor, todos, previo a la reunión pactada, se invistieron en sus respectivos uniformes de Oficiales de la Organización: camisa celeste, hombros decorados con insignias doradas y pantalones azules.

—Tomá Martín, yo traje una camisa de más.

Se cambiaron todos juntos. No pudo evitar mirar, espiar, disimular movimientos para orientar su visión al objetivo que deseaba. ¿Y si sufría una erección en ese momento? ¿Lo confundirían con un maldito burgués? Únicamente sentía temor al fusilamiento, la vergüenza la había extraviado hacía mucho tiempo. Lo que pudieran opinar los demás no lo preocupaba. El único reparo que guardaba era por la posible denuncia. ¿Debían incluirlo?

Ya no le interesaba regresar a la conversación. Se limitaba a asentir y a dialogar con su cigarrillo. Todos fumaban, el humo había invadido el ambiente. Reconocerse en sus compañeros lo llenaba de furia.

"Desbarrancó, la Organización derrapó, cayó en un pozo de estúpidas decisiones", su mirada hablaba, no podía evitar la desilusión por el espectáculo ofrecido en aquel pequeño departamento repleto de armas de grueso calibre, municiones y explosivos.

Todos discutían disfrazados bajo las charreteras, impostando la rigidez de oficial superior del frente militar: un absurdo. En la calle era impensado vestir el uniforme, aunque era obligación, al menos, llevarlo puesto en las reuniones. Era por esa razón que todos llegaban con un pequeño bolso donde dormía el atuendo de rigor. Permiso, paso al baño, a una habitación, debo transformarme en revolucionario, mudar mi traje de pequeño burgués.

Las decisiones de la Conducción Nacional no se criticaban, se debían acatar en silencio. Sin embargo, nunca pudo dejar de llenar con indignación los oídos de quien quisiera escucharlo, y más cuando llegó a sus manos la orden:

Importancia y utilización de insignias del ejército y milicias. [...] En la consolidación de la ideología política, militar, y organizativa, con el fin interno de clarificar el objetivo, ratificar la confianza en el triunfo, y fortalecer aún más el espíritu de cuerpo, y el fin externo de brindar a las masas una corporación mayor de las fuerzas políticas y militares que conducen sus luchas. [...] Que al logro de estos objetivos también contribuye en un modo importante algunos elementos formales, siendo el principal de ellos el uso del uniforme que distingue nuestras fuerzas, y exprese formalmente el aspecto militar de esta guerra integral de liberación que estamos librando.

Martín pareció despertar de un sueño. Sí, deseaba incluirlo, por más que sus palabras le produjeran rechazo y su seguridad revolucionaria risa: "tres años atrás no hubieras servido ni para lavarme la ropa", lo repitió mirándolo fijo, pero las palabras surtieron efecto exclusivamente su pensamiento, y no estaba del todo errado. En su punto de vista, debido a las muertes, detenciones, caídas en masa y deserciones, los cuadros más jóvenes fueron ganando terreno, escalando posiciones, promovidos de apuro para llenar espacios vacíos, aunque sus experiencias en combate fueran, al menos, dudosas.

"Al primer disparo se caga encima", suponía, lamentándose por el hecho de que la Organización sobreviviera en cenizas, pero quizá sus discursos firmes junto con las afirmaciones teóricas y la fe ciega en la causa, le despertara el instinto sexual.

¿Quién sabe?

¿Cómo tomaría su propuesta?

De guiarse por su solidez revolucionaria seguramente chocaría con una rotunda negativa, indignación, amenazas, pero todos eran iguales: demasiadas palabras para esconder lo que en realidad eran.

¿Eso quedaba de la Organización Revolucionaria? ¿Eran la resaca? ¿Lo peor? Puede que la culpa no la tuvieran ellos. La decisión de proteger a los más virtuosos produjo un exilio en masa de quienes contaban con recursos para hacerlo o con financiación de la Organización.

La desilusión había contaminado el río de la revolución, la oportunidad perdida, aquellos días de gloria, la lucha, las masas orgullosas de pertenecer, las grandes manifestaciones, la utopía al alcance de la mano, estando a un paso de realizarse si el gatillo no se hubiera entrometido.

¿Cuál fue su primera decepción? La tenía presente: los modos, eso que llamaban recuperar armas, y los colocó frente a la indignación de la opinión pública. La maldita propaganda oficial tomó provecho. Los militantes dejaron de ser los jóvenes idealistas para ser catalogados como asesinos y el autismo de la Conducción Nacional aprobando los hechos en la revista oficial:

En el día de la fecha, dos Oficiales del Ejército de la Organización, tomando la iniciativa de táctica, se constituyeron en pelotón de combate y ejecutaron (recuperando una pistola nueve milímetros) a un Suboficial de la Policía, que uniformado y con su arma reglamentaria circulaba por [...]. Una vez realizada la operación, el pelotón se dispersó sin novedades y los Oficiales se reintegraron a sus tareas habituales...

"Estúpidos, defender un asesinato a sangre fría", pensaba, "y personas cómo este pendejo que habla lo justifican, diciendo que eso es la lucha", se acomodó en la silla, volvió a mirar de reojo a los disertantes, "un absurdo".

¿La realidad? Un joven Suboficial de la Policía Federal de unos veintidós años regresaba a su casa, dormido en un asiento del tren y fue sorprendido por dos Oficiales de la Organización, de su misma edad. Conclusión: una muerte por una pistola. Jovencitos que se mataban entre ellos por nada.

¿Perdió la fe? No lo sabía, quizá fuera desencanto. Estuvieron tan cerca. Como partido político, a la larga, con paciencia, hubieran tomado el Poder. Contaban con diputados, representantes en todas las provincias, hasta Gobernadores adeptos que simpatizaban con la causa. Debieron haber concentrado los ataques contra los que rodeaban al General Perón, quitarlo de ese pantano, del cerco en el que lo encerraban, tenderle la mano, ayudarlo a transformar el país, la patria socialista soñada que el líder ambicionaba y no se lo permitieron.

"Si al fin y al cabo éramos sus Formaciones Especiales", se lamentaba Martín regresando del viaje onírico, aburrido por la disertación doctrinaria de sus compañeros en aquel pequeño departamento dominado por un gran ventanal que se llevaba toda la atención, la ciudad y el sol en el horizonte.

Ahora, lo que más cerca tenía era el cuerpo del oficial superior de la Organización, conocido como el Rubio, y lo deseaba.

¿Cómo avanzar en su idea?

El Inglés y su compañera estaban de acuerdo con la idea. Lo habían arreglado, no habría problema.

—Vos no cambias más Martín. Te gusta todo —se divertía el Inglés —. Lo único que conozco de este pibe es que no se le escapa ni una coma de la reglamentación. Yo no sé si va a agarrar viaje.

—No sé, no sé. ¿Y tú compa?

—¿Ella? No tiene problema. Ella hace lo que yo le digo.

—Ja, bien, tenés suerte —hablaban en voz baja en la cocina del departamento valiéndose de una pausa en la discusión.

—¿Te acordás en la Unidad Básica qué bien la pasábamos? Si se enteraban nos mataban a todos.

—Eran otros tiempos Inglés, ahora nada es igual, se fue todo a la mierda.

Si su arriesgada intención fracasaba podría ser llevado ante un Tribunal Revolucionario, seguramente lo fusilarían pero, ¿cómo olvidarse de esas nalgas tan firmes? ¿Quién lo iba a juzgar? Si todos habían huido. Tal vez ese fuese su último día, era necesario darse el gusto, despedirse a lo grande.

Las muertes ajenas y los ojos cerrados

—¡¿Cómo?! ¡¿Qué dijo?! ¿Escuchaste? ¿Qué le pasa a este viejo de mierda?

Por los festejos del 1.° de mayo de 1974 la Plaza de los históricos acontecimientos se encontraba colmada de diferencias irreconciliables.

Miles de personas aguardaban impacientes a que el General Perón saliera al balcón de la Casa Rosada y hablara.

Unos los esperaban para vitorearlo.

Otros para hacerle ciertos reproches a la cara.

La paz pendiendo de un delgado hilo, las ganas de saldar cuentas a los tiros: el fuego amenazaba el polvorín, una chispa, un gesto, una mirada mal interpretada podía desatar el infierno.

Otra vez, más de lo mismo, una historia carente de final.

Y cuando por fin habló Perón desde el balcón, muchos no estuvieron de acuerdo con lo que dijo.

—Viejo de mierda, les dije que era un fascista hijo de puta.

Después de escuchar sus palabras, la mitad disconforme de la multitud que respondía a la Organización Revolucionaria comenzó el repliegue con gestos desafiantes, arriando las banderas de la indignación, resistiendo. Ellos pertenecían también al Movimiento Nacional Justicialista, al ala izquierda, y no lo iban a abandonar aunque intentaran obligarlos: afirmaban que al Presidente Perón lo rodearon de malas influencias y había que rescatarlo, hacerle ver al viejo General el error en el que estaba inmerso de manera inconsciente.

"¡¿Qué pasa?! ¡¿Qué pasa?! ¡¿Qué pasa, General?! Está lleno de gorilas el Gobierno Popular", cantaba a coro una mitad de la Plaza.

Esa tarde un presidente que ya estaba muerto hablaba desde las alturas de la Casa Rosada. Hacía exactamente 21 años que, asomado en ese mismo balcón y en un día igual de luminoso, fue su última aparición frente a la masa obrera antes de su famoso exilio.

La jornada histórica les pertenecía a todos los trabajadores: bajo esa consigna, y para evitar pancartas agresivas, la Policía Federal no permitió ingresar al perímetro de seguridad, montado en los alrededores de la Plaza de Mayo, a personas que portaran carteles alusivos a alguna agrupación política ni entonar estribillos, canciones que pudieran ofender a la moral y al orden público, a la del Primer Mandatario, su esposa y vicepresidenta, o su equipo de Ministros, en especial al Ministro súper poderoso, José López Rega.

Las últimas palabras del cadáver sobre el balcón de la Casa Rosada resultaron inexplicables, al menos para la mitad de la plaza que exigía explicaciones, la otra porción las reivindicó con gritos y aplausos efusivos, festejando al oráculo que todavía hablaba.

¿Acaso no lucharon tanto para que Perón regresara al poder?

—Ahí está, ahí lo tienen, es un hijo de puta —señalaban los más efusivos dirigiendo el dedo a las alturas.

Rodeando al Presidente Perón, detrás, a los costados, colgados del balcón, intentando salir en la foto histórica, obsecuentes, aduladores, perros, villanos, amigos y adversarios. Todos esperaban su muerte para repartirse la torta, los pedazos adjudicados con anterioridad. Sus más cercanos colaboradores, a cada frase del difunto, pensaban en lo que les tocaría en suerte, relamiéndose los labios miserables.

Siguiendo con atención el arranque del Presidente indignado, esforzando sus gestos, sus últimos instantes de vida por hilar oraciones, mucha, muchísima gente partida al medio por una línea imaginaria. De un lado, los jóvenes de la Organización Revolucionaria, los mismos que lucharon por su vuelta, y una vez recuperada su investidura presidencial, quedaron marginados del poder por defender sus ideas propias; del otro extremo se encontraba la masa compacta que seguía, con enferma ceguera, los designios del General Perón, sin importar lo que decidiera. Ellos lo idolatraban y no comprendían a los que intentaban torcerle el brazo a él, que aunque viejo era tozudo y no se rendía.

Los jóvenes de la Organización Revolucionaria despreciados no se daban por vencidos. Si bien fueron desplazados del Gobierno Nacional y Popular, traicionados por su líder, aunque se hubieran manchado las manos de sangre en su nombre, creían necesario gritarle en la cara lo que sentían. No debían dejar pasar la oportunidad, no se podían arriesgar, quizás no tendrían otra, ya que el círculo que lo rodeaba le impedía a Perón recibirlos, a ellos, que soñaban con una patria mejor, más justa, después de la fatigosa tarea de aniquilar a los que sobraban.

Cuando el todavía Presidente Perón, por escasos días, hasta su muerte, próxima, segura, se dejó ver sobre el balcón de la Casa Rosada, una parte de la multitud estalló en aplausos: la mitad restante repudió, con cánticos agresivos, a los hombres que sonreían a su alrededor.

"¡¿Qué pasa?! ¡¿Qué pasa General?!"

Pegada a uno de sus brazos, su señora esposa, la Vicepresidenta elegida por los votos, la fórmula presidencial, la mujer que adornaba la frente del viejo con el Ministro súper poderoso, que se encontraba inseparable, misteriosamente tomado del otro brazo del orador.

Lopecito, sin avergonzarse de su rol tan cercano a la señora, miraba alucinado a la multitud con su media sonrisa esotérica, y el líder de todos los trabajadores, señalado por unos jóvenes imberbes, no soportó que le echaran la verdad a la cara, insultando a su mujer, que había y habían elegido para intentar despertar sus apetitos sexuales y cogobernar al país.

Y en una digna despedida del mundo de los vivos, Perón reprimió con frases violentas a sus jóvenes, a los que mandó a la muerte, no a los muertos, porque los que murieron no estaban presentes: levantó en peso a los vivos, a esos que no murieron y en la Plaza de Mayo representaban a los compañeros caídos en combate y no deseaban seguir la misma suerte, sino tomar las riendas del Gobierno capitalista que descansaba en las manos de un hombre temeroso, viejo, fascista, traicionero de la doctrina justicialista.

La mismo que él creó.

—La violencia en manos del pueblo no es violencia, es justicia —aseguró Perón alguna vez desde su lejano exilio, enojado con quienes lo proscribieron por tantos años.

Desde que fueran pronunciadas tales palabras, todo acto violento en manos del pueblo quedaba justificado, y mucho más si quien deslizó esa gran verdad era el presidente.

—¿Y ahora, General? ¿Cómo enmendar el agujero jurídico de sus dichos?

Gran dilema: el General se encontraba en un aprieto, preso de sus expresiones. De un lado y del otro asesinaban, mataban, ajusticiaban, se arrojaban cadáveres en su nombre y él, apenado, recordaba los discursos, las enseñanzas difundidas desde el exilio, que llegaban en cartas y filmaciones sedientas de poder. La imprudencia, el egoísmo con tal de cumplir sus deseos, no medir las consecuencias, la senilidad que lo mataría y no se detuvo a pensar en el después, total ya estaría muerto y cumplida su última voluntad: volver a cualquier costo, morir en el ejercicio de la presidencia y que los trabajadores pudieran despedirlo a cajón abierto.

Y cada día se le tornaba más difícil quedarse en el medio sin definirse. Debía escoger un bando, al menos morirse con ambos pies en un plato. Pero el baño de sangre que estimuló, desencadenó y justificó, desbordaba los límites de un país que se hundía. Todos matando con su nombre de por medio, un nombre que fuera sinónimo de revolución y descontento. A Perón no le quedaban impulsos para continuar remando en la espesura roja, ese río que crecía con riesgos de derrame y sus colaboradores lo percibieron.

El Presidente debía caer.

Tantas muertes seguidas de más muertes.

¿Qué sucede cuando los ojos se cierran en la almohada? ¿Existe un segundo de reflexión? ¿Se representa la imagen de los cadáveres inertes, fríos, los sufrimientos, las familias y la angustia? El cargo de consciencia de quienes les quitaron la vida a los demás. Las órdenes dadas, el gatillo apretado, esas manos empuñando asesinatos, las justificaciones vacías cuando el silencio de la noche los obliga a pensar. ¿Habría arrepentimiento? Tal vez ese remordimiento llegase durante ese segundo previo, ese instante en que todos los hombres son iguales, sin importar clase, sexo, religión, credo o ideas políticas: la muerte nos encuentra a todos por igual.

El mal fue una cadena inagotable de justificaciones. Nunca lograron ponerse de acuerdo sobre el génesis de la violencia. Se sospecha, se dice, se imputa a una persona determinada. Este mató al otro, el otro asesinó a aquel, alguien ajustició a uno.

¿Cómo escapar a esa seguidilla interminable de hechos?

Todos se creían con el mandato suficiente, el derecho de ejecutar la pena de muerte, el clamor popular acerca del destino de los indeseables.

Pero, ¿quiénes eran los indeseables?

—Mi General, usted está equivocado —lo desafiaba Mario, el jefe de las otrora maravillosas juventudes de la Organización Revolucionaria una vez muerto Fernando, las pocas veces que pudo ver al líder.

—¿Yo equivocado? —Perón disfrazó su indignación con simpatía, no era de mostrar las cartas, nadie sabía lo que realmente pensaba, pero lo cierto es que nunca más recibió a ese joven presuntuoso.

Según alegaba Mario, la equivocación no era por su culpa. La gente que rodeaba a Perón se encargó de taparle los ojos, las ideas, haciéndole dificultoso el arte de gobernar, la decisión esperada.

—No lo dejan ser a Perón el que nosotros creemos que es, hacia donde desea dirigirse, ni las medidas que pensaba tomar —se justificaba Mario frente a las preguntas de los que dudaban y objetaban el rumbo de la Organización Revolucionaria.

Es por ese motivo que ellos, los más jóvenes, matando a los que Perón veía como sus más cercanos colaboradores, que no eran más que burócratas, le allanarían el camino con cadáveres a sus pies, así no equivocaba la senda, la señalización de la revolución.

La razón, cuando olvida la discusión, el intercambio de ideas, y cede a la inercia animal de intentar imponer ideologías por la fuerza, degenera la tan preciada victoria. Siempre habrá un derrotado, una viuda, una madre, un sobreviviente enojado, marginado de las decisiones importantes que estará pensando en su futura venganza, en la reivindicación y, cómo pertenece al pueblo, en caso de cumplir su objetivo de quitar del medio a los que no piensen de acuerdo con sus ideas, deberá ser considerado justicia por mano propia, porque, según se interpreta, es por el bien común.

¿Quién no se escuda en el beneficio popular cuando asesina en pos de una doctrina?

—¿Qué entiende este viejo de mierda sobre la lucha de clases? ¿Cuánto tiempo estuvo exiliado? No comprende de lo que habla, lo que hace, lo que dice, lo que decide, todo cambió desde que se fue. Nunca más pisó el país, solo le contaron, rumores cambiados, direccionados. ¡Las juventudes mandan! Este viejo de mierda no comprende nada —defendía Mario su postura.

Las discusiones internas desarrolladas en la Organización Revolucionaria eran muy fuertes, aunque siempre primaban las órdenes de los jefes.

—¿Y por qué luchamos tanto por él? —preguntaban los que dudaban de la teoría del cerco y la ruptura con Perón.

—Ni idea.

—¿Y ahora? ¿Qué hacemos?

Quienes debían obedecer, y siempre repitieron de memoria el amor que sentían por el General Perón, no entendían el porqué del cambio tan radical.

—Ya está acabado, casi ni respira. La Patria nos llama a continuar combatiendo a López Rega, a los Militares y a la camarilla de capitalistas que saldrán de las sombras cuando asuman que Perón murió —Mario, y sus más radicalizados compañeros, lograron torcer el destino de la Organización Revolucionaria.

Una única pregunta quedaba pendiente para encausar ese esquema de ideas, pero no muchos se animaban a deslizarla:

—¿Y si no se muere? —nadie tenía dudas sobre lo que sucedería.

—Lo van a matar.

Pero el General Perón tardaba en morirse, irritando la paciencia de quienes se repartían la herencia ajena.

Y ese 1.º de mayo de 1974, fecha de la ruptura anunciada, la Plaza de los grandes acontecimientos se convulsionó: una mitad enojada con el presidente la abandonaba, coreando los nombres de quienes fueron ajusticiados por traicionar al pueblo, procurando con los gritos recordarle al viejo que ellos los habían ultimado:

—¡Rucci, traidor, saludos a Vandor (1)! —proferían los cánticos apuntando las miradas al cielo, donde descansaban varios personajes que abandonaron la causa popular por acción de la doctrina de los fusiles.

¿Cómo morder la mano de quien nos daba de comer y que esta mordida resulte imperceptible?

—Nosotros debemos dirigir la revolución, adoctrinar a los trabajadores, demostrarle al viejo que tenemos razón —fundamentaban los máximos dirigentes de la Organización Revolucionaria en el cenit del disgusto con Perón.

—¡Ay! El Presidente murió.

—¿Y ahora?

—La lucha total, destruir a la nueva presidenta, pasar a la clandestinidad, hacernos con el Gobierno que nos pertenece por representar al pueblo — Mario tenía muy claro hacia dónde quería dirigirse, pero algunos de sus compañeros, no.

—Pero…, a la señora de Perón, ¿no la elegimos nosotros también?

—¡No! De ninguna manera.

—¿No?

—Nosotros peleamos por traer a Perón del exilio. El problema es que llegó viejo, enfermo, manejable, decrepito e influenciable. Nosotros queríamos traer al Perón que era veinte años atrás.

Sin embargo, el experimento fracasó en la ilusión de creer que la misma fórmula utilizada con el cadáver de Eva Perón también hubiera sido inyectada al General en vida, preservándolo de los estragos del tiempo.

No fue posible utilizar ese procedimiento.

Perón asumió la presidencia obsoleto.

—¡Nosotros lo votamos! —se indignaban los peronistas que seguían a Perón a ultranza.

—No importa, la democracia capitalista no nos interesa, hay que luchar por una sociedad mejor, más justa, ¡por la patria socialista, carajo!

—Hay dirigentes que han visto caer a sus dirigentes asesinados sin que todavía haya sonado el escarmiento —cuando Perón ese 1.º de mayo, desde las alturas del balcón de la Casa de Gobierno, respirando sus últimos instantes de vida, los reprendió con dureza, los jóvenes de la Organización Revolucionaria escucharon incrédulos el insulto, a ellos, que sentían sus espaldas anchas como un enorme miembro viril por haber sido actores principales en la lucha por el regreso del Presidente exiliado, el factor principal, quienes inclinaron el tablero de las negociaciones.

—¡Escuchen! ¡Escuchen! ¿Está hablando de nosotros? —se preguntaban en medio de la multitud, intentando seguir el hilo del discurso, la mitad revolucionaria en la Plaza de Mayo.

—Y hoy resulta que algunos imberbes pretenden tener más méritos que aquellos que por más de veinte años lucharon por la causa popular… —sentenció Perón indignado detrás de un enorme panel blindado por temor a las balas perdidas.

—¡Sí! Y nos dijo imberbes.

Indignados, los miembros de la Organización Revolucionaria, en contravención a las consignas de los organizadores del acto, elevaron enormes trapos que llevaban muy bien escondidos en alguna parte del cuerpo y pintaron letras en ese mismo momento con aerosol:

¡ORGANIZACIÓN REVOLUCIONARIA!

Nosotros somos estos y devolvimos a Perón al Poder. Él está allí arriba por nuestra lucha, por nuestra sangre y no le importó, sigue sobando los oídos de los burócratas, el ala derecha del Movimiento que no desea un país distinto.

La marea de gente comenzó a virar. La mitad de la plaza se fue, la otra mitad los quiso matar. Esas mitades enfrentadas eran sinónimo de un país que nunca se reconcilió e intentaba prevalecer, lastimarse, unos a otros, desgarrarse, para que muriera el pensamiento opuesto y viviera la ideología de los que siguieran respirando, solo un dogma, una doctrina y un rumbo inequívoco.

Ningún bando deseaba discutir ideas, porque estaban convencidos de que las propias eran las únicas valederas. El presidente era muy viejo y

quienes lucharon en su nombre muy jóvenes.
    Jamás se llegaron a entender.

1) Agusto Timoteo Vandor: La sombra. Líder sindical que pensó reemplazar a Perón cuando este se encontraba exiliado. Gran error: fue asesinado por tal osadía. José Ignacio Rucci: Otro líder sindical también asesinado, pero él era un fiel seguidor de Perón. Ambos fueron asesinados por miembros de la Organización Revolucionaria. ¿Gran error?

El momento justo en el lugar equivocado

—Te dejaron un mandadito, Ariel.

Apenas el Inspector Ariel Romeni cruzó la puerta del despacho del Subcomisario Andrés para enterarse de las novedades del día, fue recibido con una tarea que había quedado pendiente de las brigadas que trabajaban en el turno contrario.

—Okey, ¿qué es, jefe? —como era su costumbre, el joven oficial llegaba temprano, conversaba, hacía bromas, comentaba salidas, citas con mujeres, anécdotas, todo hasta que sus compañeros de brigada también se iban dejando ver y tomaban el servicio de manera oficial.

—Parece una casa del Ejército Revolucionario, no está claro. Es un dato, no es muy seguro. Lo dejó Umbidez porque ellos tuvieron que salir en otra intervención de urgencia y les quedó pendiente. ¿Lo ves?

—Sí, jefe. ¿Qué hay adentro? ¿Saben? ¿Con qué me puedo encontrar?

—Aparentemente no hay mucho movimiento, le estuvieron dando vueltas pero tuvieron que salir de raje para otro lado, pero según dijeron el dato es confiable: algo hay, no sé, fijate a ver qué sale.

El subcomisario Andrés era uno de los hombres al mando de las brigadas de Coordinación Federal, encargadas de la lucha contra los distintos grupos revolucionarios. Todos lo conocían como el Ruso, y su mayor virtud estaba en su enorme cabeza.

Era un hombre pensante e inteligente.

Aunque también sádico, codicioso e impredecible.

—Bueno, cuando vengan los muchachos vamos —Romeni miró el reloj. Todavía el sol no había bajado. Al día le quedaban unas dos horas de luz—. Vamos primero ahí porque a la noche tenemos otro allanamiento.

Ariel Romeni era uno de tantos jóvenes no mayores de treinta años, seducidos por el peronismo, con claras ideas políticas y que creían defenderlas en la lucha contra los grupos revolucionarios.

La Argentina estaba dividida por una grieta y todos los que pisaban el medio lo hacían para matar al otro.

—Manejalo, Arielito —el Ruso Andrés confiaba plenamente en Romeni. En el pasado habían tenido serias diferencias pero pudieron limarlas.

Pese a su corta edad, Ariel estaba al mando de una de las brigadas conformada con hombres con mayor experiencia, pero su criterio y sus éxitos siempre prevalecían y fueron los factores que lo hicieron llegar a tener tamaña responsabilidad en su espalda.

Los integrantes de las brigadas aparecían en el mítico edificio de Seguridad Federal con tranquilidad y, si es que ninguna urgencia los apuraba, conversaban, perdían el tiempo, revisaban documentación y hacían planes.

—Ariel, ¿algo nuevo? —era la pregunta de sus compañeros de

trabajo apenas llegaban, porque Romeni siempre era el primero en llegar.

—Tenemos un encargo antes de empezar, quedó pendiente —le avisó Romeni al Loco, su compañero en la brigada, apenas lo saludó en las oficinas del tercer piso del edificio en donde todos se reunían.

—¿De quién es? —preguntó tocándose el rosario que llevaba bien visible colgado al cuello.

—De Umbidez.

—¿Albertito? ¿Qué carajo quiere? Siempre dejando cosas, es un hijo de puta.

—Nada, que vayamos a un departamento a ver qué hay. Lo hacemos ahora rápido y después seguimos con lo nuestro —Ariel le restó importancia al reproche.

—Dale, ¿con quién vamos?

—No sé, ¿quiénes llegaron?

—Los vi al Gordo y al Viejo.

—Bueno, vamos con ellos —levantó los hombros Ariel como si estuviera resignado.

Generalmente las brigadas trabajaban de a cuatro hombres: dos oficiales y dos suboficiales. Para casos puntuales se podían agregar otros efectivos en ayuda, para algún procedimiento especial. Pero como el caso no llevaba ninguna advertencia especial, salieron solo cuatro hombres en un Ford Falcón conducido por el Gordo, el que llevaba el apodo por su enorme talla y no por el peso.

—Es acá —señaló Ariel, y automáticamente desde el asiento trasero del Falcon el Loco y el Viejo miraron el edificio indicado mientras pasaban de largo —. Estacioná en la esquina, Gordo.

—Parece tranquilo. ¿Qué piso es? —preguntó el Loco sacando la 9 milímetros de su cintura y escondiéndola debajo de la campera verde tipo aviador que usaba.

—El cuarto —apuntó Ariel bajando del auto—. Gordo, vamos, ustedes quédense acá por las dudas, damos una vuelta y los venimos a buscar.

El Gordo se esforzó por bajar del auto y acompañar, como si fuera un guardaespaldas, al Inspector Ariel Romeni.

—¿Cómo entramos al edificio? —el Gordo, mientras miraba con atención, intercambiaba opiniones con su jefe y amigo.

—Tranquilo, no hagamos mucho barullo a ver si nos cagan a tiros, que no sabemos cómo viene la mano. Veamos si podemos meternos abajo con algún vecino —al no haber participado de la investigación ni contar con datos de inteligencia propios, Romeni era precavido. No deseaba encontrarse con ninguna sorpresa. Primero iba a revisar antes de actuar.

Esperaron unos minutos en la puerta del edificio hasta que el encargado les permitió el ingreso. Exhibieron sus credenciales y le pidieron que se quedara en su casa, antes de preguntarle por los ocupantes del

LA NOVIA DE LA REVOLUCIÓN

departamento del cuarto piso.

—¿Cuarto "B"? Es una parejita joven. Dicen que están estudiando ingeniería. No sé, no vi nada raro. Se van temprano y vuelven tarde. Mucho no les puedo ayudar muchachos —reveló levantando los hombros como restándole importancia.

—Ta bien, quedate tranquilo, andá, guardate un rato —el Gordo, atento al ascensor, despidió al encargado.

Conformes con la información recabada, subieron al piso indicado para observar de primera mano.

—Esa es la puerta. Tocá el timbre Gordo, yo me quedo atrás —Romeni susurrando le pidió que se adelantara mientras cubría el pasillo, pero después del sonido metálico, acentuados con los nudillos en la puerta, nadie respondió al llamado.

El departamento parecía vacío, no se oía ningún rumor en su interior.

—¿Qué hacemos, Ariel? ¿La pateo? —ávido de acción, el Gordo ya preparaba la patada para el asalto.

—Sí, dale, a ver que hay.

El ruido de la patada hizo eco en el pasillo del edifico, pero no la derribó. Hicieron falta varios golpes para que pudieran entrar a la carga. Una vez en el interior del departamento revisaron todo y no encontraron nada raro.

Algo sucedía.

—Che, boludo, nos equivocamos, el "b" es aquel— Advirtió Romeni entre divertido y preocupado.

—Uuuy, sí, qué pelotudos —se reía el Gordo como quien realiza una travesura.

—Bueno, toquemos allá —desentendidos de la violación de domicilio, fueron por el siguiente objetivo.

Enmendando su error, no la puerta derribada, fueron al departamento correcto, pero nadie respondió, y repitieron la acción, pero esta vez fue Romeni quien derribó la puerta.

Entraron empuñando las armas, revisaron los ambientes, y sí, era el departamento correcto pero no había nadie en su interior. A simple vista encontraron documentación y varias pistolas en un armario.

—Esperá, Gordo, bajemos, vamos a buscar a los muchachos —ordenó Romeni antes de seguir con la requisa.

—Bueno, dale —aceptó: nunca discutía una orden de su jefe, más que nada por conocer su irritabilidad.

Y mientras tanto en la planta baja del edificio, el Loco y el Viejo se encontraron a un muchachito de veintidós, veintitrés o veinticuatro años, vestido de pantalón vaquero, remera, pelo muy corto y con una llave preparada en la mano, lista para ser utilizada.

—Buen día —el Loco lo saludó con suspicacia al ver su actitud: el hombre abrió mucho los ojos ante el saludo casual de una persona cualquiera, se asustó y su sorpresa excesiva despertó la atención de los policías.

—¿A qué piso vas, flaco? —preguntó el Viejo con la pistola en la mano mientras su compañero se situaba detrás del desconocido revisando los alrededores por si alguien más lo acompañaba—. ¿Estás solo?

Pero el desconocido parecía mudo, perdió el habla, en sus ojos vio la muerte, y la muerte lo reconoció, sospechó de su temor, lo llamaba, no lo dejaría escapar.

—¿Qué pasó? —indagó Romeni apenas salió del ascensor y se encontró en el *hall* de entrada con el nuevo panorama—. ¿Y este quién es?

—No sé, nos vinimos para acá y lo encontramos, ¿qué pasó en el departamento? —explicó y preguntó el Loco con el hombre detenido sin saber qué hacer.

—No hay nadie, entramos, hay un par de fierros y documentación, pero no hay nadie —mientras hablaba Romeni jugaba con su pistola sin dejar de mirar al detenido—. ¿Sos del cuarto B, flaco.— Por fin le preguntó tomándolo de uno de sus brazos mientras le apoyaba la mejilla contra la pared y comenzaba a revisarlo.

—Tiene todos los números me parece —comentó sarcástico el Viejo.

—¿Y esto? —se sorprendió Romeni quitándole una 45 de la cintura—. ¿A qué departamento ibas? Llamá al encargado a ver si sabe. Con esto te podés lastimas, pibe.

—Mirá el fierro que tiene el hijo de puta. ¿De dónde la sacaste? ¿No se la habrás robado a un milico no?—el Loco revisaba la pistola buscando indicios de su procedencia—. Tiene la numeración limada.

El Viejo, mientras tanto, se dirigió a cumplir la orden dejando al desconocido tragando saliva, consumiéndose su lengua.

—Es del 4.º "C" este pibe —los orientó el encargado del edificio apenas reconoció al detenido.

—Está bien, quedate tranquilo, que no te vea —el viejo lo advirtió al encargado para que no sufriera ningún tipo de represalia posterior y al oído le informó a Romeni sobre el dato recabado.

—¿4.º C? —repitió Romeni rascándose la cabeza.

—¿Qué pasa, Arielito?— preguntó el Loco al notar el desconcierto de su compañero.

—Este es de otro departamento —dijo Romeni y se dirigió al detenido—. ¿Sos del Ejército Revolucionario, pibe?

Algo no andaba bien.

—¿Cómo? —el Loco no entendía nada de lo que estaba sucediendo.

—¿Qué relación tenés con los del 4.º B? —sin explicarle nada a sus compañeros, Romeni apretó las preguntas tomando al interrogado muy fuerte del cuello mientras hablaba.

154

—No los conozco. No tengo idea —fue lo primero que se le escuchó decir al hombre desconocido.

—¿Hay alguien arriba? Hablá. ¿A quién venís a ver? Si nos llegan a tirar un tiro de arriba a vos te mato. El primer tiro es para vos, así que no me rompás las pelotas y decime algo —le advirtió Romeni.

—No hay nadie —respondió enojado, casi escupiendo las palabras.

—Loco, tomá la llave, entrá a ver que hay.

—Okey.

—¿Cómo van a entrar en mi casa así nomás? Tiene que ordenarlo un juez —intentó defenderse el hombre desconocido.

—Ja ja —se rieron a coro todos los policías, pero Romeni fue el que habló—. ¿No te acordás en la época que vivimos? Si llamo a un Juez es porque te pegamos un tiro, así que rezá para que no pase.

Mientras Romeni esperaba con el detenido, el Loco subía con el Gordo al piso cuarto y juntos ingresaron al departamento "C".

El Viejo se llevó al joven esposado al auto. Cuando el Loco y el Gordo regresaron después de unos minutos traían algunas armas y papeles, al parecer el cuarto piso tenía dos casas de seguridad y por casualidad encontraron una de ellas.

—Bueno, que vengan los de rastros a ver que sacan, a este llevémoslo, que lo vea Umbidez, a ver qué hace, esto no es nuestro, que lo trabajen ellos —ordenó Romeni habiendo cumplido con creces el encargo del subcomisario Andrés.

La brigada regresó a la base de operaciones con el detenido, el que fue puesto a disposición de los Inspectores Julio Pereyra y Alberto Umbidez para que ellos al día siguiente resolvieran el acertijo: era su investigación.

Y lamentablemente el día siguiente llegó para el hombre desconocido, que pronto dejaría de serlo.

—No sé nada señor, por favor, no sé nada.

—Hablá nene porque se te va a poner jodido. ¿Sos del Ejército Revolucionario? —con la picana en las manos las preguntas suelen ser imposibles de no responder.

—No, no, por favor.

—Por favor las pelotas —Umbidez, al encontrarse con el detenido al tomar su guardia, comenzó el interrogatorio, el cual después de un par de minutos tuvo resultados satisfactorios.

—No, soy de la Organización, yo soy peronista, no tengo nada que ver con el Ejército Revolucionario.

—Pero… ¿cómo? ¿Y a los otros no los conocés? ¿Nunca los cruzaste? ¿Había dos casas de seguridad en un mismo piso y no sabían nada? —se sorprendió Umbidez.

—No, no, les juro que no tengo idea. Por favor, no sé quiénes son, yo soy de la Orga, no conocía a los de enfrente.

—No puede ser, estos boludos compartían edificio y no estaban enterados —comentó en voz alta Julio Pereyra sobre la cercanía de las dos células revolucionarias de distinto pensamiento, desconociendo una la actividad de la otra.

—¿Cómo te llamás? ¿Para quién trabajás? ¿Cómo arreglás las citas?

—¡Basta! ¡Basta! —la voz del detenido se quebró, sus lágrimas asomaron, todo lo que creía se esfumó en segundos, tomó consciencia de que el triunfo era imposible, una utopía irrealizable pese a haber estado tan al alcance de la mano.

—Basta las bolas. Metesela en el culo —le sugirió Pereyra a Umbidez, quien masturbaba la picana con cara de placer.

—Diego, Diego, me llamo Diego, por favor, basta —gritó ahogado en llanto antes de que la amenaza se hiciera realidad.

El accidente que no fue

Catalina de Médicis, Reina madre en la antigua Francia, al mismo tiempo que ejercía la regencia del trono a favor de uno de sus tantos hijos menores de edad, para proteger a su debilitada estirpe, conformó un grupo especial integrado por las mujeres más hermosas de su tierra con el objetivo de reunir información sobre los enemigos de la corona.

Este grupo selecto de hermosas mujeres actuaba discretamente en el terreno en que mejor sabían moverse: las alcobas de los principales adversarios de la familia gobernante. Mientras hacían el amor, se aprovechaban de la vulnerabilidad masculina en esos segundos previos al clímax, descubriendo secretos y conspiraciones.

Puede que haya sido un caso similar, o al menos parecido. Buscado o no, él se enamoró, le brindó acceso a secretos, información delicada que conocía por su profesión. Ingresó en las filas del enemigo siguiendo a su amante, traicionó a sus camaradas y no encontró el camino de regreso.

Su indiscreción lo condenó a muerte.

El secreto se reveló gracias a una serie de casualidades. Todo terminó cuando a Manuel, Capitán del Ejército Revolucionario, lo dejaron solo en una oficina transformada en celda en el tercer piso del Edificio de Seguridad Federal.

Un error que no podía suceder.

Manuel estaba preocupado porque su detención significaba la perdición de muchos combatientes, en especial de la que más le interesaba.

Hacía unas horas que lo habían apresado y estaba algo golpeado, con algunos moretones en el cuerpo, pero nada grave. La cara aún la mantenía intacta. Con gran esfuerzo logró desatarse las manos, después los pies, se quitó la capucha y miró a su alrededor. Concentró los oídos. Era un acto arriesgado que podía terminar de matarlo, acelerarle la muerte, pero, sabiendo que de igual manera moriría, intentaría salvarse.

Y salvarla a ella.

Debía seguir dejando mensajes, porque si él desaparecía se perdería el contacto con cientos de infiltrados.

Esperó.

No lo podía creer, no había nadie.

Ni ruidos ni señales a su alrededor. Se acercó a la puerta, apoyó el oído, probó el picaporte, se abrió sin problemas. ¿Alguien estaba colaborando con él? Nunca lo iba a saber.

Era su oportunidad de escapar de las fauces del lobo.

"Ahora o nunca", Manuel se auto convenció buscando decisión, coraje. Su ropa estaba intacta, aunque algo revolucionada, y cómo de revolución sabía de sobra, se acomodó la corbata, el saco y salió al pasillo. Bajó las escaleras, llegó a la planta baja, la salida a unos pasos que caminó tranquilo, como si lo hiciera todos los días.

—Hasta mañana —saludó con normalidad al agente que estaba de guardia en la puerta de ingreso al edificio de Seguridad Federal sobre la calle Moreno.

—Hasta mañana, señor —escuchó la respuesta marcial en la nuca transpirada de miedo.

¿Quién podía sospechar de un hombre que salía de saco y corbata del edificio? A diario lo hacían por la misma puerta cientos de personas. Era la guarida del enemigo. Nunca un detenido la había abandonado de esa manera.

Y no se volvería a repetir.

Una vez en la calle, Manuel sintió de nuevo el sol que creyó no volver a ver, la vida, una oportunidad, el escape.

Increíble pero real.

Se había fugado casi sin un rasguño.

Por otro lado, en la misma ruleta de probabilidades, unas noches atrás el subcomisario Páez de la Policía Federal Argentina conocía a la mujer de sus sueños en un bar, sueños que se trasformarían en pesadillas apenas se despertó.

El reloj delataba las 21 horas. Cuando el Subcomisario abandonó el Departamento Central, no quiso irse a su casa, otra vez, la rutina, su mujer, las protestas, que siempre lo mismo, ¿en dónde estabas? Ya no me dedicas tiempo, entonces decidió detenerse en un bar nocturno del barrio de San Telmo.

La primera vez que la vio, Páez estaba con unas copas de más y no consiguió discernir correctamente. ¿Ella lo estaba siguiendo? ¿Fue casualidad? Jamás se podrá comprobar. Él estaba harto: de su mujer, del trabajo, de la vida, esa misma que se le representaba intrascendente, pues carecía de anécdotas para contar a sus amigos. Nunca pudo tener una aventura amorosa digna de compartir en una reunión.

Y bajó la guardia. No era recomendable en esa época, reparó en aquella joven que lo observaba con pupilas glaciares, media sonrisa, labios finos y sensuales.

Se asustó.

"¿Me mira a mí?", pensó escéptico. "Naaaa, no puede ser", se enderezó en la barra, levantó el mentón, quiso sonreír, parecer interesante.

No podía creerlo. Era viejo, muy viejo para aquella morocha de ojos rasgados, menuda, con pechos puntiagudos que marcaban sus senos detrás de la musculosa blanca que tan bien le quedaba.

Páez apuró el trago buscando en el fondo del vaso el valor que escaseaba en sus decisiones. Inseguro le hizo una seña con la cabeza, con ese disimulo que afecta a quien procura guardar un as en la manga en previsión al posible desaire de la persona que intenta conquistar. Pero para su sorpresa ella respondió acercándose, acomodándose a su lado, rozando la cadera contra sus manos y transmitiéndole electricidad al resto de su cuerpo inmóvil.

Y la ruleta seguía girando con efecto dominó sobre los acontecimientos.

—Ya está, no sirve más, hay que cortarlo —el subcomisario Andrés decidió y los integrantes de la brigada debían obedecer la orden del jefe. No lo quería más entre los detenidos. Según pensaba había acabado su vida útil y debían terminar con él.

—Pero jefe, sigue insistiendo en que tiene un dato de un policía infiltrado, no tiene bien en claro la jerarquía, él dice que es un Subinspector, no sé, probemos, total, hasta ahora todo lo que nos dio sirvió —Pereyra no estaba de acuerdo con su jefe, y con total libertad se lo hizo saber.

El detenido había colaborado, y mucho. Era un dedo que marcaba, pero sus cartas se estaban terminando al igual que su existencia. Continuaba comprando horas de un reloj que se quedaba sin tiempo.

Sabía que si no era de utilidad moriría.

—Okey, llévenselo a ver que hay —al jefe lo convencieron, aceptó, y la brigada de Pereyra y Umbidez le dio una nueva oportunidad de vida al cautivo—. Pero después lo cortan, no quiero problemas, hace mucho que está acá.

—Marcelo, zafaste, tuviste suerte, convencimos al jefe. Por ahora seguís con nosotros a ver que tenés para decirnos. Vamos a dar una vuelta —le estiraron la vida, lo sacaron del cuarto donde permanecía encerrado—. Espero que lo aproveches, porque si no te vas, ¿eh? —el Petiso le explicaba las causas de su suerte mientras lo trasladaba.

Las brigadas de la policía no siempre salían a la calle con un destino determinado. El trabajo tenía mucho de rutina, repetición, paciencia. Subir al auto, *lanchar*(1), dar vueltas, una y otra vez en el automóvil no identificable, esperar a que la casualidad y el dedo delator se unieran: la mayoría de las veces el cuadrante no coincidía, pasando horas de combustible quemado sin ningún resultado.

—¿Qué quieren ahora muchachos? ¿Quieren un buen enfrentamiento? Tengo el dato sobre una casa de seguridad que está llena de armas.

Marcelo estaba acostumbrado a los viajes. Desde que fuera detenido, negoció para que no lo lastimaran. Él no podía soportar el dolor. Sus viajes eran constantes. Hasta se puede decir que tenía una especie de amistad con los policías que lo tenían bajo su responsabilidad: fueron tras varios de sus datos, todos exitosos, era una fuente inagotable de información. Prometía tiros, enfrentamientos, armas y sus aportes cumplían: de esa manera seguía conectado al respirador artificial que sus captores no desconectaban.

Y Marcelo aprovecha el sol viajando en el asiento trasero del Ford Falcon, ver nuevamente la ciudad, ir apretado entre los policías, las vueltas, las fuerzas interiores por recordar algún detalle que le diera tiempo, vida, las calles conocidas y su dedo habló.

—Aquella, es esa.

—¿Estás seguro, Marcelito? —preguntó el Gringo dándose vuelta y abrazando el apoyacabeza del asiento del conductor.

—Sí, sí, esa es la casa de seguridad.

—Okey, dejalo con los ganchos puestos —después de marcar el objetivo, Marcelo permaneció en el automóvil como de costumbre. Ya conocía el procedimiento impuesto: quedarse callado, esposado al piso en la parte trasera, no hacer nada, limitarse a rezar por la muerte de sus captores allí a donde los llevara y de esa manera él podría escapar.

Ingresaron tres: el Gringo, la Araña y el Petiso.

Pomelo se quedó custodiando el móvil con lo que había adentro.

Marcelo los había llevado a una casa en donde residía una peligrosa célula del Ejército Revolucionario esperanzado en que todos murieran en el allanamiento.

Esa era su ilusión desde hacía varios días.

¿Cuándo ella le comenzó a hablar al subcomisario Páez sobre las bondades de la revolución?

¿Esa misma noche?

Es improbable. Lo suyo era un trabajo imperceptible, allí residía el éxito de sus engaños. Lo cierto es que después de haber bebido unas cuantas copas aceptó su invitación, fueron juntos a un hotel alojamiento. Él tomándole la mano, ella dejándose tocar de más. No lo creía, tampoco pensó en que podía ser una trampa, no pensó, o pensó con la cabeza menos indicada.

Páez se enamoró desde el instante en que la desnudó: la despojó de las pocas prendas que llevaba, no fue difícil. Respiraba con dificultad a causa de su erección. La comenzó a besar desesperado. Sus bigotes espesos, policiales, dejaron de responderle, no pudo obedecer a lo que había planeado cuando salían del bar.

"Despacio, no tengo que ser bruto", pero no consiguió seguir sus pensamientos, no sabía que parte tocar, lamer, era tan joven, su piel tersa, sus pezones rosáceos que le entraban tan bien en la boca, su pubis rodeado de vellos, justo como a él le gustaba.

—¡Ay! Despacito que me lastimas —ella reclamaba suavidad, amor, buenos tratos cuando los dedos la invadían con violencia y la hacían encorvar del dolor, y Páez quería meter toda la mano—. Sé más suave, no seas bruto.

—Perdóname —parecía no prestarle atención porque cuando ingresó de manera definitiva con su virilidad lo hizo de manera salvaje, pensando en que así le daría más placer, confundiendo sus lamentos con gritos de satisfacción.

¿Hacía cuanto que no disfrutaba de un cuerpo adolescente sin tener que pagar por ello? Desde que él era joven, y su esposa también. No conocía el éxito con las mujeres. Tamaño cambio de suerte, y a su edad, no lo debía dejar pasar, y no lo dejó pasar.

La brigada de Pereyra y Umbidez, siguiendo los datos presenciales del informante, patearon la puerta, entraron a la casa que el dedo había identificado y se aprovecharon de la confusión.

—¡Todos al piso carajo!

Y quienes fueron sorprendidos en el interior de la vivienda, al parecer no habían sido tan sorprendidos porque intentaban quemar algo, se preocupaban más en incrementar la fogata con papeles mecanografiados que en repeler el ataque de las Fuerzas Represivas del Estado. Los Policías se arrojaron sobre ellos, les arrebataron el material de las manos, golpes en la cabeza, patadas en el suelo y los riñones.

—Hijo de puta, ¿qué es eso?

Los detenidos eran tres y parecían adiestrados en el oficio mudo, no soltaban ninguna palabra, ni siquiera con los golpes que intentaban arrancarle vocales, consonantes: en principio lo único que averiguaron fue que todos pertenecían al Ejército Revolucionario y al parecer eran altos oficiales de inteligencia.

Una presa poco usual.

Jamás se entregaban vivos.

—¿Qué estaban quemando?— Fue la pregunta inicial que la Araña deslizó mirando amenazante a los tres.

Rígidos, los detenidos, se rehusaban a colaborar con la Policía. Apuntados, vigilados de cerca quedaron en un rincón a la expectativa, sentados y esposados.

—Revisen la casa, acá hay algo grande —advirtió la Araña a sus compañeros, sintiendo que habían ganado un partido importante.

No quería discutir.

Ella se enojaba cada vez que chocaban por política.

—Los años nos separan —se lamentaba compungida, y el Subcomisario Páez se desesperaba.

—Pero yo te amo —no era suficiente. El amor no era nada sin convicciones.

—Entonces tenés que amar a la revolución.

¿Dónde había que firmar?

¿Estaba obsesionado o enamorado?

El significado y el fin era el mismo.

"Pero… ¿si amo a la revolución, me la vas a seguir chupando?", fue un pensamiento esbozado por Páez. Nunca se animó a preguntarlo, eran sus reflexiones dolorosas en silencio. Mientras dudaba, sufría por sus palabras.

—Tenés que ser de los nuestros —le pedía que traicionara su educación, sus convicciones. Páez debía involucrarse, dejar de lado sus creencias, traicionar a sus compañeros y amigos dentro de la Policía Federal. Quizás ella tuviera razón, o estaba ciego, solo veía por los ojos de la niña.

En la casa allanada la brigada encontró Microfilms, documentación, informes de inteligencia, ficheros de blancos(3). ¿De dónde obtuvieron datos tan exactos? Descripciones de altos jefes policiales, características personales de cada uno de ellos: sus movimientos, aficiones, itinerarios de viajes y costumbres.

Evidentemente en la Policía Federal Argentina había un infiltrado.

La información que acababan de rescatar era sensible, el dedo no mentía, el prisionero, el delator que los esperaba en el automóvil estaba en lo cierto.

—Y ustedes me van a decir quién es el policía infiltrado —aseguró la Araña mientras giraba y señalaba con los papeles recientemente secuestrados bailando desordenados en sus manos a los tres detenidos que esperaban en un rincón.

Entre la documentación encontrada figuraban los nombres de guerra de los tres: Fierrito, Darío y Lino. Entre ellos se intercambiaban miradas de aliento, firmes, seguras. La furia de la derrota se reflejaba en sus gestos de enojo vengativo. Habían perdido, caído, conocían lo que seguía: probar su determinación revolucionaria.

¿Se convertirían en traidores? En unos momentos descubrirían si, en la práctica, serían capaces de sostener lo que en la teoría habían repetido hasta el hartazgo:

"Yo no colaboro", en verdad muy pocos se podían jactar de haber sido fieles a esa consigna.

Sentado detrás de su escritorio el Subcomisario Páez pensaba en la noche anterior, o en la próxima, cuando ella le volviera a dedicar su tiempo, instantes que le robaba a la revolución para pasarlos a su lado. ¿Nunca pensó que había una mínima posibilidad de que no estuviera enamorada? No: el cortocircuito en las neuronas, la nebulosa del amor, su piel suave, sus pechos de pera, sus pezones rosados, sus gritos contenidos que le coartaban la respiración y el razonamiento de oficial de Policía.

En lo único que pensaba era en hacerla feliz, y si estaba contenta con alguna que otra información, ¿a quién podía perjudicar?

—Necesito saber cuántos hombres componen su custodia mi amor, y como se mueve.

—¿Del Jefe? ¿Vos estás loca?

—No, lo necesito para mañana. ¿Sí? ¿Puede ser? —le preguntó mientras recorría su pierna con la palma de su mano, lo acariciaba, acercaba los a labios a su rigidez sin dejar de mirarlo y le daba besos, lo metía en su boca, completamente, y volvía a preguntar— ¿Sí? ¿Me lo vas a conseguir?

—Sí, sí, quedate tranquila —respondía con una honda respiración.

La brigada debía interrogar a los detenidos. A Fierrito, el mayor del grupo, decidieron hacerlo en esa misma casa operativa pese al peligro latente de un contra ataque. Por estar en el campo de operaciones no contaban con el elemento con el cual solían acompañar los interrogatorios así que decidieron improvisar. Ataron al detenido en una silla y utilizaron los cables de un velador para hacerle algunas preguntas. No resistió demasiado. Murió de un infarto.

—Pelotudo, lo mataste animal —le reprochó el Gringo a la Araña y mirando alrededor pensó en voz alta—. Muchachos, no podemos seguir acá.

Dejaron el cuerpo de Fierrito y se llevaron a la base a Darío y a Lino. Era peligroso seguir allí. Tan a la luz del día no podían proceder con tranquilidad: era un trabajo que deberían hacer puertas adentro.

La tendencia en las fuerzas de seguridad viró abruptamente desde que el Presidente Perón abandonara el mundo de los vivos, alcanzando la eternidad. Durante su tercera presidencia aseveraba que, a los grupos armados, se los debía combatir con la ley en la mano. La seguridad trasmitida en sus discursos convencía al pueblo que lo escuchaba extasiado, o por lo menos, a los que no estaban enojados con él.

Pero, en algún momento, pareció cambiar de opinión. Resignado decidió convocar para la Jefatura de la Policía Federal al Comisario General Villar, que en ese momento se encontraba en situación de retiro. El llamado fue un dato curioso para una persona como Villar que no comulgaba con los ideales del Peronismo pero, ¿quién podía resistirse a la oratoria del viejo conductor?

Perón citó a Villar en su residencia de Gaspar Campos: en ese momento estaba enojado con los que se decían sus hijos ilegítimos. Con cordialidad y golpes bajos, despertando su nacionalismo, lo convenció para que se hiciera cargo de la jefatura.

—En momentos tan difíciles para la patria, Villar.

¿Por qué estaba disgustado Perón? Sus antiguamente Maravillosas Juventudes, los integrantes de la Organización Revolucionaria, se negaban a abandonar el Movimiento Nacional Justicialista aunque él los hubiera echado públicamente en varias oportunidades sin sonrojarse.

—Si no les gusta lo que yo digo que se vayan, tienen cientos de partidos políticos que piensan como ellos, que elijan uno, y que no sigan rompiendo las pelotas.

La guerra verbal ya sobrepasaba las palabras, y aquellos jóvenes que lo ayudaron a recuperar la Primera Magistratura pataleaban desencantados.

—Perón posiblemente nos ve como infiltrados ideológicos, pero no lo somos: somos sus hijos, somos la consecuencia de su política. En todo caso podríamos ser hijos ilegítimos, los hijos que no quiso, pero hijos al fin —ellos no deseaban ser marginados, necesitaban a las masas y se aferraban, resistirían.

El Presidente culminó la reunión que tuviera con el Comisario

General Villar con una arenga fervorosa y un gesto paternal, sirviéndose de su sonrisa y manos inconfundibles, con las que siempre conseguía lo que buscaba: nadie se animaba a contrariar al profeta en su tierra.

Villar, conmovido, sabiéndose respaldado para actuar de la forma deseada y una vez investido en el cargo, al dirigirse a sus colaboradores dejó en claro que les liberaba el camino para la acción:

—Ahora piña, patada y máquina —fueron las nuevas instrucciones que descendieron al personal subalterno para destruir a los grupos que pretendían alzarse con el poder

Bajo esos preceptos emanados de la Superioridad, el derecho consuetudinario del investigador destacaba algunos puntos, y quizá el interés personal de algún integrante de la Policía haya agregado el último ítem buscando otro tipo de beneficios, pero, generalmente, las preguntas en los interrogatorios centraban su atención en el nombre del responsable superior inmediato, ubicación de la casa de seguridad, armas y dinero.

—Páez desaparezca porque lo marcaron —después de escuchar la advertencia, sin conseguir recuperarse del frío que recorrió su espina dorsal, el Subcomisario colgó el teléfono con un nudo en el pecho y la respiración dificultosa.

¿Todo lo bueno debe terminar? En un minuto de reflexión concluyó que era lógico, debía suceder, en algún momento lo iban a descubrir. ¿Y ahora qué? Tomó el arma reglamentaria de un cajón de su escritorio y la aseguró en su cintura. Era un muerto, desde ese llamado de advertencia había fallecido, solo le restaba saber la fecha exacta de su defunción.

El golpe al Comisario General Villar fue un triunfo de la Organización Revolucionaria: el ajusticiamiento menos esperado. A él y a su esposa, que había cometido la imprudencia de casarse y acompañarlo, así como en ese día de descanso en toda su vida, cargando seguramente los mismos pensamientos que su marido en cuanto a la represión a la patria obrera.

Páez, confundido por la voz detrás de la línea telefónica y su advertencia, abandonó su oficina, caminó por los pasillos del Departamento Central de Policía vacilante. Salió a la calle, se dirigió pensativo hasta la esquina, disfrutando uno de los últimos vientos en el rostro, los ojos y el miedo. En el bar habitual se encontraban, tal cual acostumbraban, los muchachos de la brigada bajo su mando. Lo reconocieron, lo llamaron, lo saludaron. Entró, tomó asiento junto a ellos en una silla vacía, pidió un café suave, cortado con leche, y se interesó por la salud de cada uno de los hombres a su cargo.

—Bien, jefe, por suerte bien.

Escuchó sus conversaciones sin hablar, con apenas una mueca de sonrisa: su cabeza estaba ausente. ¿La volvería a ver? ¿Podría hacerle el amor una vez más? Una sola, no pedía mucho: acariciarla y besarla para despedirse.

—Enseguida vuelvo —se excusó el Subcomisario Páez cuando despertó del pensamiento abandonando la mesa.

Había dejado el café intacto.

Jamás regresó a terminarlo.

Mientras tanto, en la base de operaciones, la Araña y el Gringo comenzaron a interrogar a Darío.

Todo lo que hicieron en él no dio resultado.

—Yo no colaboro —aseguraba, y no lo hizo. No se le escapó una sola palabra.

—¿Julio, ustedes son boludos? ¿Qué están haciendo? ¿Mataron a dos? —el Ruso Andrés apareció en la oficina de interrogatorios y se indignó. Le comentaron sobre el hallazgo y los resultados negativos. Tres hombres pertenecientes al aparato de inteligencia vivos no se detenían todos los días. Era algo raro que sucediera y quedaba una sola posibilidad.

—¿Y qué quiere Jefe? No hablan. No dijeron una palabra, son duros.

—Muchachos, ¿cuántas veces se los dije? Tienen que parar. No le pueden dar máquina sin respiro. ¿A dónde está el que quedó? Julito parece mentira que no aprendas, siempre lo mismo con vos, dejate de joder. Parecería que te gusta meterles máquina al pedo.

—Es la única manera, jefe, usted lo sabe.

—A mí no me vengas con esa pelotudo, no se te tienen que morir, ¿de qué carajo te sirve muerto? Que lo maneje Quiroga el que falta —ordenó el Ruso Andrés.

Los inspectores Julio Pereyra y Alberto Umbidez llevaron al Principal Quiroga a la oficina en donde mantenían recluido a Lino, el más joven de los tres y el único que quedaba con vida.

Aún estaba intacto e impresionado por el trato dispensado a sus dos compañeros.

El Principal Quiroga, de mucha más experiencia, tomó el mando del interrogatorio.

—Escuchame pendejo, los otros dos están muertos, si no querés seguir el mismo camino decime lo que sabés y terminamos rápido.

Lino estaba prudentemente encapuchado y atado. Comenzaron despacio con él. Lo torturaron cinco minutos y se detuvieron diez, para comenzar otros cinco minutos, pero de esa forma no lograron ningún avance. Debieron prolongar la sesión por unas cuatro horas hasta que finalmente el detenido se quebró.

—Basta, por favor, basta, les digo lo que sé, pero yo no sé mucho, les juro que no se mucho —Lino, entre sollozos, se refirió a un oficial jefe de la Policía Federal que desde hacía algún tiempo les suministraba todo tipo de información, confirmando lo aportado por Marcelo.

—¿Cómo? A ver, seguí y se termina todo —Quiroga, sorprendido, dudaba, no creía en la versión del detenido.

—No sé mucho, no sé, yo no manejo esa información —Lino a su vez también delató a una mujer y a una casa de seguridad en donde tal vez podrían deshacer el acertijo—. Manuel, busquen a Manuel, él sabe todo.

Perfecto, dos objetivos.

—Vayan a ver qué hay —ordenó el Subcomisario Andrés—. Traigan a los dos acá y no hagan la misma pelotudes de matarlos.

Dado el caso de gravedad, intervinieron en la acción todas las brigadas disponibles, tanto las diurnas como las nocturnas, las que no sufrieron mayores contratiempos en allanar una de las casas marcadas. Silencio, rodearla, las pistolas apuntando al frente, los brazos extendidos, la patada en la puerta, pero la sorpresa fue para quienes entraron porque apenas lo hicieron dos hombres se escaparon en un Peugeot 405 blanco.

Al parecer habían saltado por una ventana.

—¡Ahí! ¡Ahí! ¡Se están rajando!

Después de una intensa persecución por las calles de la ciudad, la brigada policial consiguió detener a uno de los hombres. El otro no sobrevivió al intercambio de disparos.

—¡Salí! ¡Salí del auto!

—Soy el Capitán Manuel del Ejército Revolucionario —Levantando las manos e identificando su nombre y jerarquía, pensando que así salvaría su vida, Manuel se rindió después de haberse quedado sin municiones.

—Y a mi qué carajo me importa —su mirada orgullosa tropezó contra los golpes recibidos.

Y lo que más les extrañó a los policías, además de atrapar a un alto oficial del Ejército Revolucionario, fue su impecable vestimenta: saco y pantalón oscuro, camisa blanca y corbata roja.

No parecía un elemento subversivo.

Siguiendo las órdenes expresas del Subcomisario Andrés, y en la sabiduría de la importancia del capturado y lo peligroso de continuar en el lugar, a fin de preservar a la presa, se decidió el traslado.

Empujado por las amenazas policiales lo subieron al automóvil para transportarlo a la base de operaciones, dejando el lugar del hecho con todas las consecuencias del reciente tiroteo.

En otro punto geográfico de la ciudad otra brigada apresó a la mujer marcada: rubia, musculosa, casi como una alemana, también perteneciente al aparato de inteligencia. En un día de allanamientos habían jaqueado buena parte de la estructura del Ejército Revolucionario.

Perfecto, todo iba bien, ahora restaba ir tras la pista del oficial de Policía infiltrado.

El modo al que respondían las preguntas era distinto según la procedencia partidaria del interrogado. A quienes militaban en la Organización había que amenazarlos para que no siguieran hablando. En cambio a los integrantes del Ejército Revolucionario resultaba muy difícil doblegarlos.

La mayoría no hablaba bajo ningún punto de vista.

Jamás a ningún miembro del Ejército Revolucionario se le hubiera ocurrido sugerir la implantación de la pastilla de cianuro para suicidarse en caso de caer prisioneros: era un deber callar frente a la compulsión en los interrogatorios. Resultaba un insulto a la moral revolucionaria pensar en quitarse la vida.

Hubo quienes murieron con la boca apretada sin soltar una palabra. Con los dos nuevos detenidos parecía ser el caso. Ambos fueron llevados al mismo cuarto.

—¿Cómo pactan las citas? ¿Qué saben del policía? —el Principal Quiroga llevaba personalmente el interrogatorio seguido de cerca por la Araña y el Gringo.

Las preguntas iban dirigidas a los dos, pero decidieron tomarse con lo que aparentemente era la parte más débil y en ella descargaron los voltios de la picana sin obtener ningún resultado esperado.

Después de varias descargas la alemana abrió y cerró la mano, señal preestablecida para que detuvieran los tormentos. Al parecer se había quebrado. Hablaría. Julio Pereyra le quitó la capucha con la cual la mantenían aislada y esperaron. Ella, después de tomar aire y recuperar la compostura, con los dientes tiritando de dolor y con una seguridad asombrosa, le dio fuerzas a Manuel.

—Flaco, no digas nada, no les digas nada.

Ninguno de los presentes pudo contener el escalofrío ante la determinación de la alemana y un silencio estremecedor triunfó sobre la oscuridad de la habitación.

—Cerrá el orto, hija de puta —explotó Quiroga aplicando la punta de la picana en la entrepierna de la mujer que lo miró desafiante y sin soltar un grito.

Parecía una máquina.

A la mujer la volvieron a encapuchar y se la llevaron. Sabían que no la iban a quebrar en ese momento, pero los interrogadores contaban con varios métodos y uno de ellos era la negociación.

Manuel utilizó esa ventaja porque delatar al infiltrado no le importaba, solo se trataba de un oficial jefe de las Fuerzas Represivas del Estado.

—¿Cómo? Hijo de puta, ¿estás seguro? ¿Un Subcomisario? —quiénes preguntaban apretaban las palabras sin creer en lo que escuchaban.

—Sí, sí, yo lo conozco. Está en el Departamento Central. Es el Subcomisario Páez.

—¿Páez? ¿El pelado Páez? No puede ser —el Ruso Andrés, convocado apenas se supo la novedad, descreía de que su compañero fuera un traidor.

—Sí, Ruso, nombró al pelado Páez —confirmó Quiroga los dichos de Manuel en la sala de interrogatorios.

Increíble pero real: nombre y apellido del infiltrado en la Policía Federal. Algunos lo conocían, otros habían servido bajo sus órdenes.

—Un excelente tipo el pelado, no puede ser. ¿Qué hacemos? —muchos dudaban sobre la veracidad del testimonio, quizá dado para despistar a los enemigos y evitar el dolor.

Las miradas incrédulas de los policías dejaron a los detenidos al margen. La realidad indicaba que había caído en sus manos información demasiado sensible para tomar una resolución sin consultar a la Superioridad.

—Y…, hay que ir a buscarlo —ordenó el Comisario Inspector Galeano, jefe de Coordinación Federal, cuando se encontraron con la noticia que jamás quisieron descubrir. No quedaba otra opción—. Hay que interrogarlo. Tengan cuidado, atrápenlo vivo, no lo maten.

Y toda la atención del personal policial se abocó a la tarea encomendada: la captura del infiltrado.

Resultaba más imperioso encontrar la impureza interna que todo lo demás: debían limpiar la Institución. Sin embargo, alguien levantó el teléfono y dio aviso de la novedad. Nunca se supo quién fue. Páez, advertido, se hizo humo, desapareció. Sus hombres aún los esperaban con su café intacto, frío por el miedo y la sensación de abandono.

—¿A dónde habrá ido este loco? —se preguntaban sus subordinados hasta que Julio Pereyra, el Loco Antonio y el Petiso aparecieron exhibiendo sus credenciales y alterando la tranquilidad del bar de la esquina.

—No puede ser, ¿están seguros? ¿El Subcomisario Páez? —la incredulidad ante las explicaciones de los camaradas recién llegados al bar que buscaban a un igual.

—Sí, sí, lo estamos buscando. ¿Saben dónde está? —Julio Pereyra tomó el mando.

—Se fue hace diez minutos. Ese es su café —señalaron la tasa llena que dejó el Subcomisario Páez.

Y, en el mientras tanto, ocupados en asuntos internos, en el Edifico de Seguridad Federal se olvidaron de Manuel, que continuaba maniatado, solo, en una oficina, y al no escuchar pasos a su alrededor y pareciéndole demasiado el tiempo que transcurrió sin recibir golpes amenazantes, despacio comenzó a desatarse. Sin que nadie lo amonestara consiguió desenlazarse los nudos y con pasos cautelosos se escabulló de las fauces de sus captores.

—¿Se escapó? Pero la puta madre, ¿cómo? —el subcomisario Andrés no lo creía, alguien debía de haberlo ayudado.

Las miradas al cielo, las respuestas que no eran las esperadas, otro dolor de cabeza, la que todos se tomaban desesperado, un hombre en fuga y con todo lo que había visto.

—Tiene que haber sido el agente que estaba en la puerta, él lo dejó salir. Vamos a darle máquina, va a ver cómo cuenta todo —propuso Alberto Umbidez.

—¡Pará loco, vos le querés dar máquina a todo el mundo! ¿Cómo le vas a dar máquina al pibe? —levantó la voz el Ruso Andrés intentando serenar a todos sus hombres.

—Y alguien lo dejó salir, jefe —intervino Pomelo con ganas de seguir en la idea a Umbidez.

—No, no, esperen, no hagan cagadas. ¿Ustedes dos siempre quieren resolver todo así? —Andrés, aunque un hombre sin escrúpulos, era pensante y nunca actuaba por impulsos.

En ese momento había que serenarse y pensar porque un problema gigantesco se les acababa de escurrir de las manos.

Y de que manos.

Una pieza peligrosísima suelta.

—¡Hay que encontrarlo! Por ahora encierren al agente que estaba de imaginaria, pero no lo toquen muchachos —ordenó el Subcomisario Andrés —. No sean pelotudos porque les rompo el culo.

—¿Y cómo lo encontramos, jefe? —la empresa no era fácil.

Una ciudad, una provincia, un país, un mundo para buscar a Manuel. ¿Por dónde comenzar?

—Tengo una idea. ¿Le tomaron las impresiones dactilares? ¿Sabemos quién es?

—Sí, tenemos todos los datos.

—Perfecto. Vamos a su casa a ver que encontramos —el subcomisario Andrés debía solucionar el problema o el problema sería suyo, quizá hasta perdiera el trabajo, así que él mismo se dirigió a la casa familiar, entró al frente de la brigada y se llevó al edificio al único hombre que encontraron.

—¡Policía!

—¡¿Qué pasa?! ¡¿Qué quieren?! —preguntaba el hombre mayor ante la sorpresiva irrupción en su propiedad privada, pero no le dieron tiempo para nada, cuando se quiso acordar estaba viajando en la parte trasera de un Ford Falcon.

Una vez en el edificio de Seguridad Federal, lo ataron y lo recluyeron en una oficina hasta que, pasadas unas horas de horrorosa espera, el Ruso Andrés rompió su aislamiento.

—¿Me van a explicar qué es esto? —se quejó el hombre por la brutalidad policial.

—Su hijo, quiero a su hijo, con usted no tengo nada —pero el Ruso fue directo al grano, no dio vueltas.

—¿Mi hijo? Hace mucho que no sé nada de él.

—No me joda, no estoy para joder, quiero a su hijo o algo terrible va a pasar con su familia, se lo juro, no me joda, viejo —el Ruso, con su cabeza gigante y su voz de lija daba miedo en las entrañas de aquel edificio.

—Nosotros no sabemos nada. No tenemos nada que ver con lo que él hace —el padre estaba tranquilo pero asustado. ¿Y cómo no estarlo frente a una cara anónima detrás de un pasamontañas?

Porque no había visto ninguna cara, ni cuando lo detuvieron ni cuando lo estaban interrogando.

La partida policial obró de manera anónima.

—Pero usted es el padre, ¿no?

—Sí, pero yo no sé nada. Mi familia no tiene nada que ver. Por favor, se lo juro.

—Miré, vamos a hacer una cosa —Andrés se quitó la capucha, miró al hombre a la cara, lo que quizás era más intimidatorio que hacerlo con el pasamontaña puesto—. Vamos a negociar. Si usted me entrega a su hijo, yo le garantizo que no le va a pasar nada. Pero si usted no colabora, y vuelvo a insistir para que le quede claro, lo mato a usted y a toda su familia. Pero primero a su familia, y enfrente suyo, y después de unos días lo mato a usted. ¿Qué le parece?

—Pero yo no sé nada, hace mucho que no veo a mi hijo. No sé nada, no sé nada, nada, no sé en qué anda —el hombre, de unos cincuenta años bien llevados, rompió en llantos ante el dilema.

—No le creo —Andrés hablaba tranquilo—. Pero bueno, yo le ofrecí una solución, ahora voy a traer a toda su familia a esta habitación —en cuanto el Ruso Andrés comenzó a prepararse para irse el hombre reaccionó.

—Está bien, está bien, espere. ¿Cómo sé que puedo confiar en usted?

—No lo sabe, pero va a tener que confiar —el Ruso levantó los hombros como si se sorprendiera de que alguien dudara de él.

El hombre lo pensó, continúo llorando por la solución que le daban, la única y torció su gesto.

—Está bien, necesito un teléfono, tengo que hacer una llamada. Tengo un número de emergencia en el que lo puedo contactar.

El padre fue puesto frente a un teléfono y ubicó a su hijo pactando una cita envenenada.

—Hijo, necesito verte urgente. ¿En el lugar de siempre?

Prudentemente vigilado por la brigada policial, el padre concurrió al lugar de siempre: una plaza del barrio porteño de Chacarita, muy cerca del cementerio.

La paciencia comía las uñas.

Ubicaron al hombre mayor en un banco en medio de la plaza, rodeado de una decena de policías escondidos, esperando nerviosos hasta que a lo lejos Manuel se dejó ver caminando tranquilo: reconociendo a su padre a la distancia sonrió y levantó una mano para saludarlo.

—¡Viejo! ¿Cómo estás? ¿Pasó algo? —pero el padre no respondió, bajó la mirada, no quiso ver a los policías que desde atrás apresaban a su hijo.

—¡Papá! ¡Papá! ¿¿Qué hiciste viejo?! —Manuel no entendía, se desesperaba cuando un policía enorme, con brazos de gorila, lo derribó.

—Perdoname, perdoname —se arrodilló el padre quebrado del dolor que iba a sentir su hijo en manos de esos hombres.

—¡Papá! ¡Papá! ¡Me mataste papá! —Manuel sabía que dos veces no se iba a poder escapar de las fauces del lobo y se lo recriminaba a su padre.

—Perdón hijo, perdón —lloraba desconsolado el padre mientras todos se olvidaban de él.

El Subcomisario Andrés cumplió el acuerdo, lo dejó libre allí mismo.

Manuel fue subido a un automóvil sin patente y llevado de vuelta al lugar del que hubiera escapado. Él contaba con información preciosa, pero era un hombre fuerte, decidido. Por más compulsión que se utilizó, no habló demasiado, era un espíritu convencido en sus ideales: solo dijo lo justo y necesario antes de ser uno más, cortar toda la comunicación, dejar aislada a la niña de los ojos de hielo que esperaba sus señales día a día a fin de seguir sus instrucciones.

Pero eso no pudo volver a ser.

Puede que lo confesado escapó adrede de esa boca decidida, en el deseo que se supiera justo lo que dijo. Sabía a dónde hallar al oficial de la Policía Federal prófugo: únicamente se imaginaba un lugar donde podía haber ido. Allí no habría nadie más que él, porque seguramente fue en busca de alguien que ya no estaba.

—Todos estábamos al tanto de la situación, menos él, que creía otra cosa —Manuel sabía lo que pensaría el policía engañado.

—¿Te parece que la va a matar? —preguntó el Ruso Andrés.

—No jefe, se va a despedir, pero ella ya se despidió desde que lo conoció, usó el interior, descartó el envoltorio, es la guerra, jefe. ¿Qué se le va a hacer? Él es el enemigo.

Al Subcomisario Páez lo hallaron en el único lugar donde podía estar, aunque ella, a quien él buscaba para despedirse, no estaba.

Ante la irrupción de Julio Pereyra, Alberto Umbidez, Willy y el Petiso, Páez no tuvo otra opción más que defenderse, pero su defensa fue un intento de suicidio, sabía quiénes eran los hombres que fueron a buscarlo, no tenía oportunidad de vencerlos.

Ellos no quisieron matarlo, mitad por pena, el resto por bronca.

—Deténganlo vivo, es un hijo de puta —ordenó Galeano.

Las aguas quedaron divididas con la detención del infiltrado: por un lado en las filas del Ejército Revolucionario pensaban que el pueblo debería agradecerle sus actos, por el otro estaban quienes lo consideraban un traidor. ¿Por qué? Por sus delaciones. Al margen de todos los que cayeron por su lengua, su accionar, la infidencia que más le dolía al orgullo a la Superioridad era el ajusticiamiento del Jefe de Policía Federal, el Comisario General Villar, designado por el Presidente Perón.

Un acto brillante de la Organización Revolucionaria.

Pero, ¿cómo? Si el delator llevaba información Ejército Revolucionario. Sí, pero quien conseguía esa información era una triple agente, y como en el Ejército Revolucionario ya no contaban con recursos suficientes para intentar tamaño operativo, entregaron la información los hombres de la Organización Revolucionaria, y estos, disgustados con Perón, ejecutaron la Operación.

El atentado a Villar resultó exitoso, y en un claro ejemplo del mal que asolaba al país, nuevamente la opinión se dividió. El Jefe de la Policía Federal bien muerto estaba, decían los unos. ¿Y la esposa? Ella también, porque tendría que estar al tanto del comportamiento represivo de su esposo, si no lo toleraba, al menos lo compartía, como el día de la explosión. Una muestra más de que el brazo armado de la Organización Revolucionaria crecía, y la toma del poder era una realidad más que un sueño.

Insensible a la situación del país, al desabastecimiento, a la inflación, al hambre del pueblo, a la represión, a los presos políticos, el Jefe de Policía demostraba su orgulloso capitalismo al pasear en su embarcación por el delta del Tigre, aguas en las que se creía seguro. Su custodia, numerosa, pedante, represora, que protegía sus cargos de consciencia, lo escoltó hasta el embarcadero y lo miraba alejarse desde la costa. Navegando estaría seguro, el peligro estaba en tierra. Se equivocaron. Un artefacto explosivo voló la embarcación cuando menos lo esperaban. Los custodios incrédulos, sin poder disfrutar los refrigerios preparados para la ocasión, se atragantaban, veían arruinadas esas horas pensadas para descansar mientras el Jefe estuviera navegando.

El Subcomisario Páez, quien cargaba con la muerte de varios amigos, esperaba su detención, la consideraba un hecho, aún más cuando la fue a buscar y ella no estaba. No tuvo fuerzas para seguir. Entregado se ubicó en un rincón. Sentado sobre el suelo frío aguardó el golpe en la puerta. Cuando llegaron a detenerlo solamente tiró unos disparos resignados, casi al aire. Por respuesta obtuvo una herida certera en su hombro.

—Señor, usted viene con nosotros —le informó con desprecio el Inspector Umbidez.

No le dieron oportunidad de ir a un hospital, no había tiempo para curar heridas que hacía tiempo estaban abiertas.

—Pibe, están equivocados —intentando convencerlos apelaba a la sensibilidad de los jóvenes que lo sacaban de la casa.

Jugaba sus últimas fichas.

Los gestos eran de asombro cuando lo vieron llegar al Edificio de Seguridad Federal cabizbajo, esposado y escoltado por sus camaradas de armas. Los estados de ánimo y las opiniones variaban según el receptor.

—Están equivocados— insistía Páez aferrándose al arrepentimiento que pudiera conservarle la vida.

Pero no, no estaban equivocados, equivocaron la solución: la versión oficial habla de suicidio.

El subcomisario Páez, en uno de los traslados, escapó de los brazos indignados de sus camaradas, o al menos lo intentó: de cualquier manera se asomó a una cornisa y cayó desde el tercer piso del Departamento Central de la Policía Federal.

Dicen que él lo decidió, por vergüenza.

Otros aseguran que se distinguió una mano ayudándolo a tomar el envión.

1) LANCHAR: Modo de referirse al momento en que las fuerzas de seguridad o militares salían a las calles a recorrerlas en busca de revolucionarios en los enormes automóviles Ford Falcon, a los que se los llamaba lanchas por su enorme volumen.

2) FICHEROS DE BLANCOS: Archivo de inteligencia, informes sobre determinada persona transformada en objetivo: hábitos, recorridos, gustos, falencias, virtudes.

En la madriguera del enemigo

En 1976 la guerra finalmente fue declarada de forma oficial: según aseguraban con ahínco las organizaciones armadas desde la clandestinidad, los militares debían atender a las distintas convenciones internacionales encargadas de regular los conflictos bélicos y respetarse los acuerdos de Ginebra en cuanto a los prisioneros.

Nada de eso sucedió porque la otra parte en cuestión no lo entendía de esa manera.

Después de la jugada del Ejército Argentino, burgués, contrarrevolucionario, al servicio del imperialismo, en contra del Gobierno de Isabel Perón, llegó la oportunidad deseada por las organizaciones revolucionarias para pasar al ataque de manera frontal.

Las cartas estaban sobre la mesa. Al pueblo no le quedarían dudas acerca de quiénes eran los buenos y donde se escondían los malos, y en contra de ellos deberían unir esfuerzos.

—¡¿Cómo, Emiliano?! ¿No sabés armar una vietnamita? —los brazos del inquisidor no cabían en su asombro—. ¿Qué les enseñan a ustedes? Te das cuenta lo que siempre te dije de los de la Organización: no se toman enserio esto. Ustedes piensan que es un chiste. Juegan a ser revolucionarios y no se dan cuenta que esto es una guerra enserio.

Las amistades continuaban siendo amigas, aunque las pertenencias a los distintos Grupos, Partidos, Organizaciones, Fuerzas Armadas Revolucionarias, estaban repartidas. Había tantas divisiones interpretativas de la doctrina combativa que resultaba imposible lograr uniformidad en el pensamiento y los Ejércitos, los Grupos Combativos proliferaban, todos deseaban participar en la lucha.

—No, Darío, la verdad que no, nunca me enseñaron —respondió avergonzado, y su vergüenza no pasaba por la falta de educación sino por su propio orgullo: detrás de sus anteojos escondía demasiada teoría.

—Bueno, no te preocupes. Mañana pasá por casa que te enseño.

—Ok, ¿antes de entrar al colegio paso un rato? —Darío se detuvo y sonrió sorprendido.

—¿Para qué seguís yendo al colegio Emiliano? Yo desde que me proletaricé(1) tuve que dejar de ir, no tuve opción, me lo ordenaron, no tuve opción.

—Yo no quiero que mi vieja se enoje. Pobrecita, sería un disgusto para ella. Mi viejo falleció hace poco, no lo soportaría —se excusó Emiliano con un poco de vergüenza.

—¿Ves lo que te digo? Yo llego a plantear eso y me fusilan por traidor, ja ja ja —se rio con ganas—. Ustedes no entienden nada.

La preocupación por la opinión materna era su respuesta frecuente. Un guerrillero con ansias de asaltar el poder pensando en la madre. Infinidad de veces le habían enseñado que, en algún momento, su familia debería quedar de lado. Su decisión de ingresar en la Organización significaba romper con la sociedad capitalista. Su lucha debería orientarse por la búsqueda de ideales más puros, el bien común, el sacrificio personal por el futuro, una sociedad mejor. Debía volcar todos sus esfuerzos a la causa y a los compañeros.

Ellos eran su familia.

La Organización Revolucionaria, después del desencanto con Perón y a su muerte el disgusto con Isabelita, repudiaron a la democracia burguesa y a la burocracia sindical, pero les fue imposible mantenerse en la cresta. Perdiendo el juego en el tablero de la política frente a viejos caudillos que no deseaban dar un paso al costado, en un berrinche poco inteligente resolvieron retomar la lucha armada.

Fue una suerte que desoyeran al viejo General Perón y no entregasen las armas. El Ejército de la Organización Revolucionaria continuaba activo, intacto a pesar de sufrir algunas bajas, prudentemente reemplazadas y hasta pudieron engrosar sus filas fusionándose con otros grupos armados: Las Fuerzas Armadas Peronistas y las Fuerzas Armadas Revolucionarias, que también en el pasado apoyaran al líder exiliado.

—Vení Emiliano, entrá, no hablés muy fuerte —Darío lo recibió en su casa.

—¿Hay alguien? —preguntó susurrando mientras caminaba por un pasillo hacia el fondo.

Cuando Emiliano ingresó en la habitación de su amigo, se asombró por la decoración de lo que se decía un cuadro activo de la revolución: afiches, fotos, las siglas del Partido Revolucionario, "Venceremos", rezaba una leyenda debajo de un muerto, el revolucionario cubano argentino de los ojos duros, fijos en el bien común, la estrella de cinco puntas y el plan de dominación intercontinental en su boina.

A Darío parecía no importarle que su familia los importunara. Al parecer estaban al tanto de su laboratorio improvisado en el dormitorio y toleraban sus travesuras.

—Mirá, vení, acercate —al abrir una puerta ingresaron a un espacio oculto y muy bien preparado.

—¿Cómo tenés todo esto acá loco? ¿Y tus viejos? —Emiliano asombrado miraba todo, no podía entender cómo tenía aquel laboratorio en su casa.

—Mis viejos no entienden nada, creen que me gustaría ser químico.

Sobre una mesa enorme de madera rustica había varios elementos que bien podrían encontrarse en cualquier hogar: un tarro de lata, una pila, algún reloj, envases vacíos, clavos, arandelas, bulones para aumentar el poder de impacto, y la frutilla del postre: la pólvora *luminizada*.

—¡Qué locura! —se asombró Emiliano.

—Prestá atención que si te equivocas podés perder los dedos —lo amonestó Darío concentrado en lo que estaba haciendo.

—Sí, sí, te sigo.

Las manos del instructor eran veloces, aunque las palabras intimaban a obrar con precaución: introducir los objetos metálicos dentro de una lata, aplastar la pólvora, cerrar la lata, mucho cuidado, adjuntar un fulminante, un detonador, dejarla en el objetivo y escapar, en veinte minutos explota.

—¿Entendiste? Tenés que tener mucho cuidado cuando aplastás la pólvora.

—Sí, sí, dejame hacerlo a mí.

El Animal, a cargo de la inteligencia de la Organización Revolucionaria, decidió un blanco potencial: un edificio de la Policía Federal en la calle Moreno desde donde se planeaba la lucha contra los grupos revolucionarios. La idea era golpear al enemigo en sus propias fauces y al mismo tiempo darles una señal sonora a sus compañeros que permanecían allí detenidos en forma ilegal.

El código Morse revolucionario.

Resistan compañeros, nosotros estamos aquí afuera, luchando, no nos olvidamos de ustedes

La Conducción Nacional de la Organización Revolucionaria, que se reducía al personalismo de su Comandante Mario, encumbrado por la muerte de sus demás compañeros fundadores, dio el visto bueno para el osado operativo: pegar en la madriguera del enemigo.

Los talleres de la Organización Revolucionaria siguieron al pie de la letra las disposiciones: un explosivo potente, disimulado en un portafolio para conseguir introducirlo sin problemas en las narices del enemigo, cargado de muchos bulones de acero con la intención justiciera de acentuar el daño: la operación fue planeada a la perfección. Una obra de arte del pensamiento calculador.

Quien cargó con el peligroso material del operativo, siguiendo expresas indicaciones del grupo de inteligencia, era un suicida sin necesidad de inmolarse, un ferviente revolucionario o un estúpido sin cerebro: cualquiera de las tres opciones lo hacían ideal para el trabajo.

Se trataba de una operación de alto riesgo para el hombre que la ejecutaría, ya que no tendría posibilidades de sobrevivir, no por la acción en sí misma, que solo significaba entrar, dejar los portafolios y salir, sino porque la Policía identificaría de inmediato al autor y no descansaría hasta encontrarlo. Una vez localizado le devolverían el dolor de los camaradas de armas muertos y heridos, uno por uno, centímetro a centímetro.

Quienes le encomendaron la misión al agente conscripto Marcos Bragano lo sabían, pero era necesario llevarla a cabo, sacrificar la vida por la revolución, la vida de los demás.

—¿Una explosión? ¿Escucharon? —susurraban después del temblor en las paredes, el piso y los vidrios, los hombres y mujeres que permanecían detenidos en los pisos superiores del edificio de Seguridad Federal.

Y afuera, en los pasillos, ruidos, gritos, insultos, llantos, lamentos, pasos desesperados detrás de la puerta con sus respectivas sombras apuradas.

—¿Qué habrá sido? Fue muy fuerte —se preguntaban entre sí los reclusos que llenaban el edificio de la Superintendencia de Seguridad Federal a la espera de una definición sobre sus cuerpos.

Fue una sentencia de muerte para muchos. Si pensaban que la acción de sus dedos señalando blancos, la delación, la traición a sus creencias le salvaría la vida, se había equivocado. Lo que acababa de suceder desencarnaría una sed inédita de venganza.

Sus propios compañeros habían colaborado con la sentencia a muerte.

Frente a la confusión de gritos la mayoría de los detenidos se levantaron las capuchas y muchos por primera vez se miraron entre ellos, reconocieron rostros, ojos y lágrimas. Todos estaban en la misma situación: indefensos y desconcertados. Los ruidos llegados del exterior se traducían en pánico cuando comenzaron a evacuar el edificio.

—¡Llévenselos a todos ya! Si llegan los bomberos y las cámaras de televisión no pueden ver esto —ordenaron los jefes desesperados.

—¡¡¡¿A dónde nos llevan?!!! ¡¿Por qué?! —gritaban los detenidos sin hallar respuestas al ser empujados con violencia por los guardias.

No resultó una idea inteligente medir fuerzas con un enemigo superior a costa de los compañeros detenidos y de los que aún arriesgaban la vida en las calles.

—¡Ahora van a ver! ¡¿Quieren sangre?! ¡Les dije que había que matarlos a todos estos hijos de puta! —se escuchaban exclamaciones furiosas en los pasillos mientras desalojaban las oficinas por el peligro inminente de derrumbe y por la posibilidad de que otras personas ajenas al edificio inmiscuyeran sus narices y hablaran de más: se necesitaba borrar las pruebas.

A Marcelo nunca se lo dijeron, pero después de toda la información que aportó se pensaba salvado, no obstante el enojo de sus captores lo despertó de la ilusión: su piel se erizó por el recuerdo de la electricidad, los sufrimientos, la angustia y estalló en una crisis de llanto, nervios, la puerta abriéndose de un golpe furioso.

—¡Salgan mierdas!

Refugiarse desesperado en un rincón, el vómito incontrolable, el deseo de una muerte rápida, sin el dolor que ya conocía.

Emiliano también se sobresaltó al escuchar la explosión y no tuvo tiempo de pensar porque la puerta del cuarto en donde estaba recluido se abrió de un golpe y lo sacaron de los pelos.

Diego y Martín se cruzaron en los pasillos del edificio, aunque no llegaron a reconocerse. Cada uno era llevado por distintos policías pero el destino sería el mismo.

El Animal, la cabeza más pensante de la Organización Revolucionaria, había elegido al mártir: un ferviente revolucionario, fiel a sus creencias, al sacrificio personal por la causa y al futuro que no veía.

Una célula dormida en las entrañas del enemigo: infiltrado, observador, callado, sumiso. El tiempo de servicio llegaba a su fin, o recién comenzaba, según el ángulo de visión que se escoja.

—No devuelvas todavía la identificación —el Animal, Jefe de la inteligencia de la Organización Revolucionaria, por intermedio de los contactos, le hizo llegar la orden.

El planeamiento comenzó muchos meses antes de que se llevara adelante la acción, colocando el primer y fundamental eslabón en la compleja tarea: aprovechando las deficiencias en la contrainteligencia enemiga se logró infiltrar un valiente hombre en sus filas.

—¿Bragano? Un buen chico.

Marcos Bragano no se entristeció cuando le informaron que le tocaría realizar el Servicio Militar en la Policía Federal Argentina como agente conscripto. Allí durmió sin saber exactamente cuál sería su misión. La única orden que tenía era frecuentar el comedor del edificio de Seguridad Federal de la calle Moreno, a fin de ganarse la confianza de quienes utilizaban sus instalaciones.

—¿Marcos? Sí, siempre anda por acá, un pibe de diez.

Hacerse conocer, mirar, entrar en la cotidianeidad de la oficialidad, siempre preparado para actuar, salir del letargo, convertirse en un hombre operativo.

—Un buen muchacho. Viene siempre.

Los jefes policiales le tenían cariño y respondían a sus saludos mientras esperaban el almuerzo, y sí, era una buena persona que pensaba en el bien común de la sociedad. Aunque hubo un pequeño problema: su año de instrucción obligatoria llegó a su final. Debía regresar a la vida civil.

—Devolvé todo menos la identificación —le ordenaron las cabezas pensantes de la Organización Revolucionaria.

—Pero… van a saber quién soy —Marcos Bragano tuvo un segundo de duda.

—Sí, vas a tener que pasar a la clandestinidad.

En donde menos lo esperaban, los ojos del Ejército de la Organización Revolucionaria estaban presentes, en la guarida del lobo, allí donde el enemigo se sentía más seguro.

—Dejá los dos portafolios en el comedor a las 13 horas, cuando más lleno está. Después salís tranquilo y vas a ver a tu contacto con la novedad. En 20 minutos explota. ¿Está claro?

—Sí..., sí —respondió asustado, porque no había que ser muy inteligente para darse cuenta de lo que iba a suceder después.

Siguiendo la planificación del cerebro calculador, sin olvidar una coma, Bragano entró en el edificio de Seguridad Federal, mostró su identificación al agente de guardia, esa que no debió conservar porque ya había recibido la baja del Servicio Militar, y se dirigió al comedor de la Planta Baja.

—Buen día, adelante —el agente de imaginaria vio la credencial, una mano que la exhibía, no sospechó nada raro, dejó pasar al supuesto camarada y se dio vuelta, le dio la espalda a su suerte: aquel sería uno de sus últimos saludos.

Bragano, después de sortear la guardia, caminó siguiendo el pasillo hasta el fondo, dejó atrás los ascensores, ingresó al salón comedor repleto de hambrientos represores, dio una vuelta por las mesas, se interesó en el menú del día, sintió el aroma de la comida caliente como siempre lo hacía, pero no, esta vez fue distinto: solo dejó los bultos en el suelo, apoyados contra una columna, los tapó con un abrigo y se fue, escapó, no se sentó a comer.

—Ya está hecho —avisó Bragano a su contacto y la confirmación fue subiendo escalones hasta caer en los oídos del Animal, que sonrió victorioso.

20 minutos después, el objetivo se cumplió: el desastre, una gran explosión seguida de miles de esquirlas, bolas de acero lacerando miembros, desgarrando piel, venas, arterias, rompiendo huesos, incentivando llantos y generando más dolor que el mismísimo dolor.

—Pero, ¿qué pasó? ¿Por qué no se derrumbó el edificio? —se preguntó un observador que se ubicó en la esquina y esperaba el desastre que no llegó a suceder en su totalidad.

Por desgracia, una de las bombas no explotó.

—¡La puta que los parió! —tronaba la inteligencia de la Organización Revolucionaria.

El fallo de una de las bombas no fue la ayuda divina. Lo que impidió el colapso de la edificación fue que el comedor estaba construido sobre el pulmón de manzana, tapado con un techo falso, muy fino, de polietileno. Cuando sucedió la explosión, gracias a su fragilidad, el estallido lo rompió, lo quebró, liberando al cielo parte de la onda expansiva.

—No puede ser, que mala suerte. La sacaron barata, se tendría que haber derrumbado todo —se quejaba el Animal, desilusionado por los pocos muertos que ocasionó el atentado.

¿Quiénes murieron? Algunas mujeres, hombres, unos oficiales sin importancia, porque los miembros operativos de la madriguera, por casualidad, estaban todos ausentes, a salvo, y se fueron enterando uno a uno de la novedad.

La inteligencia de la Organización Revolucionaria no supo ver los pequeños detalles que atenuaron el desastre, el de la Policía Federal, no de sus compañeros de militancia recluidos, los que debieron tolerar la onda expansiva con efecto retroactivo, la respuesta y el enojo, la venganza de los amigos de los muertos cuando las distintas brigadas salieron a aplicar una inédita ley del talión: la noche se acercaba y la bomba había estallado.

1) Proletarizarse: Acción que debían realizar todos los miembros de las organizaciones revolucionarias que no formaban parte de la clase obrera. Obligatoriamente debían mezclarse con los trabajadores para sentir la misma sensación que ellos.

Las dudas de un revolucionario

La violencia se utilizó cómo un medio para hacer respetar la voluntad popular, o al menos todos los sectores que se servían de ella, legales o clandestinos, y se escudaban detrás de esa definición: la representación del pueblo oprimido que no tenía voz y hablaba por medio de sus representantes.

¿Cuál era el mandato válido? ¿El que le había abierto las puertas del poder a la esposa del presidente Perón o el porcentaje restante que se tapaba los oídos cada vez que ella hablaba?

—Correrán ríos de sangre cuando el pueblo se entere lo que planean y salga a defenderme —fantaseaba la señora presidenta en sus últimas horas al frente de su increíble periodo de gobierno ante la amenaza latente del golpe militar.

¿Fue cierto que una mujer con sus características estuvo al mando de un país tan desarrollado? Bajo el ala de su marido podía esconder sus falencias, incluso pasar por una gran mujer, pero una vez sola y con el séquito de colaboradores heredados, más algunos por ella agregados, en su diario se leían noticias extractadas de una realidad que nadie vivía, y cuando las repetía con una pedante seguridad la gente se irritaba.

En cadena nacional la conmoción interior se paralizaba cada vez que Isabel Perón relataba las maravillas de su mundo fantástico. Cuando el país regresaba a la realidad se desmembraba día tras día por la violencia que no parecía tener límites.

—Nombres, si querés que esto termine necesitamos nombres —Quiroga fue transferido a la División Coordinación Federal en los primeros años de la década del setenta. Allí pasó su carrera, se hizo un nombre, trabajó varios años y ascendió a Principal: decenas de detenidos pasaron por sus manos hasta que se sancionó la Ley de Amnistía sancionada por el Gobierno del Presidente Cámpora.

Hasta esa fecha negoció con varios detenidos después de interrogarlos: si daban algo a cambió tenían la posibilidad de salvarse.

Sin embargo, ese tiempo llegó a su fin.

Martín fue uno de los tantos hombres y mujeres beneficiados con la Ley. Después de ser detenido por una brigada de Seguridad Federal e interrogado fue trasladado a la Cárcel de Villa Devoto.

¿Cómo resistió? ¿Y los golpes? El submarino seco, cigarrillos apagados contra su piel, electricidad, un cañón de fusil en el ano mientras se revolcaba en el piso de dolor. ¿Ya tenía esos gustos? ¿Cómo logró que lo dejaran irse?

Llegada la democracia, la asunción del nuevo Presidente, ese mismo día miraba por la ventana que daba a la calle Nogoyá, por encima de los muros, a los miles de manifestantes que rodeaban el penal exigiendo la liberación de todos los presos políticos y él era uno de tantos que esperaban detrás de las rejas.

—¡Salimos todos muchachos!

El rumor se esparcía. La multitud estaba impaciente por abrazar a sus compañeros detenidos. El hecho se replicó en las cárceles más importantes de la Argentina.

—Vas a salir con nosotros a dar una vuelta, vas a hacer memoria y a marcarnos las casas en donde guardan las armas y también queremos que identifiques al correo que lleva la plata —reconocía esa voz, la había escuchado, era la de Quiroga, no tenía dudas, era la del Principal, no dejaba de revivirla cada vez que cerraba los ojos.

Y evitaba hacerlo.

Porque cuando lo hacía volvía a los tormentos en Seguridad Federal.

Pero ya no estaba allí, y sobresaltado Martín regresó a la realidad, a las eternas discusiones. Emiliano continuaba con su discurso utópico: la Organización Revolucionaria ya no existía como en sus años de gloria. No obstante, el orador, se extendía empeñado en conferenciar en nombre de un pueblo que dejó de responderles. Absorto en un narcisismo ideológico levantaba la voz mientras le daba la espalda a sus aburridos compañeros que lo escuchaban en el living improvisado cual auditorio. Hablaba y hablaba inspirándose en la ciudad que miraba detrás del gran ventanal. Su vidrio dejaba ingresar los últimos intentos de predominio del sol.

La tarde comenzando a languidecer sobre la Ciudad de Buenos Aires.

Lo único satisfactorio que Martín rescató de aquél discurso fueron esos pequeños instantes en que el orador daba la espalda a los presentes. Lo excitaba ver la terminación perfecta en esas nalgas duras y carnosas. Por aquellos rumbos obscenos discurría su atención mientras que Emiliano continuaba en su intento de adoctrinamiento. Su público eran tres aburridas personas: dos hombres y una mujer, que semejante a una colegiala traviesa revisaba el pantalón del Inglés con una sonrisa seductora. Ambos permanecían sentados en sillas separadas, muy cerca el uno del otro, aprovechando para tocarse la abstracción discursiva del más apasionado.

El sillón quedaba libre en aquel living comedor dominado por la claridad que ingresaba por el gran ventanal: el disertante de pie y el escucha restante, Martín, el tercero en discordia, se rehusaba a sentarse solo. Él también descansaba el cuerpo sobre sus piernas.

Si la Conducción Nacional de la Organización Revolucionaria, entre todos sus poderes publicitados, contaba con el de leer los pensamientos, de seguro que los tres oficiales superiores, de los mejores que quedaban en la Argentina, serían primero degradados y luego fusilados. Sus intenciones violaban el Código Penal Revolucionario en su totalidad, pero, ¿qué quedaba de la Organización? Delatores, escapistas, cobardes, colaboradores, niños teóricos, cómo el que alzaba la voz pregonando la continuación de la guerra hasta las últimas consecuencias.

—Tenemos que resistir, aprender de la historia, ¡No pasarán! Tenemos que hacer de cada calle una trinchera, nuestra trinchera.

Cambiar la sociedad.

Y pensar que tuvieron el poder al alcance de la mano, incluso llegaron a compartirlo con el presidente Cámpora en distintos puestos del gobierno. ¿Fue verídica esa posibilidad? Claro, el pueblo los seguía, el General Perón decía estimarlos, los recibía en su lejano exilio español, los escuchaba y dependía de ellos para regresar al país.

El paso mal dado, la estrategia equivocada, fue subestimar a Perón, querer sacar los pies del plato, creerse por encima del líder y soñar a las masas izando las banderas de la Organización Revolucionaria aún en la ruptura.

Les tomó un segundo darse cuenta del error, aunque jamás lo reconocieron puertas afuera. La gente que iba tras ellos era prestada, porque la mayoría adoraba a Perón por sobre todas las cosas, y el viejo, aunque transitando sus últimos suspiros, conservaba sus mañas.

Intentar torcerle el brazo por la fuerza no resultó ser la mejor opción, y menos arrojarle cadáveres a su paso en señal de advertencia.

¿En qué pensaban?

La Organización Revolucionaria llegó a tener un peso enorme en las decisiones políticas producto de sus brillantes dirigentes, pero siempre hay un color negro en las ovejas. El destino se interpuso, les dio la espalda, o el culo.

La fe ciega en el hombre nuevo, pero cuando el hombre nuevo se transformó en ciudadano del mundo, caminando despreocupado por distintas capitales europeas, disfrutando el exilio, mientras los compañeros morían en la trampa fronteras adentro, algunos intentaron levantar la voz, o al menos lo pensaron, cuidándose de no exteriorizar demasiado disgusto. En una Organización que se decía liberal, resultaba peligroso opinar distinto, no fuera que a las voces disidentes las tildaran de traidoras.

El desencanto llegó de un día para el otro: cuando Perón ya no los necesitó los jóvenes de la Organización Revolucionaria se quedaron sin influencia en el círculo del Presidente. Se vieron desplazados, aunque no agacharon la cabeza.

—Perón jamás debió haber regresado.— Se sinceró Mario con sus más cercanos colaboradores.

La opinión traspasada de generación en generación fue que el apoderado de Perón era un gran presidente.

—Cámpora al menos nos escuchaba y nos dio cargos importantes en su gobierno.

Pero, en fin, la primavera terminó: deseando conservar la vida, o siguiendo un plan preestablecido, el apoderado renunció. Perón se disgustó con sus intentos de carretear al avión para despegar solito.

—¿Cómo? ¿Se va? ¿Renuncia?

—Sí, claro, pero llamarán a nuevas elecciones, ya no habrá proscripciones.

—Perón se postulará y arrasará. Eso es lo que quiere el pueblo.

—El pueblo, pero nosotros no.

Su vuelta era definitiva para dirigir al país. ¿No era eso lo que añoraban, por lo que tanto lucharon?

—Sí, pero, no se dan cuenta que es muy grande, es poco probable que culmine su mandato. ¿Y si muere? ¿Quién lo sucederá? —Mario se preocupaba al ver a la derecha del movimiento avanzar hacia la vicepresidencia.

Los planes viraron repentinamente. Perón cambió el clima, los burócratas del Movimiento regresaban a tomar el control de la situación.

—Perón debe acordarse de nosotros al repartir los cargos en el nuevo Gobierno, al menos nos merecemos elegir al compañero de fórmula presidencial —planteaba el comandante Mario en las distintas reuniones con los máximos dirigentes de la Organización Revolucionaria.

—¿Ustedes? Mocosos de mierda, ustedes sirven para luchar.

Los integrantes de la Organización Revolucionaria conformaban las llamadas Formaciones Especiales, pero ya ese momento especial en el cual fueron necesarios había terminado.

—Ustedes lo único que tienen que hacer es disolverse, las decisiones importantes recaerán sobre los hombres mayores del Movimiento. No se preocupen, el timón del país quedará en buenas manos, las mías, las que no se han manchado con sangre —en las distintas reuniones que les concedió a los jóvenes de la Organización Revolucionaria, Perón guiñaba un ojo sonriente ante las exigencias con las que no estaba de acuerdo.

Indignados, los miembros de la Conducción Nacional de la Organización Revolucionaria deseaban conferenciar con el General, dejar en claro lo que pensaban, intentar negociar con él. Sin embargo, Perón no estaba dispuesto a escuchar otras opiniones.

—¿Acaso no mataron gente en mi nombre? Regresé, soy el mismo de siempre, por el que dieron la vida. Tranquilos muchachos, dedíquense a escuchar mis discursos y apláudanme de pie en la Plaza de Mayo.

Pero los jóvenes revolucionarios no lo entendían así y la relación llegó a ser muy tirante, porque de ninguno de los dos lados cedían.

—Hay personas experimentadas, con más de veinte años de lucha que tienen prioridad, lo lamento, no tengo más tiempo. El señor los acompañará a la salida, y de ahora en más todas las comunicaciones pasaran por su persona, es mi secretario privado —José López Rega sonreía a las espaldas de Perón y despedía a los visitantes. Después de varios años de limpiarle las heces al General, por fin consiguió su objetivo.

De esa manera abrupta los jóvenes de la izquierda peronista sintieron doler la mano en el pecho de quien pensaron que sería una mera figura decorativa en el exilio.

—¿Cómo? ¿El pueblo no deseaba la fórmula presidencial Perón-Perón?

Juan Domingo Perón siempre fue el mismo, nunca cambió, tenía una solución práctica para todo y para todos.

—Sí, pero eso fue veinte años atrás, en el tiempo en que éramos felices, los personajes variaron, uno por viejo, otra por muerta. ¿No la escucharon hablar a esta mujer?

—Es su decisión, ¿qué podemos hacer? Matamos en su nombre, ahora calladitos a soportarlo.

Aunque todos, o la mayoría, lo pensaba, en principio nadie se animó a levantar la voz frente a Perón ni oponerse a sus disposiciones. ¿Cómo hacerlo? Lo que él decía no se discutía. El lema defendido durante años se refería a su apellido o la muerte para quien no lo siguiera. Escogida la persona que lo acompañaría en la fórmula presidencial no hubo quien se atreviera a contrariarlo.

Pero la realidad dio una vuelta dramática de campana y, bajo el agua quedó el país. El viejo Presidente muerto, la Organización Revolucionaria pasando a la clandestinidad en democracia, el Ejército Revolucionario empeñado en asaltar cuarteles, dos años de gobierno de la señora de Perón, las Fuerzas Armadas tomando el poder, los compañeros muertos, detenidos y desaparecidos.

Y Martín otra vez regresaba del sueño para escuchar discusiones doctrinarias, recurrentes y aburridas sobre un polvorín de armas y documentación falsa a la espera de la orden de final.

De congelarse la escena del ambiente que compartían, en el hielo de la imagen se podría reconocer a un muchacho de cabello rubio, ojos claros y anteojos enormes tomando la responsabilidad discursiva sin reparar en su alrededor. ¿Y qué había más allá de sus palabras? Otro joven de pie, aburrido del debate que, entre cómplice y divertido, observaba a la muchacha y a su compañero tocarse por debajo de la ropa. Estaba ansioso, deseaba que el orador notara la nueva composición del auditorio, pero aún seguía hablando sin despegar su mirada de la ciudad desde tan alto.

Olvidándose de Emiliano, que estaba tan empeñado en disquisiciones doctrinarias, Martín se concentró en sus dos restantes compañeros: por el Inglés ponía sin dudar las manos en el fuego. Lo vio matar, disparar, salvar vidas revolucionarias, fusilar traidores, ajusticiar, incluso escuchó rumores sobre la mujer de los ojos de hielo, comprometida, sigilosa, rencorosa. El combatiente perfecto. Desde el primer momento en que la vio desconfió de sus pupilas. Algo escondían. No conseguía sostenerle la mirada. Según decían, ella nunca fue seguidora de Perón y no temía demostrarlo. Sus grandes amores eran el marxismo y quien la acariciaba a su lado.

¿Habría alguna posibilidad de parar el mundo? Martín no dejaba de fumar y nuevamente se perdió, dejó de escuchar al disertante: si estaba tan desilusionado, ¿por qué no renunciaba? Lo pensó varias veces, lo anhelaba, aunque deseaba retirarse con un operativo final. Era tanta la aversión que sentía por las Fuerzas Represivas que siempre quería matar a uno más. Sospechaba que esa glotonería por la muerte de los uniformados le costaría caro.

Pero, por otro lado, si desertaba sin una orden de la Conducción Nacional, ¿a dónde iría? Eran tan hipócritas que lo condenarían a muerte, y ellos, que eran mayoría en el exterior, lo encontrarían y fusilarían. Y de esconderse dentro del país, ¿qué lugar era seguro? El aparato represor lo descubriría y ya no le volverían a perdonar la vida. Entonces, continuar operando hasta caer era su única alternativa, al menos se llevaría algunos enemigos a la otra vida.

Lo mejor que podía hacer era mantener su desilusión en secreto, y lo hacía, a nadie le hablaba de sus carencias ideológicas: era una pieza importante dentro de la Organización, era oficial, ¿qué pensarían los cuadros inferiores?

"¿Y qué mierda me importa?", suspiró.

Emiliano coronó su exposición pausando su última frase para darle un final que le pareció irrefutable, y así fue, porque nadie le respondió: orgulloso giró abruptamente sobre sus talones acomodándose los anteojos y dio de frente con el nuevo escenario. Sorprendido, avergonzado, perdió la elocuencia, la estabilidad, dejó se sentir las piernas. Cuando hablaba inspirándose en el sol cayendo sobre la ciudad creía que a su espalda un auditorio comprometido con su discurso le prestaba atención. Con el panorama real, no encontró palabras para traducir su reproche y se dejó caer en un extremo del sillón vacío, bien lejos del manoseo de sus dos compañeros revolucionarios.

La imagen que lo golpeó fue muy fuerte, impensada. El Inglés y su compañera compartían sentados la misma silla y, como la mutación de un dios mitológico, sus brazos y piernas se movían confundidos. No permanecían atentos como cuando les dio la espalda perdiendo la atención en el gran ventanal. Se disiparon las distancias y la seriedad. Ella subida sobre su hombre parecía montarlo. Él apoyaba su espalda en el respaldo e incentivaba el cabalgar con sus manos.

Emiliano frustrado desvió la mirada. Se lo notaba indignado y cuando centró su atención en su superior no fue un gesto de reproche lo que encontró: Martín se encogió de hombros con una leve sonrisa y se acercó a la cabecera del sillón desabrochándose los pantalones.

—¿Te gusta? —lo consultó con voz sensual, copiada de una mala película pornográfica. Los dos amantes sobre la silla, despreocupados, rieron a coro. Giraron, dejaron de hacer lo que hacían, se acercaron al muchacho reacio.

—No todo tiene que ser revolución, también hay que relajarse, no podemos estar discutiendo todo el tiempo —argumentó Clelia.

Ella, atrevida, comenzó a revisarle la entrepierna a Emiliano con gesto de sorpresa. Virtuosa liberó su miembro y comenzó a besarlo, aunque la virilidad pretendida jamás respondió tal cual ordena la naturaleza.

¿Por qué no se resistió? ¿Falta de fuerzas, gusto, miedo o parálisis a causa de la indignación? Martín lo cacheteó con su masculinidad al desnudo, buscaba introducirlo en su boca, pero él no quiso abrirla, apretó los labios, cerró los ojos, no se movió, permaneció rígido mientras un miembro revolucionario le hablaba al oído.

—Bueno, me parece que es tímido —se escuchó la voz del Inglés: todos festejaron la broma mientras Emiliano permanecía petrificado y rojo como una bandera socialista.

¿Ellos personificaban al hombre nuevo del que hablaba hacía solo un instante?

Como quien comete una travesura, Clelia le quitó la camisa celeste y los pantalones, el uniforme de la Organización Revolucionaria, para luego olvidarse de él, que permaneció observando detrás de sus ojos nublados, los anteojos empañados por el disfrute de los demás: la mezcla de tres cuerpos revolucionarios, ¿y el amor socialista no era eso? Ella compartía y no emitía sonido alguno, sus facciones no reflejaban emoción por más que sus compañeros transpirasen con esfuerzo por hacerla doler en todas las posiciones posibles.

¿Cuánto tiempo transcurrió hasta que uno de ellos depositó sus jugos varoniles en el interior de la muchacha? ¿Se terminó todo? ¿Y el otro? ¿Seguirían con ese espectáculo? Era una fiesta con vicios burgueses. Disfrutaban, parecían felices y sonreían. Emiliano jamás concibió el sexo de esa manera, no era justo para con las clases oprimidas. Estaban en guerra, morían compañeros, no se debía desviar el pensamiento en nada que no fuera el futuro de la revolución, la construcción del hombre nuevo, que evidentemente no eran ellos.

"¿Qué hace? ¿Qué quiere?", Emiliano no podía moverse, seguía paralizado por la sorpresa, indignado, asustado.

El Inglés, que no había terminado, retiró su miembro varonil del cuerpo de Clelia y se incorporó acercándose a Emiliano, se frotó a su lado y finalizó, eyaculó sobre su pecho, tuvo su tan mentado orgasmo.

Todos menos uno festejaron.

Ya estaba tan contaminado como ellos.

¿Cómo declarar ante un tribunal revolucionario después de lo que acababa de suceder? ¿Y su dignidad? Los fusilarían a todos, a él de la peor manera, por cobarde, mirón, pasivo, por no tomar un arma, una de las tantas que había en el departamento y ajusticiarlos a los tres.

Emiliano sintió asco, no llegó a limpiarse los jugos ajenos, quedó estancado en un pozo ciego, pero por suerte Clelia le hizo el favor: lo lamió, los absorbió, los tragó.

"¿Con ellos haremos la revolución?", llegó a pensar. Todos, menos él, se relajaron, fumaron, tomaron lo último de una botella de caña para continuar contraviniendo toda la reglamentación interna de la Organización Revolucionaria: ingerir alcohol en servicio.

—¿No hay más? Tenemos que brindar por la causa, por la patria, por el amor —exclamó el Inglés con las mejillas rojas y descontrolado, enarbolando la botella como estandarte.

Emiliano, aturdido, continuó sentado solo en el sofá. Escuchó gritos, aplausos y una discusión distante. Sus compañeros aún no estaban ebrios, pero pretendían estarlo.

—¡No, boludo! No podemos salir, ¿estás loco? Tenemos prohibido salir —le reprochó riendo Martín, y en su risa no se sabía si era un chiste o hablaba enserio.

—¡No pasa nada! ¡No seas cagón! ¿Qué ahora seguís las reglas? —le respondió arrojándole un puñetazo cariñoso—. ¿Vas vos? Acá a la vuelta hay un almacén, no pasa nada, lo atienden dos viejitos.

—Ni en pedo voy yo —respondió Martín sin dejar de divertirse.

Emiliano sentía los miembros agarrotados y la respiración entrecortada. No lograba pensar. ¿Qué hacer? Miraba el paisaje devastado, una orgía en plena guerra, justo a sus espaldas, cuando hablaba del compromiso con la causa. Ellos seguían con sus quejas por la falta diversión, algo para brindar, y ninguno deseaba salir de compras, discutían sobre quien debía ir y una idea brilló en sus ojos.

—Yo voy —se ofreció de un salto, un oficial de la Organización Revolucionaria haciendo mandados burgueses al servicio del disfrute de tres degenerados, arriesgar su vida, escapar, salir a la calle pese a la prohibición expresa que tenían.

—Tomá, esta ronda la invita la Orga —se mofaban sus compañeros mientras le daban dinero.

—Trae más ginebra, y si podés una cervecita —le encargó Martín.

Emiliano controlando apenas su indignación recogió la ropa del suelo, de en medio de la confusión de prendas, el enojo, la ceguera: no iba a regresar, los denunciaría, aunque ese acto también le costara su cabeza. Ellos no debían continuar usufructuando de la causa revolucionaria, era preciso fusilarlos, un juicio para dar el ejemplo a los demás.

Salió del departamento, caminó el largo pasillo sin encender la luz, apelando al uso de su memoria, y bajó por el ascensor, abandonó el edificio, la calle, la libertad, ese nido de traidores, y su cabeza no pensaba, no tomaba consciencia, iba en piloto automático, en ese estado en el que la ira es incontrolable y es peligrosa para la propia salud.

Lo que ayer sí, hoy no

—Estoy completamente de acuerdo y encomio todo lo actuado.

Perón aclaraba su posición y, mientras lo hacía, fumaba pese a la prohibición de sus médicos, hablándole a un pequeño un grabador o a una cámara desde su casa en Puerta de Hierro, Madrid.

Ya que los jóvenes de la Organización Revolucionaria actuaban en su nombre, la venia de Perón resultaba de suma importancia: las cartas amistosas iban y volvían desde la Argentina hacia el exilio en bolsillos de representantes, apoderados, amigos, compañeros y sindicalistas que acercaron a las partes.

Desconocidas entre sí hasta ese momento.

—Nada puede ser más falso que con ello ustedes arruinaron mis planes estratégicos.

Había una sombra que a Perón le preocupaba y desde la lejanía no conseguía combatirla con sus propias estratagemas de viejo lobo: para aumentar su intranquilidad despertaron voces dentro del sindicalismo que lo pensaban prescindible, un hombre grande, que nunca regresaría a la escena política de la Argentina. Aquellos díscolos oportunistas se empeñaban en construir un camino propio, cortarse solos, solitos, y comenzaron a apropiarse del rebaño que el General consideraba propio.

—Pegar y desaparecer es la regla.

En la ausencia obligada de Perón de la escena domestica alguien debía tomar las riendas en cuanto a la lucha y a la defensa de la dignidad de los trabajadores. Ese alguien las tomó y no le disgustó su estrella en ascenso, el espejo devolviéndole un aire distinto, de estadista, un gran señor de futuro prometedor, tal vez ministro, ¿por qué no Presidente de la Nación?

¿Quién se puede resistir a ese brillo?

—Sobre la opción electoral yo tampoco creo.

A Perón se lo notaba herido en las filmaciones: indignado, atorándose en su dicción, amarillento, de mejillas flacas y consumidas, aunque no perdía su porte de militar.

La Sombra de apellido Vandor continuaba escalando amenazante, mientras Perón tenía prohibido regresar a su patria. Desesperado preveía el riesgo de que pudiera diluirse su poder y, aprovechando la circunstancia adversa de su proscripción, llegara a reemplazarlo otro hombre mejor que su recuerdo distante.

Con la finalidad de inclinar la balanza, en una decisión arriesgada, un manotazo de ahogado, intentó forzar la vuelta desde España a la Argentina, confiado en el pacto acordado con el nuevo Presidente cuasi democrático, Arturo Frondizi, que disfrutara de sus votos, esos que Perón ordenara introducir en las urnas a sus fanáticos seguidores en las elecciones con reglas militares.

Ya que el Movimiento Nacional Justicialista estaba prohibido y había un candidato inofensivo de otro partido político que deseaba triunfar, tomando todas las boletas que no podrían votar a Perón, cualquiera conseguiría llevarse la elección. Lo único que el General solicitaba a cambio era que el próximo Presidente, elegido con adhesiones prestadas, le allanara el retorno a su tierra.

—Que no se preocupe, si gano, él vuelve al otro día —aseguraba Arturo Frondizi a los enviados de Perón.

Sin embargo, después del triunfo en las elecciones, el nuevo Presidente Frondizi olvidó el pacto, quizá a causa de las presiones militares. Harto de esperar una confirmación, Perón, decidido a producir un golpe de efecto, emprendió el largo viaje de regreso.

Abordó un avión en Barajas, cruzó el Atlántico, pero llegando a los márgenes del Continente hubo una orden terminante.

—No tiene permiso para aterrizar. Deben regresar.

Masticando bronca no tuvo más remedio que retornar a su ostracismo, a continuar recibiendo las noticias constantes de cómo La Sombra Vandor, dirigente sindical de la Unión Obrera Metalúrgica, pactaba con el enemigo, deseoso de quedarse con el aparato sindical que Perón consideraba propio.

—Flagelo, banda de gánster, ejército de ocupación al servicio del imperialismo.

Perón encolerizado, impotente, no hallaba consuelo, estaba furioso con sus camaradas de armas y con quienes intentaban sacar tajada de su prédica histórica, esos hombres que tanto le debían.

¿Qué hacer estando tan lejos y dándose cuenta de que el tablero comenzaba a inclinarse en beneficio de sus enemigos?

—O la juventud toma esto en sus manos y lo arregla, aunque sea a patadas, pero lo arregla, o no lo va a arreglar nadie.

Y los jóvenes, con un deseo histórico de posicionarse por sobre los burócratas sindicalistas y ser los preferidos antes los ojos de su líder, se decidieron.

—No se preocupe, General. Nosotros nos encargaremos por usted. La Sombra no va a volver a molestar.

Aunque no fueron sus órdenes directas, ellos lo supieron interpretar. No lo conocían en persona, eran pequeños cuando lo derrocaron en 1955, pero tenían brillantes referencias de Perón y algo pudieron leer acerca de su pasado.

La responsabilidad de la ejecución recayó sobre cuatro jóvenes resueltos que en 1969 tomaron la justicia por mano propia en una jugada arriesgada: Carlos estaba a cargo de la Operación Judas, lo seguían Ignacio, Oscar y el Flaquito.

Llegaron a la sede de la Unión Obrera Metalúrgica en un Renault

Torino: estacionaron en la puerta del edificio. Descendieron los cuatro investidos en los papeles teatrales que previamente repartieron.

Comenzaban a tomarle el gusto a eso de engañar para distraer a sus presas.

—¡Policía! Habrá, déjenos pasar, tenemos una orden judicial — Carlos fue quien tomó la palabra gritando con tono autoritario.

Golpearon la puerta caracterizando voces ajenas a la violencia que vendría. Mostraron un documento judicial al hombre que los recibió, y frente su duda exhibieron credenciales apócrifas de la Policía Federal: aprovechando la confusión del portero ingresaron. Cuando ganaron el interior del edificio sacaron a relucir sus armas de grueso calibre y comenzaron la búsqueda frenética, alocada y principiante.

El grupo se dividió: previamente se encargaron de estudiar a la perfección los movimientos que cada uno debía alcanzar. Carlos y el Flaquito subieron corriendo las escaleras arrastrando al portero con los modales típicos de una generación que se llevaba el mundo por delante.

—¿En dónde está? ¿Dónde está? —preguntaba Carlos descontrolado mientras revisaban cuartos, oficinas, depósitos y pateando las puertas para abrirlas.

—No sé, no sé —mentía el fiel servidor de La Sombra.

El rumor de la violencia llegó a oídos del objetivo, Augusto Timoteo Vandor, que trabajaba tranquilo en su despacho, y sin siquiera sospechar su destino abrió la puerta de su oficina.

—¡¿Qué pasa?! —alcanzó a preguntar al reconocer Carlos que se detuvo ante el hombre que osaba desafiar a Juan Domingo Perón y por un momento el peso de la historia lo obnubiló—. ¿Qué pasa, nene? ¿Qué son esos gritos?

Y la respuesta que obtuvo Vandor no fue la esperada. Lo sorprendió el reproche de la boca de una pistola descargándole seis impactos certeros y fatales en el pecho.

Carlos se acercó al escuchar los disparos.

—Listo, listo —tomó al flaquito de los hombros porque no podía dejar de mirar al muerto—. Dale, dale boludo, vamos.

Antes de escapar abandonaron tras su paso una bomba a los pies de La Sombra, que ya había detenido su crecimiento: no querían dejar ningún rastro de la persona que intentaba eclipsar a Perón. Los justicieros se marcharon inaugurando, cortando las cintas de un modo de actuar, eliminando al que no pensaba igual.

Los compañeros del herido, casi muerto, conmocionados, armados de valor, desafiando a la mecha de la bomba consumiéndose, lograron arrastrarlo lejos de la explosión para que al menos su imagen quedara intacta.

—Tenemos una juventud maravillosa, yo tengo una fe absoluta en nuestros muchachos.

Y Perón, feliz, festejaba a los esbirros, brindando por el resultado de sus acciones, la venganza que no comprometía sus propias manos: aunque no lo solicitaba directamente, su silencio eran un dedo que marcaba a sus enemigos.

Las Formaciones Especiales, la incipiente Organización Revolucionaria, obedientes, leían sus inquietudes: al enemigo ni justicia.

—Ahora no me gusta aquel, también comienza a hacerme sombra.

Y hacia allí iban sus muchachos, a ejecutar a los que creían que podían quitar los pies del plato y opinar distinto al General Perón, abrirse, fundar un propio tren de pensamientos.

Nueve tiros calibre 22 no fueron suficientes para silenciarlo: José Alonso se seguía moviendo y escupiendo sangre en el asiento de su automóvil. Hicieron falta seis impactos más de una pistola calibre 32 para que en 1970 su ajusticiamiento fuera un éxito.

—Misión cumplida, mi General.

De esa forma, haciendo a un lado a los impertinentes, Perón, con paciencia, fue encumbrando a sus más ciegos servidores, acomodando las fichas del Movimiento Nacional Justicialista para mantener su influencia intacta, sin nadie que osara contradecirlo. Para aquellos que imaginaban una opción distinta de conducción se encargaba de enróstrales los ejemplos predicados de los fusiles de sus Formaciones Especiales.

—Voy a hacerme cargo del Gobierno. El objetivo está cumplido, deberían entregar las armas muchachos.

Como padre, tutor o encargado, llamaba a silencio a sus jóvenes maravillosos, necesitaba aplacar a las fieras para consolidar la paz interior.

Siendo historia conocida, cuando Perón se hizo cargo de la presidencia, marginó del poder a todos los que tenían ideas encontradas con las suyas.

—La vía de la lucha armada es imprescindible. Cada vez que los muchachos dan un golpe, patean para nuestro lado la mesa de negociaciones.

Las enseñanzas del General impartidas desde su exilio madrileño fueron aprendidas al pie de la letra, y los muchachos se preguntaban: si antes era correcto, ¿por qué ahora no?

—Comámosle una pieza para que nos vuelva a escuchar —planeaban, celosas, sus maravillosas juventudes como un niño que se porta mal para captar la atención de sus padres.

—Ese anda muy cerca de Perón, ocupó nuestro lugar —Mario tenía un plan: marcarle la cancha a Perón, obligarlo a sentarse a la mesa de negociaciones.

Los cañones apuntaron a un fiel ejecutor de los pensamientos del viejo caudillo: faldero y obediente, Rucci nunca lo contradecía con tal de entrarle en gracia y continuar acumulando poder.

—A ver si aprende a respetarnos, viejo de mierda.

Varias descargas de fusil lo esperaron a la salida de su hogar familiar, secando la baba del último beso de su esposa. Con esa acción procuraron que la advertencia fuese inequívoca.

—Esos disparos fueron para mi —se lamentaba el viejo Presidente electo por tercera vez, desconsolado, a los pies del féretro de su fiel Rucci, secretario general de la Confederación General del Trabajo. Con el cadáver todavía humeante retenía sus lágrimas cuando le relataban la forma en que le habían comido a su Alfil. Las balas de unos años atrás, esas que apañó, rebotaban en el mal ejemplo, buscándolo para torcerle el brazo.

—Fue la gota que colmó el vaso —tronó furioso el Presidente con rumbo octogenario que, a causa de su avanzada edad, la memoria era un bien que le escaseaba. No recordaba que esa copa estaba llena de su colaboración.

El perro le mordía la mano.

Rucci, el Alfil, por pocos días no llegó a ver el tercer gobierno de Perón, ese por el que tanto luchó, soñó y traicionó, esto último según la opinión de quienes lo ajusticiaron: salía de su casa familiar con el recuerdo de las tiernas caricias de sus hijos. Su custodia, la aglomeración de matones armados, no le fueron de gran utilidad. Los francotiradores obraron infalibles, no le dieron ninguna oportunidad.

Cuando tomó la manija para abrir la puerta de su Renault Torino y acomodarse en su interior, un segundo de su pensamiento creyó que sus dedos habían activado una bomba, esa que tanto esperaba, pero el estruendo no fue a consecuencia de la fuerza de su mano en el metal sino el de varios proyectiles que lo buscaban, y para su desgracia, lo encontraron llenado su humanidad de agujeros.

—En la medida que la agresión continúe, deberemos echar mano al derecho de defensa propia —advertían envalentonados los que se situaron en la Conducción Nacional de la Organización Revolucionaria, con actitud desafiante, una vez que le arrojaron el cadáver de Rucci al viejo Presidente que agonizaba de pie.

—A ver si ahora se da cuenta quiénes somos —Mario se sentía poderoso. Los fusiles lo respaldaban.

Pero los jóvenes integrantes de las que fueran sus maravillosas Formaciones Especiales ya no hacían travesuras que pudieran tolerarse.

—No podemos seguir pensando que lo vamos a arreglar todo luchando, peleándonos y matándonos, ya pasó esa época, ahora viene otra. Los que quieran seguir peleando van a estar un poquito fuera de la ley — Perón, con sus últimas fuerzas, intentaba contener al monstruo, la fiera que había ayudado a crear, la que se preparaba para la sucesión.

El Presidente quizá guardara un poco de cargo de conciencia: tantas muertes en su nombre puede que señalasen con dedo acusador sus ideas religiosas en la recta final de su vida, a poco de rendir cuentas al supremo.

—El aniquilar cuanto antes este terrorismo criminal es una tarea que compete a todos los que anhelamos una patria justa, libre y soberana.

—¡¿Qué pasa General?!— Le preguntaban en cada acto quienes antiguamente fueran sus jóvenes maravillosos y tenían razón en la sorpresa.

—¿Eso es lo que ahora somos? ¿Ya no le servimos más?

¿Qué hacer con la gran cantidad de armas acopiadas y marginados de las decisiones gubernamentales? Se preguntaban los muchachos que tantas victorias obtuvieron con su forma violenta de pensar y en nombre de otro.

¿Por qué cambiar?

—Compañeros, estamos cayendo en la soberbia armada —Juzgaban, mientras se alejaban, los disidentes de la Organización Revolucionaria, que reconocían a Perón como único Conductor del Movimiento Nacional Justicialista.

El viejo Presidente, agonizante, acorralado, ya no pudo seguir usufructuando su virtud pendular, debiendo recostarse sobre un ala, un extremo, el que aún le respondía, o al menos eso pensaba.

—Ahora bien: si nosotros no tenemos en cuenta la ley, en una semana se termina todo esto, porque formo una fuerza suficiente, lo voy a buscar a usted y lo mato, que es lo que hacen ellos.

Perón demostraba que, aunque estaba pasando sus últimos suspiros, continuaba siendo un ser pensante, fuera de lo común, un gran estadista con el don de predecir el futuro, lo que vendría.

Él lo sabía, y nunca lo quiso reconocer.

Infiltrada

"Estos boludos ven guerrilleros hasta en los árboles", pensaba el Cerdo Burgués en su noche fatal, mientras su esposa se arreglaba el cabello distraída, con movimientos automáticos, frente al espejo encumbrado sobre el tocador a un extremo de la habitación. Sus dos hijas ya se habían acostado y en la soledad de la alcoba matrimonial derrochaba lamentos mudos.

"Qué lástima que no se quedó a cenar", la nueva compañera de su hija acusó un dolor de estómago, no pudo terminar el trabajo práctico, se fue, "pobrecita, y tan linda que es, con ese culito que tiene".

"Boludos, que me cuide de esa belleza", se quitó las chinelas pensando en esa cara angelical de pelo negro, lacio, pesado, sus formas tan sutiles, la sonrisa que no llegaba a mostrar todos los dientes y reprimió sus deseos sexuales con una mueca de picardía.

"No, no, no puedo, pensá en otra cosa", repetía, aunque era tan linda, flaquita, hermosa, con esas nalgas paradas, "pero no se puede, basta".

Miró a su esposa mientras se acostaba e intentaba esconder su insipiente erección, no fuera que ella se diera cuenta de la novedad y reclamase atención conyugal.

A la compañera de su hija no le fue difícil impostar el personaje. Sabía muy bien lo que significaba ser una burguesa, lo había sido hasta que abrazó la causa del pueblo. Cuando su responsable se enteró, le encomendó una misión delicada, suicida. Ella aceptó, como siempre, sin discutir, con esa distinción que la diferenciaba del resto y comenzó a caracterizarse para cumplir las órdenes, volver a lo que alguna vez fue: se quitó los rasgos de la lucha y su madre se alegró.

—Qué suerte hija, se te extrañaba por acá. Me alegro que hayas pensado. Siempre hay tiempo para arrepentirse.

El esfuerzo por modelar su carácter, regresar al punto de partida, perder la costumbre de citar constantemente la teoría y la práctica revolucionaria: cambiar, según las necesidades operativas, por los sentimientos fríos, vacíos de contenido, la vulgaridad de la sociedad burguesa.

Prescindió del polvo, la mugre, el barro, el uniforme de combate, esos jeans gastados, la camisa de hombre que nunca lavaba, el abrigo deshilachado hasta las rodillas. Se depiló las piernas, acomodando el exceso de vello en el pubis, otra vez oliendo a perfume importado y modificó su peinado en una peluquería con el dinero de la Organización. Se vistió con la pulcritud de una burguesa, pero la consciencia la mantenía sucia por el hecho de volver a ser una de ellos.

¿Qué fue lo peor? Compartir su mesa, su intimidad, sus miradas sugerentes, la baba virtual cayéndole por la comisura de los labios cada vez que insistía para que se quedase un poco más a cenar, cualquier excusa era buena. Él quería retener esos segundos de su carne en los ojos de cerdo burgués.

—¿Cómo? ¿Ya te vas? Es temprano, despreocupate, después te llevan los muchachos —el jefe de Policía Federal tenía su custodia permanente y la utilizaba para todo tipo de menesteres.

—Bueno, está bien, me quedó un rato más —ella camuflaba el odio en su rostro, sabía reprimirlo, la mirada de hielo, sonreír sin demasiados movimientos de los labios porque adentro la carcomía la furia y el regocijo por lo que vendría.

¿Cómo superaría su hija haber sido quien le dio paso al terror? La guerra es así, debe agradecer que pudo salir intacta, se le respetó la vida, las normas eran claras: el castigo físico no incluía a la familia del condenado, aunque el resto de su vida, la que se le perdonó, se echase la culpa por haber colaborado con el asesino.

La indicación fue acercarse, buscar su amistad, se trataba de la hija del Jefe de la Policía Federal Argentina, la llave para ingresar a su intimidad: ganar su confianza fue fácil. Se trataba de una niña despreocupada, común, integrante de una familia que no la dejaba crecer intelectualmente. Ella estaba habituada a moverse para todos lados con su custodia, resignando su intimidad, su libertad, obedecer sin levantar la voz a los mandatos paternos.

Vivía en un régimen militar en su propio hogar.

No hubo dificultades para una mirada fría, acostumbrada a inducir al engaño y luego darse a la fuga, en transformarse en la mujer más buscada del país: ayudada por las tareas de inteligencia de la Organización pudo anotarse en las mismas materias que la hija del objetivo, sentarse a su lado, conversar, entrar en confianza, contarle sobre la vida, esa que podía encontrar fuera del círculo de sus custodios. La hija del objetivo, inocente, se enamoró, quiso la amistad de esos ojos glaciares.

Cuando dio el primer paso y penetró en la casa del enemigo, esa acción que otros festejaron, para ella resultó una bofetada, una pared de aire para sus convicciones: la hija del objetivo quiso compartir un día de estudio con su nueva amiga y la invitó a merendar. Debió haber sido un espectáculo al menos simpático ver a la mujer de los ojos de hielo, esa misma que no conservaba ni un resquicio para el humor, viajando en el auto con la custodia de su compañera de estudios, rodeada de armas largas, sirenas y bromas sin gracia de los represores a sueldo.

Por primera vez subía en un automóvil policial y no estaba detenida. Tuvieron la gentileza de alcanzarlas para que no caminaran: llegaron. Las esperaba la madre servicial, despreocupada, mientras su marido oprimía al pueblo. Les preparó tostadas y café con leche, la abundancia de una clase que no sufría el desabastecimiento ni la inflación.

Se llevaban tan bien juntas. Estudiaron, conversaron en la mesa del comedor y los ojos calculadores observaron todos los detalles, hasta que, unas horas después, se fue. No tuvo oportunidad de cruzarse con el padre, llegaba tarde, su puesto encumbrado le robaba la mayor parte del día reprimiendo a la clase obrera.

Fueron meses de arduo trabajo, paciente, tender una red, una araña, ganar la confianza de la familia, comprar su corazón. La primera vez que lo vio chocó con sus ojos asquerosos, de cerdo burgués. Ella se asustó al creerse reconocida, en la duda, en su mirada inconfundible, de odio, pero con el correr de los días notó que era la única mirada que tenía para escrutar al mundo: de rencor insatisfecho.

—¿Por qué no la invitas a cenar? —le preguntó el cerdo a su hija, escondiendo su morbo sexual. Y después de la cena les ordenó a los hombres de la custodia que llevaran a la amiga de su hija a su casa, no fuera que en el camino tuviera un accidente—. Me parece una buena chica.

Increíble. El enemigo podía ser amable, aunque evidentemente se trataba de una estrategia para mezclarse en sociedad. Fue el peor sacrificio para un militante: convivir con el asesino de tantos compañeros, soportar con una sonrisa estoica cada vez que, en la mesa, se jactaba de las represiones, de la muerte de algún mártir de la patria y no saltar a morderle la yugular.

No había dudas sobre el objetivo. El problema era que no se les ocurría el modo de ultimarlo. Después de estudiarlo con prudencia se decidió que el mejor lugar para golpear era debajo de su cama, en la tranquilidad del reposo. Ella debía buscar una excusa para ingresar al dormitorio sin despertar sospechas y encontrar el tiempo necesario para colocar un explosivo.

Fría, con témpanos en la mirada y en el espíritu, ya había decidido la fecha de concretar el operativo: la última cena fue una especie de revancha, de goce personal, escuchar hablar a un cadáver, sonreír de satisfacción por primera vez desde que lo conoció:

—Estás muerto —festejaba en silencio con la sonrisa que la caracterizaba a cada palabra del fallecido.

A poco estuvo de salvarse el Cerdo, a una decisión incorrecta por un número telefónico y su apellido en un papel. El operativo de escarmiento estuvo a una vacilación de fracasar. El azar quiso que la amiga de su hija fuera detenida en una razia policial: todos contra la pared, manos en la nuca, en fila india, un operativo de rutina en la que varios jóvenes se vieron demorados y fueron trasladados todos a la Comisaría por averiguación de antecedentes.

Los policías ni se imaginaron la personalidad que tenían en sus garras. No resulta claro el motivo de la aprehensión. Algo tuvieron que haber sospechado porque luego le hicieron llegar una advertencia al Jefe. Lo cierto es que, por si tenía alguna información en su interior, decidieron ajustar un poco las clavijas, inducir su buena voluntad de manera compulsiva.

El escenario tan temido por la niña se materializaba. Con rostro indiferente, asqueado, recibía amenazas y empujones mientras la ingresaban a la Comisaría. ¿Hablaría? Guardaba demasiada información. ¿Cómo reaccionaría frente a la violencia? ¿Podría soportar el dolor?

Nunca bajó los ojos, ni ante las miradas obscenas de los policías que comenzaron a revisarla, desvestirla, quitarle los efectos personales, aprovechar las palmas de la ley para tocarle alguna parte privada a esa mujercita tan bonita.

—¿Y esto pendeja? ¿Cómo tenés este número vos?

Un oficial con rostro preocupado la apartó del resto los detenidos y habló con sus compañeros. Fue a la única que separaron, no permaneció en los calabozos, los demás detenidos miraban incrédulos, porque no sabían que en su billetera encontraron un papel muy pequeño, doblado, con un número telefónico y un apellido anotados. Los datos pertenecían nada menos que al Jefe de la Policía Federal Argentina.

—Soy íntima amiga de la hija —ella rio por lo bajo, como acostumbraba. Un papel le acababa de salvar la vida, pero quizás echaría a perder todo la operación.

—Perdoná amor, vos sabes cómo es esto. No podemos saber quién es quién —los policías que la detuvieron, temblorosos, intentaban excusarse, enmendar el error que no cometieron obsequiándole una bolsa de caramelos y cientos de disculpas.

La niña se había salvado por muy poco. Salió preocupada de la Comisaría. Sus piernas no le alcanzaban para ir a la velocidad pretendida sin demostrar que corría. No se animaba a mirar, darse vuelta por si la seguían o se arrepentían de haberla soltado. Nerviosa mordía la piel de sus dedos con los ojos perdidos, pensantes. ¿Sospecharían sobre su pertenencia a la Organización? ¿Le advertirían al Jefe de Policía? De todas maneras debían apurar el plan antes de que el cerco se estrechara. Tenía que actuar, no podían echarse por la borda tantos meses de simulación.

Comunicó las novedades a sus superiores junto con la imperiosa necesidad de adelantar los planes. Estuvieron de acuerdo. Decidieron actuar. Recibió la orden: llevó el explosivo a la facultad escondido en su cartera. Esa tarde se reunirían, como acostumbraban, en la casa del objetivo. Se encontró con su amiga, conversaron, se divirtieron, cada una por motivos diferentes. Al final de clases la custodia las alcanzó. A ellas y a la bomba, que esperaba su momento de inmolarse.

Una vez que llegaron a la casa del objetivo, estudiaron, revisaron los apuntes y conversaron. ¿En dónde estaría su cabeza mientras pensaba en los nervios que debía reprimir y su amiga leía despreocupada?

Respiró profundo. Miró la hora, interrumpió lectura, se perdió un segundo antes de comenzar la actuación.

—Necesito usar el teléfono, pero primero voy al baño.

Se excusó al mismo tiempo que se levantaba de la mesa. Llevó su cartera, cerró la puerta y accionó la bomba sentada en el inodoro, mirándose al espejo que tenía de frente: el cuadro de la victoria.

Con el dispositivo listo, funcionando, se movió sigilosa hasta la habitación del muerto, lo deslizó debajo de la cama.

"Listo, fue fácil", festejó mientras desandaba sus pasos, pero una mueca de disconformidad asomó en su duda. Tal vez había dejado el artefacto a la altura de los riñones del que se fuera a acostar y en la necesidad de que todo resultase perfecto giró con la tranquilidad de un gato, se agachó, ladeó el cuello, miró y acomodó la bomba más arriba, asegurándose que quedara debajo de la cabeza del objetivo.

Esa era la frialdad que la hacía una excelente combatiente.

—Me siento mal, me voy a mi casa —se disculpó, debía escapar, aprovechar la ventaja preciosa para esconderse.

—¿Querés que te alcancen? —la hija el objetivo le ofreció a los integrantes de su custodia.

—No, no gracias —sonrió, miró por última vez la cara de su amiga: "lo siento", pensó sin dejarse invadir por la culpa en un intento de justificación. Su ingenuidad le daba lástima, no era su culpa, ella no había decidido su educación. Sus padres y el capitalismo la condenaron a una vida materialista y oscura.

Lo último que vio fue el rostro ingenuo de su amiga y su empeño en ayudarla con sus pertenencias.

—Tomá, no te olvidés nada, con esa cabeza fresca que tenés, a ver si tenés que volver después.

"La guerra es así", terminó de ordenar sus papeles, respiró profundo, miró la escena por última vez y se fue, de ahí a la clandestinidad.

La noche fatal, el Jefe de Policía Federal Argentina, el Cerdo Burgués, escondió su sexo evitando que su mujer lo notara. Se zambulló en la cama apretando los ojos al caer. Los cerró muy fuerte, demasiado. Debajo del colchón reposaban doscientos gramos de *trotyl*. La espoleta se activó por presión y la fuerza de la explosión despegó su cabeza del resto del cuerpo. Uno menos. Nadie estaba a salvo del brazo de la revolución.

No existía lugar seguro donde esconderse, eso ya quedaba más que claro.

Los nombres

En desmedro de los abuelos, los padres, los ancestros, las generaciones luchando por honrar el apellido, meses de pensamientos, noches en vela, peleas en vano entre marido y mujer imaginando el sexo de la persona por nacer, para que, sin consideración por ese esfuerzo, las calles, además del color de la sangre, se tiñeran de apodos, denominaciones, sobrenombres: Cogote, Petiso, Ruso, Perro, Animal, Gringo, Roby, Araña, Neurus, Lucy, Negra, Pelado, Pepe, Inglés, Doctor, Profesor, Ángel, Avispa, Cuervo, Cero, y muchos más apodos entre miles.

La cuestión residía en evitar el reconocimiento.

Todo lo que se hacía en las calles debía ser de manera subrepticia. De esa manera ningún involucrado asumía sus deudas, delitos ni decisiones tomadas. Nadie se llamaba como se llamaba, como se lo conocía. Legales y clandestinos se ocultaban para preservarse. Nadie sabía nada de sus amigos. Un delgado hilo los unía.

No era necesario revestir en un mando determinado para portar un nombre de combate: preservar la identidad significaba oscuridad, sombras, separar la vida privada de la lucha, pensando en un beneficio futuro, no ser reconocidos, evitar las denuncias y las represalias.

Con los años de conflicto, la impunidad extendiéndose como un germen, descendiendo desde las jerarquías superiores, el mando que no mandaba, hubo quienes se relajaron, creyéndose dioses magnánimos y no se ajustaban a las convenciones preestablecidas. Algunos, a pesar de usar denominación ficticia, taparse el rostro y, con la anuencia del anonimato, extraer declaraciones a los detenidos utilizando la violencia física y psíquica, se enternecían con quienes hacía un rato acababan de golpear, maniatar, electrificar y deseaban hacer las paces, cenar juntos, conversar sobre algún partido de fútbol, creyendo en el olvido y la eterna gratitud de quien hasta hacía poco era objeto de todo tipo de vejaciones.

En el auto sin identificaciones viajaban tres policías pertenecientes a Coordinación Federal. La brigada policial a toda velocidad seguía a un Peugeot 405 blanco con dos ocupantes. Esperaban la oportunidad para interceptarlo sin poner en riesgo a la gente común que se cruzaba por las calles en la cotidianeidad distraída. Sabían que los perseguidos eran peligrosos. Por esa razón llevaban ametralladoras y estaban deseosos de hacerlas entrar en escena.

Del lado clandestino todos los que integraban un grupo armado, cualquiera que fuese, tenían que llevar un nombre de guerra y responder por él. No se podía conocer ningún dato personal del resto de los compañeros, ni siquiera de los más cercanos, los que conformaban la célula, la misma casa, los ambientes compartidos: medidas de seguridad para evitar delaciones por si, llegado el caso, algún combatiente dejase escapar datos sensibles de la vida encubierta. Solo el responsable y los órganos de inteligencia tenían tales detalles y los utilizaban a discreción.

El Peugeot 405 blanco tomaba distancia, escapaba, sus ocupantes rehusaban detenerse. Así unos minutos se habían escapado por una ventana de una casa allanada por la misma brigada que los acechaba.

La persecución surcaba una ciudad que comenzaba anochecer. Los transeúntes eran demasiados, el tráfico, los disparos que iban y regresaban de luneta trasera a parabrisas. Los torsos asomaban por las ventanas laterales intentando acertar en quienes huían.

El famoso tabicamiento, la estructura piramidal, la invulnerabilidad, sentirse parte de un cambio histórico, el nuevo orden mundial y la vida parecía querer devolverle a Clelia lo que tanto había hecho sufrir a los demás. ¿Se enamoró de su compañero? ¿De su responsable? ¿De Mata Hari pasó a ser una simple presa de ese hombre que luchaba por la vuelta del General Perón? A él no le importaban sus reproches. Los dados sobre la mesa la encontraron en una posición impensada, y ella habiendo apostado todo su dinero.

Clelia había ingresado en la Organización siguiendo un objetivo y el amor repentino desvirtuaba sus planes. ¿Nada más era eso?

Ella hacía todo lo que le pedía el Inglés en nombre de la revolución, aunque alguna de las cosas fuesen, al menos, en dudoso beneficio a la causa y su revolución fuera otra. ¿A quién pertenecía lo que llevaba dentro de su vientre? Él no hubiera soportado las novedades que tenía guardadas. Lo sabía porque siempre lo escuchaba decir como si intentara abrir un paraguas.

—No hay que dejar nada atrás y así alcanzaremos la verdadera revolución —solo por esa razón lo mantuvo callado hasta poder encontrar el momento oportuno, y esa noche decidió confesárselo. El inconveniente fue que la muerte la sorprendió primero, nadie jamás supo lo que guardaba en su panza, menos su compañero.

Y pensar que él estaba en contra de los hijos: se lo decía luego de vaciar sus jugos dentro de sus cavidades aún latientes. Dormir adentro, disfrutar del calor de la estancia, aunque el producto de esa imprudencia no le interesaba, no era su responsabilidad:

—Un militante no tiene que tener hijos ni mujer, el amor es peligroso, la vida es la revolución, no se debe dudar en entregarla por la causa, el amor nos puede hacer vacilar.

Ella nunca lo notó, pero la vida y sus paradojas la encontraba en una posición que en el pasado reprochó: la futura maternidad la enterneció. Estaban en lo cierto quienes dejaban a sus niños al cuidado de gente de confianza. No se podía luchar pensando en ellos.

Las calles tomadas, el Peugeot blanco en escape bordeaban el Parque Centenario. El verde, los árboles, los disparos, la pólvora degradando el medio ambiente y el vehículo perseguido no toleró tanto plomo, perdió el control, fue a dar contra el cordón de la vereda, colisionó con un automóvil estacionado. Sus ocupantes, los que se empeñaban en escapar, dos hombres, no llegaron a abandonarlo, quizá estaban heridos. No obstante seguían disparando hacia atrás desde el interior de las ruinas con formas de chapas retorcidas.

Quizá era cierto el dicho acerca del amor cuando afirman que se encuentra una sola vez en la vida. Puede que ella ya lo hubiera hallado, o existe otra posibilidad, esa que nos habla de los caprichos, la peligrosa seguridad que tienen ciertas personas de que su belleza es irresistible, y cuando alguien no muerde el anzuelo de la seducción, mayor empeño ponen en conquistar a quien le regala actitudes desdeñosas en vez de arrojarse a sus pies.

En la escena intervenían tres automóviles. El que era perseguido y se estrelló contra otro estacionado; el que seguía a toda velocidad a los que se negaron a detenerse, disparando a sus ocupantes una vez atrincherados dentro de los hierros retorcidos, y por último el vehículo que en paz se encontraba detenido y soportó la violenta colisión en su parte trasera.

Los policías cargaron contra los restos de chatarra humeante sin notar que, bajo el amparo de las sombras, utilizando el manto de oscuridad de los árboles del parque, otras dos personas ajenas al tiroteo intentaban conocerse de una manera más íntima. Ellos no pertenecían a la policía ni a ningún grupo armado y quizá tampoco les interesaba la política, solo deseaban desvestirse en la impunidad del asiento trasero del coche, el que fuera chocado por otro igual, semejante, con jóvenes de sus mismas edades.

Entonces, ¿estaba enamorada? ¿Por eso aceptaba sus desviaciones sexuales?

—Clelia, todavía te aferrás a la doble moral burguesa —la amonestaba el Inglés si ella dudaba, intentaba resistirse a lo que le pedía. Pero al verlo alejarse desinteresado, cedía. Cuando finalmente sucedía y consentía a sus peticiones lo notaba más contento que de costumbre y él la llenaba de promesas, quería permanecer a su lado, aunque no fuera la única que gozaba al satisfacer las fantasías de su compañero.

Desde el vehículo policial vieron a los personajes hostiles perder el control, estrellarse, pero no mostraban intenciones de rendirse, continuaban disparando. El tránsito disminuyó y no había mucha gente caminado por el parque.

La Araña y Pomelo fueron los primeros en bajar del auto, abrieron las puertas, se lanzaron sin esperar a que la velocidad aminorase totalmente: sin testigos molestos podían hacer con los delincuentes lo que quisieran.

La Araña lucía excitado con el arma que llevaba en sus manos: una ametralladora *Thompson*, como la de las películas, y allí mismo la usaría. Desde que la secuestraron en un operativo había esperado la ocasión:

"¿Cómo era esto?", quitó el seguro, jaló la correa, con la baba que chorreaba de sus labios, la masturbación por el retroceso del calibre cuarenta y cinco, sentir el ruido, el tirón, los agujeros en la chapa y en los cuerpos con formas humanas, arrasar la resistencia. ¿Qué importaba el daño? Ellos eran los malos.

Se acercó con prudencia esquivando los proyectiles de los atrincherados, apretó el gatillo y nada, no salía el disparo.

—¡Puta madre!

Tuvo tiempo para un segundo intento. Nuevamente todo el procedimiento, pero ahora más rápido: seguro, correa, gatillo, nada. La ametralladora estaba trabada, al parecer se quedaría con las ganas de usarla.

—¡Qué mierda!

La Araña arrojó con bronca la ametralladora, tomó la pistola de su cintura y abrió fuego. Sus compañeros no lo esperaron, ya lo habían hecho, tiraban contra quienes, a su vez, les disparaban a ellos.

Era el orgullo del Ejército Revolucionario. Muy pocos conocían sobre su trabajo y existencia. Tenía un solo contacto con el mundo exterior, su mundo: Manuel se encontraba en un lugar seguro, previamente convenido. Tomaba la información, le daba directivas y desaparecía. Primero él; después de unos minutos ella, asegurándose de que nadie la siguiera, tal cual había aprendido en los rigurosos entrenamientos.

—Clelia, ya todo va a volver a la normalidad y vas a ser condecorada.

Siempre fue así. La niña respondía a las señales acordadas, imperceptibles, escondidas al ojo común, y acudía a su encuentro. Él era su cable a tierra que, de cortarse el lazo, quedaría aislada: nadie más conocía su pertenencia al Ejército Revolucionario.

Fueron unos pocos segundos. Todo terminó como debía terminar. Muchos disparos, uno de los perseguidos muerto y el otro que se acababa de rendir.

—Esta mierda se trabó —le explicaba la Araña entre risas y fastidio a sus compañeros, desilusionado por no haber podido usar su *Thompson*, sentirla, el orgasmo de la mano de la pólvora, mientras esposaban a uno de los detenidos y se acercaban al cadáver del otro. Necesitaban reconocerlo y ver qué llevaba encima.

Las semanas pasaban, los meses, las noticias que nadie quería creer: el Ejército Revolucionario se quedaba sin su Comandante, asesinado en una redada del Ejército contrarrevolucionario, también caían sus más importantes cuadros directivos, los desastres se iban sucediendo, algunas bocas cautivas hablaban, negociaban, cedían ante los interrogatorios de las Fuerzas de Seguridad.

El Ejército Popular tan soñado se desintegraba.

La represión triunfaba en todos los frentes.

Manuel dejó de citarla. Las señas acordadas no aparecían. Ella desesperaba y se empeñaba por encontrarlas, hasta que rendida cayó en la realidad, la magnitud del desastre. Quedó sola en su isla. De este lado, en la Organización, las cosas no iban mucho mejor. ¿Qué hacer? ¿De quién asirse? Se aconsejaba intentar sobrevivir a la espera de tiempos propicios.

Y a ella lo único que le importaba era sobrevivir en el mientras tanto, esperar novedades de su responsable, seguir cumpliendo su deber, fingir.

Cuando se acercaron a revisar el Peugeot 405 blanco, alguien se movía de entre los autos, el humo y la carrocería retorcida.

—¿Cómo? ¿Está vivo? —no, no era uno de los hombres a los que persiguieron por media ciudad, él ya estaba muerto. Los movimientos eran en el auto de adelante.

—Carajo, no los vimos. — Pomelo se acercó a otro automóvil ajeno a la refriega mirando hacia el interior.

Una pareja de novios temblaba. El hombre intentaba en su pecho serenar a su mujer, aunque él fuera quien con el terror instalado en su cara necesitara más alivio. Se habían salvado por centímetros de una muerte segura, la distancia fue el atasco de la ametralladora.

A quien detuvieron, de impecable saco y corbata, un poco arrugado por las circunstancias, se llamaba Manuel.

Y nunca más apareció

¿Cuáles eran los nombres de los dos jóvenes del tercer auto?

Se llamaban buena suerte.

Furia

Emiliano salió furioso. Escapó detrás de una excusa. No pensaba volver. Los denunciaría, estaban contaminados, era preciso fusilarlos, cortar por lo sano, quitarlos del medio. Gracias a personajes como ellos el germen putrefacto carcomía los cimientos del Plan Continental, los obstáculos carnales deteniendo los designios que los grandes pensadores idearon para el mundo.

Enfrascado en una ceguera nebulosa caminaba apurado y a solo dos calles del departamento, la huida, notó un detalle peligroso que llevaba adosado a su cuerpo, lo que tanto defendía, las creencias se transformaron en temor. Entre el remolino de ropa, en la confusión escapista, se vistió, víctima del apuro, con la camisa del uniforme del Ejército de la Organización. En sus hombros brillaban las insignias de oficial segundo, una imprudencia que le podía costar la vida, a él, que tan necesario era a la revolución.

Se detuvo de golpe, temblando, desconociendo si significaba ira o miedo. Buscó arroparse contra una pared. Despacio se quitó las charreteras doradas, no deseaba nada sobre su cuerpo que delatara una pertenencia a la Organización. Él, que tanto apego sentía por las reglas, por los lineamientos, las órdenes que descendían de la Conducción Nacional, acababa de incurrir en una infracción.

¿Estaba traicionando sus principios?

"Tranquilo", pensó invocando la calma y su prodigiosa memoria recordó un inciso de la disposición interna que alguna vez recibiera:

En casos extremos, el jefe del operativo está facultado a prescindir totalmente del uso del uniforme para la ejecución de una operación. Esto quedará bajo su responsabilidad y deberá fundamentarlo a su superior.

Repetir en silencio esos párrafos lo tranquilizaron, tenía un sostén para el sacrilegio que le significaba guardar las insignias en un bolsillo.

¿Y ahora qué debía hacer? ¿Regresar al departamento? ¿Otra vez a encontrarse con esos rostros? Quizás lo tomasen de nuevo y ya no tendría posibilidad de escapar aunque, por otro lado, la muerte no le resultaba más seductora, prefería mil veces volver a pasar por esa humillación a caer en manos del enemigo.

El sol suspiraba sus últimos alientos, era la agonía de una tarde hermosa: regresó intentando mimetizarse con las paredes, impostando cara de persona común, vulgar, sin afectar compromiso a la causa revolucionaria. Procuraba pasar desapercibido. Metió la mano en su bolsillo, retiró un estuche y desnudó una pequeña pastilla que introdujo en su boca, entre las encías y la última muela: toda la acción la realizó viciada de sospecha, un simulacro, sabía que no tendría el coraje para tragarla, evitar la captura.

Abandonó el departamento de la mano de una excusa, ¿a quién se le había antojado continuar con los brindis? No lo sabía ni le importaba. Ni bien lo sugirieron supo que era su boleto a la libertad, el momento que esperaba para escapar, denunciarlos, pero, ¿ante quién? Si su responsable fue quien lo conminó a introducirse eso en la boca.

Al Inglés lo conocía, había escuchado rumores sobre sus comportamientos. Un personaje peligroso, sádico, enajenado, lo toleraban por su antigüedad dentro de la Organización, pero era un secreto a voces que lo preferían muerto. Prueba de ello es que no le ordenaron exiliarse, no era importante a la causa, no estaba entre los protegidos.

¿Y por qué no defendió su dignidad? Como estaban las cosas, en la anarquía que vivían, de seguro lo hubiera asesinado en ese mismo instante de tener la sospecha que intentaría denunciarlos.

¿A quién acudir? Ya no contaba con muchos contactos dentro de la Organización, habían desaparecido, no sabía nada de ellos, quizás fue una decisión premeditada, pensada por prudencia. Únicamente conocía la ubicación de algunas casas seguras, pero no se animaba a refugiarse allí por miedo de caer en una trampa.

Huyó de la avenida, tomó la calle, la dirección, el departamento de la compañera. Unos metros antes de llegar reconoció detenido en la puerta del edifico, a un automóvil característico de las Fuerzas de Seguridad sin patente ni alguna otra identificación más que el motor aún humeante. Al salir no había reparado en ese pormenor, o no estaba en ese lugar, mal estacionado, ¿o no lo vio?

"No, no, no estaba", negó en silencio, transpirando, exprimiendo su memoria.

El corazón lo asfixiaba en su esfuerzo por sobresalir, aunque no lo admitió, estuvo a punto de orinarse en los pantalones revolucionarios: su mayor problema era continuar con esa camisa. Era un tiro al blanco semoviente.

Y con la incertidumbre agarrotando sus miembros, un relámpago de explosiones secas le devolvió el estado de alerta:

"Son disparos", pensó concentrando la razón auditiva mientras se debatía entre el escape y la curiosidad. Se detuvo con la rigidez de un témpano de hielo: no llevaba su arma encima.

"Sí, son disparos", la procedencia de los estruendos resultaban inconfundibles. El sonido, las detonaciones bajaban de la altura, del edificio.

"Los van a matar", sonrió mientras giraba presto a regresar sobre sus pasos a la avenida.

Si bien infló el pecho en señal de satisfacción, seguía asustado y más cuando escuchó la tremenda explosión y el estallido de los cristales.

"El ventanal", supuso recordando las características del departamento, esa enorme ventana que le daba luz al living. Instintivamente, en coincidencia con la gran apertura de ojos, se llevó la mano al interior de su ropa, entre el muslo y la ingle: llevaba sus documentos aún adosados a su piel, no había olvidado nada que pudiera delatarlo.

Aunque realizó un gran esfuerzo mental, no pudo despegarse del miedo, ni siquiera ocultarlo: seguía con la maldita camisa. Al menos sin las insignias pasaba desapercibida pero, ¿quién sabe?

Tomó el primer colectivo que consiguió detener. Optó por la seguridad de un transporte masivo a un taxi, donde podía ser perfectamente identificado. Conservaba las llaves de una casa que la usaban como deposito. Después de sacar un boleto mínimo se acomodó en el asiento del fondo. Si subía algún policía desde allí era más fácil arrojarse y escapar.

Reposando su espalda en el asiento pensó en lo que acababa de vivir: la humillación, la incredulidad. ¿En dónde habían quedado los ideales y la sociedad perfecta? ¿Cuántos habría como ellos? Recordar las imágenes le afectaba la presión, las sienes latentes, su cabeza a punto de explotar, los ojos llenos de lágrimas impotentes.

Si todos fueran a su imagen y semejanza, contagiados con su entrega, sus valores, su conciencia social, la Organización se salvaría. Sabía cómo, lo había visto, estuvo junto a los obreros en las fábricas cuando tomó la decisión de proletarizarse, ese esfuerzo que todo revolucionario digno debía realizar, descender un escalón, sudar junto al pueblo en una camisa prestada, donar todo el producto del esfuerzo a la causa, vivir con lo justo y necesario, aprovechar cada ocasión para instruirlos.

Su madre jamás lo entendió.

—Hijo, ¿cómo vas a hacer algo así? Si no necesitas trabajar y menos ahí. Dedicate a estudiar.

Esos pensamientos burgueses, temerosos, de su familia. Por supuesto que lo necesitaba, el pueblo lo exigía, todos tendrían que haberlo hecho. Compartir, transmitir el Marxismo, los derechos, la necesidad de unirse, luchar por la causa, ¿la causa de quién?

Despertó abruptamente del pensamiento. Sobresaltado descendió del colectivo. Miró sobre sus hombros varias veces: no, no lo seguían. Caminó unas calles, volvió a mirar y nada, estaba solo. En la segura impunidad resolvió, ahora sí, tomar un taxi, acercarse por un camino seguro al destino decidido.

Mientras avanzaba el taxi, lo intimidaban las miradas del chofer por el espejo retrovisor y sus constantes preguntas de orden personal: no respondió a ninguna, él no colaboraba, no sabía quien conducía, los organismos de inteligencia contaban con agentes en todos lados.

—Me bajo en la próxima esquina.

La desconfianza recaía sobre cualquiera, todos podían ser potenciales informantes. Estuvo más tranquilo en la libertad de las calles. Sus pasos decidiendo el recorrido. Ya había oscurecido y el barrio se apagaba tranquilo.

Tomó las llaves del bolsillo, buscó entre las tantas que tenía, eligió a la afortunada y entró en la casa.

No quería quedarse mucho tiempo, desconocía si el lugar estaba marcado por la Policía. Revolvió los armarios hasta encontrar una camiseta deportiva. Se quitó la camisa con sumo cuidado, el uniforme delator, se cambió el atuendo. No conforme con ello siguió buscando de manera automática, sin consciencia. En la cocina, sobre la alacena, en una puerta escondida, descansaba solitario un revólver calibre 38. Lo levantó, comenzó a revisarlo, abrió el tambor: estaba cargado. ¿Lo llevaría? Dudó. ¿Para qué? Caminó por la pequeña casa, nervioso. ¿Qué hacer?

Ya había demostrado su arrojo en varios operativos: pega de afiches, pintadas, hostigar comisarías, toma de fábricas, instruyendo a los trabajadores, bombas, panfletos, y aquella vez que recuperó una pistola nueve milímetros. El único inconveniente, por el que algunos lo criticaron, fue que el policía viajaba dormido en el tren.

Pero él no tenía cargos de consciencia, era el enemigo, ninguna tregua a los Agentes al servicio del imperialismo. Debían hostigarlos en cualquier lugar donde los encontrasen. ¿No hacían ellos lo mismo?

Aquella madrugada regresaba junto a un compañero de una reunión. Hacía varios meses que la Organización le había ordenado abandonar su hogar familiar. Le alquilaban un departamento en un barrio obrero, el cual lo compartía con varios cuadros militares.

La noche se escapó, como de costumbre, en discusiones minuciosas. Viajaban callados, concentrados en un punto imaginario, acompañaban el repiqueteo del tren, amortiguando los golpes con las rodillas, tomados de los pasamanos, no querían sentarse por si debían escapar.

El arma que le había regalado su responsable descansaba en su cintura, nunca lo utilizó, ya que no tuvo la oportunidad de participar en ningún enfrentamiento. Sabía armarla y desarmarla a la perfección, disparó en los entrenamientos, pero jamás apretó el gatillo en beneficio del pueblo, en la realidad de la lucha por el Poder.

Su compañero de viaje decía haber sido incluido en varias acciones, incluso se enorgullecía, jactándose de los ajusticiamientos en los que tuvo protagonismo. ¿Sentía envidia? No. Él sabía de lo que era capaz, aunque su debilidad fueran los libros y no las armas.

Era un perfecto revolucionario dispuesto a morir por sus ideas.

¿Quién lo vio primero? No lo recuerda: cuando giró la cabeza en busca del asentimiento, la consulta silenciosa, se encontraron las miradas cómplices y seguras. Ambos afirmaron con la cabeza decididos a actuar. Al ser de mayor jerarquía, su compañero, como era su obligación, tomó la iniciativa y encañonó al agente.

El policía, al salir abruptamente del sueño, se encontró un frío revólver a centímetros de su cabeza y a dos jóvenes, de su misma edad, que entre insultos y amenazas, descargaban su furia:

—Vos estás al servicio del capitalismo —escuchó antes de que lo escupieran—. Asesino, traidor a la patria —los dos jóvenes que sostenían las amenazas parecían rabiosos.

El policía no tuvo lucidez para reaccionar, no entendía la situación, las verdades que le enrostraban eran más que evidentes, se había quedado sin respuestas ni defensas.

Su compañero le arrebató la pistola reglamentaria de la cartuchera y, sin dejar de apuntarlo, dio unos pasos hacia atrás, en dirección a la puerta. Emiliano, decidido, como buen revolucionario, sin dar tregua, montó el gatillo de su revólver. Los ojos del policía desorbitados presintieron la muerte al escuchar el ruido característico previo al disparo. Con automatismo cobarde mostró sus palmas en alto en señal de rendición, deseoso de que la muerte se fuera, pero al enemigo no había que darle ninguna oportunidad.

La muerte lo alcanzó.

Los pasajeros, entre la somnolencia de la madrugada, se sobresaltaron por un estruendo metálico, un tumulto y dos jóvenes, a los que solo llegaron a verles las espaldas en fuga, saltaban del tren justo en el momento que aminoraba la marcha, próximo a llegar a la estación.

El ruido había sido un proyectil emanado de los fusiles de la revolución. Quién lo recibió agonizaba, balanceándose al ritmo del vagón, en uno de los asientos del fondo. Un pelotón de combate actuó vengando la opresión del imperialismo, debían estar conformes los pasajeros, el pueblo podía dormir tranquilo, sus combatientes aún continuaban de pie, correspondía enorgullecerse de ellos, pues arriesgaban la vida por la causa.

Emiliano bien o mal lo decidió. Abandonó la casa de seguridad con la sensación a cuestas de que alguien lo espiaba: podía sentir el calor de las miradas sobre los hombros, y estaba en lo cierto. Su andar se representaba apurado, intentando hallar de una vez y para siempre el fin, cualquiera que este fuera, quitarse el problema de encima, pero los inconvenientes le saldrían al paso.

—¡Quieto, quieto, carajo! ¡¡¡No te muevas!!! —un Ford Falcon le cortó el paso, escuchó el estallido de las puertas, los neumáticos chillando, tres hombres lo abordaron y no le dieron opción.

Como animales hambrientos, sigilosos, lo siguieron, esperaron el momento, una distracción, el lugar indicado.

—Al piso, al piso —lo tumbaron y todas las manos lo revisaban al mismo tiempo, le ponían las esposas, y en segundos estaba en la parte trasera del vehículo no identificable de la Policía rumbo al edificio de Seguridad Federal.

—¡¿Qué quieren? ¿Quiénes son? —gritaba mientras le tapaban los ojos y hundían su cabeza entre los asientos.

—Los Reyes Magos nene, te llevamos a dar una vuelta así que

quedate quieto y cerrá el orto.

—¡No! ¡No! ¿Qué vuelta? ¿A dónde?

—Callate porque te mato. Perdiste.

—¡Buscá la pastilla! Abríle la boca —ordenó el hombre que ocupaba el asiento del acompañante.

—A ver nene, abrí la boca.

—No, no —alcanzó a decir Emiliano mientras varios dedos se entrometían, le revisaban los dientes, las encías, pero no, no encontraron nada.

—No tiene nada

—¿En dónde la tiene? Revisale los bolsillos.

—Acá está, acá esta, el boludo se olvidó de comérsela.

Los vecinos llegaron a escuchar los gritos desesperados y a ver las luces traseras de un Ford Falcón arrancar con mucha velocidad, abandonar el lugar del hecho y no dejar ningún rastro.

Ni vivo ni muerto, por sus dudas Emiliano fue levantado y pasó a ser un desaparecido más.

Los segundos que pudieron cambiar la historia

Con el paso del tiempo, cuando se estudian ciertos hechos de la historia, surgen diversas probabilidades, ramificaciones de los comportamientos que no sucedieron y lo que hubiera ocurrido de haberse zanjado el pasado como se lo piensa luego, en un cómodo sillón del futuro, en la tranquilidad de los libros. Los historiadores, que nada conocen de la adrenalina del combate, esgrimen juicios valorativos acerca de las decisiones que deben ser resueltas en segundos críticos por los protagonistas.

El cerco represivo se estrechaba. Aunque la mayoría de los dirigentes más importantes de las distintas organizaciones guerrilleras hubieran tomado la decisión, por unanimidad, de exiliarse, escapar, esconderse, ocultarse del mal clima que primaba en las calles, la consigna, la orden que hacían llegar a los combatientes que se encontraban en el país era dar un golpe de gran magnitud. Necesitaban continuar presentes en el ideario popular como la resistencia, la realidad, la toma del Poder que estaba cerca, la prosecución de la lucha, esconder la fuga, el desmembramiento, las dudas, un manto de humo para que la derrota doliera menos y los compañeros olvidados fronteras adentro, tras la estampida, se sintieran más acompañados.

El margen de error siempre los acosaba.

Muchas veces no era solo un margen, sino que significaba la pieza fundamental de resonantes derrotas, el traspié que sucedía, las manos del aparato represivo al servicio del Estado burgués anticipándose a todos los planes.

¿Por qué almacenaban semejante arsenal en el departamento? Era su casa, el contrato de alquiler figuraba a su nombre, la confianza que no debía tomarse, violar nuevamente todas las normas de seguridad de la Organización: hubiera sido más prudente rentar otro departamento vecino, abajo, al lado, a nombre de un desconocido, como solían hacerlo, dejar allí todas las armas, la documentación peligrosa, sensible, despegarse de las sospechas, del peligro, aparentar una normalidad de la que carecía por completo.

Sin embargo, las reglas la incomodaban: por esa sencilla razón Clelia fue varias veces reprendida pero, ¿quién podía resistirse a una mujer tan bonita? Siempre, por alguna u otra causa, sus faltas quedaban en el olvido y, cómo los niños (puede que ella lo fuera), la impunidad frente a la desobediencia magnificaba la próxima travesura.

¿Seguía creyendo en la revolución? Sí, por supuesto, más que nunca, pero no del lado en que se encontraba: su lugar estaba en el Ejército Revolucionario, aunque la historia también se repetía para con ellos. El desastre, las caídas, las delaciones, la desesperación, el puño opresor de la represión guillotinando a los mejores hijos del pueblo. ¿Sería cierto que mataron a los máximos dirigentes horas antes de que salieran del país?

"No, imposible, es todo un invento, ellos nunca hubieran escapado, los asesinaron a sangre fría y luego armaron la escena", pero ella estaba incomunicada, nunca lograría enterarse de la verdad, de lo que sucedió con sus compañeros.

Hay quienes aseguran que si un castigo se prolonga en el tiempo en forma indefinida produce acostumbramiento y de esa manera se perderá el fin doloroso que se persigue. A ella le ocurrió algo similar: detestaba defender unos ideales prestados, que no eran los suyos. Ingresó a la Organización en cumplimiento de preceptos tajantes de su Partido. Cuando llegó la ruptura con Perón, sonrió.

—¿Vieron? ¿No les decía yo? El Viejo los cagó, es un hijo de puta.

En un principio nadie quería ver la realidad, no querían dar el brazo a torcer, quedar a los ojos de la opinión pública como niños inocentes usados para un determinado fin, embaucados y luego desechados.

Para defender su pretérito discurso desde la Conducción Nacional de Organización inventaban una ficción que las bases debían seguir: rescatar a Perón del cerco en donde lo recluían sus más cercanos colaboradores, impidiéndole dar el salto hacia la Patria Socialista.

—Pero, por favor, él se refugió en el cerco, él solo eligió de quién rodearse, no sean ingenuos. Es un viejo fascista, y siempre lo fue, es un milico de mierda.

Clelia elevaba la voz con su habitual vehemencia esa tarde, cuando el sol comenzaba a esconderse y tres muchachos la escuchaban: Emiliano furioso, intentando rebatirla con discursos prolongados, mientras que el Inglés y Martín aburridos, sin remedio más que mirar y esperar.

Unas horas atrás habían planeado minuciosamente la operación. Hacía un largo rato que la discusión se ramificó en pensamientos individuales, donde ella y Emiliano reñían acalorados, payando sus memoriosas frases, defendiendo sus posturas. El Inglés y Martín, de mayor experiencia en la Organización, parecían hartos: bufaban, miraban el reloj, pero no se decidían a interrumpir la reyerta por temor a la volatilidad característica de Clelia. Lo más inteligente era conservar su simpatía.

El tiempo ya era futuro, el pasado había escapado en las agujas de lo que fue. El olor a estancamiento recordaba al sudor ajeno. ¿Por qué lo hacía? Representó muy bien el papel que le ordenaron. Jugó las fichas, corrió detrás de quien, en su Partido, sospechaban que se erguiría como cabeza de la Organización. Así lo pensaron teniendo en cuenta sus constantes desacuerdos con Mario, quien por obra del azar y de las bajas dirigía a las Formaciones Especiales. Pero equivocaron el pronóstico, y cuando todo se derrumbaba, ella, por seguridad, debía seguirlo, o quizás escondía algo más.

Puede que haya habido un instante en que se sintió orgullosa de él, pero duró muy poco. Ella era cambiante, una mujer a la que se la debía estimular de manera constante. Lo felicitó cuando decidieron escarmentar a

Perón, cortarle las piernas, advertirlo, quitar del medio a su Alfil.

Sin embargo, una vez que los miembros de la Conducción Nacional desaparecieron, es posible que la desesperación y el escepticismo hubieran transformado al Inglés, y la persona de la que Clelia se enamoró ya no existiera, pero aun así seguía siendo su única esperanza. También es probable que todo haya sido producto de su personalidad, el capricho acostumbrado, no rendirse hasta conseguirlo, volver a enderezarlo dentro de los rieles de la cordura, ayudarlo a que recuperase la memoria, ser quien supo ser, dejando atrás el monstruo en el que había mutado. Es un misterio. Lo cierto es que ella continuó a su lado hasta el final.

Clelia se sentía orgullosa de que fuera el padre de su hijo, aunque en realidad no estaba segura si lo era. Él había consentido que varias semillas ingresaran en su vientre y ella, por amor, no pudo negarse, temía perderlo, quedarse sola. No soportaba la idea de volver a llorar por alguien querido, sufrir el vacío que genera la soledad.

La vida y sus paradojas: ahora que el enemigo había diezmado a las masas revolucionarias, ella, que se sentía la novia de la revolución, quedaba desamparada una vez más. No se arrepentía de lo hecho. La desconsolaba saber que a nadie le quedaría su legado, los valores de su padre: había triunfado la opresión, y si deseaba seguir viviendo, esa vida debería ser en la sombra, exiliada, lejos de sus ideales.

Puede que fuera la mujer más buscada del país, aunque no conocían su rostro: mucho se hablaba de sus ojos, de su sigilo, sus golpes por la espalda y la frialdad de su mirada. Nunca estuvo en sus planes caer viva en manos del enemigo. Sospechaba que su fin estaba próximo y eso le quitaba el sueño. Deseaba ver crecer a su hijo, educarlo bajo los preceptos heredados de su difunto padre. Hasta decidió que llevaría su mismo nombre:

—Te juro que es la última vez amor, después nos vamos, desaparecemos —le aseguró el Inglés cuando se vio colmado por sus lágrimas con una ternura que nunca antes sintió. No obstante, como supimos referir, todo lo que ella hacía o dejaba de hacer estaba calculado a la perfección.

El Inglés anhelaba un último operativo, retirarse con la satisfacción de la victoria. Se lo había prometido varias veces, aunque según decía, esta era diferente. Estaba desilusionado con la Organización, pero el odio a las Fuerzas Represivas permanecía intacto y deseaba golpearlos.

Después del arduo planeamiento llegó la distensión: en los últimos meses la paranoia, el miedo, la intranquilidad, dominaban la escena diaria. Cualquiera podía ser un delator, las miradas miraban desconfiadas. ¿El de al lado sería un infiltrado? Nadie lo sabía, incluso el compañero de cama en segundos podía desviarse y ser un completo desconocido.

Angustiado, aunque sus convicciones continuasen firmes con la causa, él creía que debían olvidarse por unas horas del peligro que correrían cuando las armas comenzaran a dialogar. Quizás nunca más volvieran a tener otra oportunidad. Se lo planteó a Martín, era su amigo, no podía negarse, ella tenía que entender, no es que fuera raro, se debían aceptar, dentro de la igualdad promovida, las diferencias.

—Esta vez va a ser distinto, no te va a tocar con placer, lo va a hacer desinteresadamente, él está enamorado del compañero, ¿y qué puedo hacer? Le gusta, ¿quiénes somos para juzgarlo? Te juro que es la última.

Clelia asintió en silencio, sin expresar sus verdaderos sentimientos. Quien la conociera, pocos, ninguno, casi nadie, sabía que hablaba por sus ojos. Aquel era el único distrito de su cuerpo por donde se la podía llegar a comprender. Sus lágrimas incipientes no terminaban de salir por las bajas temperaturas de sus pupilas: pero esta vez fue diferente, puso una condición:

—Está bien. Pero después tengo que contarte algo muy importante.

El Inglés aceptó, favor por favor, era la última y prometió retirarse, no se lo pediría nunca más, la última y se olvidarían de todo, la última y escaparían juntos, la última y no habría más.

La última obró igual que las demás: el Inglés, que al parecer disfrutaba con la causa socialista, observando cómo ella era tomada por otro muchacho, se excitaba y la amaba. ¡Al fin había encontrado una compañera que compartiera sus gustos excéntricos y no se negara! No tenía nada de malo comunizar los cuerpos, escaparle a los vicios capitalistas de la ropa, la vergüenza y la privatización de las relaciones venéreas.

Esa vez fue cómo las demás, pero distinta: el tercero quiso incorporar a un cuarto integrante, pero el cuarto desconocía esas intenciones participativas. Emiliano se sorprendió, aunque no opuso resistencia. Miró el espectáculo manteniéndose quieto mientras el tercero le eyaculaba en su rostro, anunciando el semen con un grito ronco, placentero y apretando con violencia su aparato reproductor, sacudiéndolo hasta la última gota.

Es más, Emiliano, que tan convencido parecía estar con la causa, según lo esgrimía en sus discursos, al terminar el acto permitió que Clelia lamiera los restos que Martín hubiera esparcido sobre su cara. Con seguridad la próxima lo haría él mismo.

Emiliano sin prisa terminó de higienizarse con la manga de una camisa que al azar encontró de entre el remolino de prendas y aceptó ir de compras: tomó el dinero, memorizó los encargos y se fue. Sin embargo, al parecer, olvidó algo, regresó, tocó el timbre, hasta se permitió bromear.

—¿Quién es? —preguntó Clelia entre risas. Ya la última vez había pasado, sonreía contenta por lo que vendría, el tiempo de retirarse, desensillar hasta que acampe, el exilio en París.

—Los militares viejita —su mano imprudente tanteó, dio a ciegas con el frío picaporte, abrió la puerta sin abandonar la sonrisa.

Si nada hubiera sido tal cual fue, ¿quién sabe dónde estaría en este mismo instante? Quizá disfrutando de otra vida, aunque los tiempos que llegaron para todos los que intentaron cambiar el país fueron duros, no tanto como los que ella tuvo que soportar, la incertidumbre, la soledad y el huracán de frente al que le cedió el paso de manera voluntaria.

Tal vez no tenía escapatoria, debía suceder lo que ocurrió, pero de haber anticipado el golpe, puede que ese instante no hubiera sido su hora, ni la de sus compañeros, que por obra de su imprudencia, negligencia o impericia en su arte, pudieron haber usufructuado esos vitales segundos en los que debió haber actuado de otra forma y cambiaron la historia.

El pequeño burgués sin consciencia de clase

Cuando los planetas se ordenan posan la virtud de sus augurios sobre quienes son señalados con la fuerza del destino. En principio, y según lo pensaba, este fue el caso, pero como hasta las cadenas más gruesas resultan efímeras, lo que en un momento parecía perfecto, esos mismos astros, en distinta alineación, se encargaron de desautorizar al tarot.

Él era un joven sin demasiadas pretensiones. Transitaba esa época de la vida en que las mujeres son el objeto, el bien más preciado, realizando cualquier sacrificio, alocado y peligroso por llegar a la conquista del monte de venus señalado desde la distancia de su imaginación.

Esa personalidad enamoradiza tuvo la suerte de haber nacido en una familia de clase media alta que lo pudo sostener económicamente mientras estudiaba, sin que tuviera necesidad de salir a la realidad, ganarse el pan de cada día con el sudor de su frente, lo que le dejaba mucho tiempo libre para fijar sus pretensiones en el sexo opuesto.

Su despreocupación moral tuvo la mala suerte de nacer en épocas de consciencia social, crispación, lucha de clases, todas esas definiciones que lo tenían sin cuidado. Él únicamente deseaba gastar su dinero y divertirse. ¿Tan mal estaba ese pensamiento para su escasa edad?

Sí, lo estaba.

Fue gracias a esa despreocupación material, ese mundo ficticio que sostenía con la ayuda económica de su familia que, con sus pocos años de vida, ya era un joven profesional. Pero, pese a haber usufructuado la solidaridad del Estado en la Universidad pública, nunca pensó en devolver nada, en hacer algo por los demás.

Una vez con el diploma bajo el brazo debió asomarse al mundo, probar la experiencia del trabajo, ganar dinero mediante su fuerza, aunque esa necesidad no contara con la espada de Damocles amenazando su cabeza, ya que su familia continuaba beneficiándolo con una mensualidad. Entonces ese sacrificio que decía hacer no resultaba válido y lo tomaba como un juego.

Aprovechó la posibilidad e ingresó en una fábrica a realizar tareas administrativas. La incorporación no se debió a sus destrezas, fue gracias a contactos de su padre en las altas esferas de la empresa. La burguesía prestándose ayuda mutua, sin valorar el esfuerzo de quienes se ganaban el derecho de ascender desde las capas sociales inferiores.

Teniendo en cuenta las características mencionadas, el joven no tenía idea lo que significaba el sacrificio. Justamente ese era el reproche constante que su nueva novia le hacía. ¿Quién era esta mujer? Una niña hermosa: la vio el primer día en que ella comenzó a trabajar. Deambulaba distraído por las instalaciones de la fábrica, allí abajo, donde el proletariado se gastaba las manos y él solo pasaba ocasionalmente. Derrapó en sus ojos de miel rasgados, mirada penetrante, pensativa y ese cuerpo delgado de caminar pausado.

Desde ese mismo instante no consiguió dejar de pensar en la mejor manera de acercarse y forzar una relación.

¿Cómo hacerlo? No tenían contacto, pertenecían a distintas clases, o esa fue su primera impresión. Ni siquiera compartían el mismo ambiente laboral. Ella, en las máquinas oliendo el sudor ajeno, él con los papeles, colaborando en incentivar eso que llaman plusvalía para quedarse con el dinero de la clase obrera.

Pero esos planetas, los que ya fueron referidos, lo iluminaron una tarde en que caminaba por los pasillos, intentando cruzar su suerte con la de aquella mujer de ojos repletos de suspicacias y que ello respondiera, en apariencia, a la casualidad.

Había tomado como costumbre, con tintes de obsesión, intentar atravesarse en el campo visual de su enamorada, que ella lo tuviera en cuenta y no se olvidara de su existencia, si es que alguna vez había tenido la oportunidad de reparar en él.

Fue en uno de esos cruces intencionados, incentivados por su desesperación, que la vio cargando algunas revistas. El montón de papeles encuadernados de forma artesanal, desde sus artículos, instaban a la revolución del proletariado, a la lucha de clases y a la toma del Poder.

Sin saber nada respecto a tal batalla por la supremacía de los obreros, el muchacho la detuvo fingiendo interés en lo que repartía a los demás trabajadores. Ella asintió con simpatía, como quien lleva la razón, mientras le ofrecía la publicación de una revista partidaria.

Mientras ella aguardaba con unas sonrisas, él comenzó a pasar sus páginas distraído, pero algo lo detuvo en el nombre del mítico comandante Ernesto Che Guevara.

—Yo también lo admiro —aseguró estimulando la sonrisa de la niña que, sin reclamar la devolución del ejemplar, se perdió en los pasillos de la fábrica.

"A ver de qué se trata", el joven, habiendo encontrado la punta del ovillo, el hilo conductor que quizás pudiera acercarlo a esos ojos, y reconociéndose virtuoso en el arte del engaño, memorizó nombres, frases, fechas, hechos históricos. Consiguió algunos libros prohibidos, material que lo podría haber perjudicado frente a la Policía, pero eso no le importaba: él tenía un objetivo y no era de rendirse con facilidad.

En unas pocas lecturas de aquella revista el muchacho se sentía capaz de sostener una conversación, al menos interesante, sobre las virtudes de la revolución, aunque a él ese tema mucho no le llamara la atención, influenciado como estaba por el pensamiento burgués de la familia de la cual procedía.

¿Qué se podía esperar de un hombre de clase alta?

De idéntica manera, en los pasillos, entre los obreros y las máquinas, ellos se volvieron a encontrar, varias veces, todas inducidas por el muchacho que torcía la mano del destino.

Una tarde, cuando la niña caminaba hacía su hogar, ya fuera del horario laboral, él cometió la imprudencia de aparecerse de improvisto en su camino. La saludó fingiendo sorpresa.

—Clelia, ¿cómo estás?

—Hola. ¿Cómo sabés donde vivo? —se interesó con un atisbo de sospecha. El joven juró no conocer tal dato, el encuentro se debía a la fortuna que les quería dar una oportunidad. ¿Y cuál era esa oportunidad? Que ella aceptara la invitación que aquel burgués le proponía.

—No sé, no sería correcto. — Vacilaba con una sonrisa partida, mirando detrás de esos ojos rasgados, dubitativos, que le decoraban el rostro y tan bien los utilizaba a su favor. Ella parecía negarse a todas las propuestas del insistente muchacho, pero se quedaba escuchándolo con atención sin dar indicios de querer marcharse.

Pasados varios minutos de conversación, y el intento desesperado del muchacho, que veía en aquella oportunidad la primera y última, Clelia aceptó.

—Pero no tenés que decir nada, nadie se tiene que enterar, tiene que ser un secreto, ¿me lo prometés?

Él no opuso reparos, sería discreto. Jamás imaginó que ella escondía tanto detrás de ese pedido de silencio.

Después de las promesas de rigor, y la duda de quien no deseaba que se conocieran en su trabajo sus andanzas amorosas, acordaron una cita para esa misma noche. El burgués saldría con la obrera. Ese manto de misterio, el secreto prometido, se mantuvo a lo largo de toda la relación sin que el joven pudiera comprender las causas de tanto sigilo, hasta que mucho tiempo después reconoció su nombre en la tapa de los diarios.

¿Finalizaría como el cuento de la cenicienta? Parecía poco probable, porque a ella no le interesaba subir de clase, sino que procuraba descender lo más bajo que se lo permitiera el nivel social.

Aquella primera noche fue especial, significó un hito en la historia: la primera vez en que, a quien acostumbraba a mentir, la engañaron. Sin sospecharlo, el joven se sirvió de los mismos trucos que Clelia utilizaba en su otra vida, aunque él se valía de esas artimañas para fines vacíos de contenidos: deseaba conquistar a la jovencita, arrastrarla a su cama.

El muchacho esgrimió una habilidad envidiable, y con el paso del tiempo, cuando Clelia comenzó a descubrir que todo lo que él le había asegurado aquella primera noche era falso, ya era muy tarde, le costaba separarse de su lado. Había comenzado a quererlo, pero aún con ese amor incipiente las peleas se desencadenaban cotidianas, severas.

Clelia le reprochaba su pasividad en cuanto a las injusticias de la sociedad, los abusos del gobierno, las clases adineradas que solo pensaban en sus propios beneficios y se negaban a distribuir las riquezas. Pero él dudaba de sus palabras, y más cuando se iba enterando de los pormenores de la vida de su novia. Amparándose en su preocupación social olvidaba que ella también provenía de la misma clase a la que tanto odiaba y jamás desvió el dinero de sus padres para obras caritativas, por muchos anuncios que hiciese.

—Mi papá, antes de morirse, me dejó mucho dinero en una cuenta para mí. Yo no quiero nada, lo voy a donar.

Clelia no tenía necesidad aparente de trabajar, pero lo hacía por el bien común, ese ideal en el que tanto se interesaba. Entregaba al Partido en el cual militaba todo el producto de su esfuerzo y aprovechaba la oportunidad para concientizar a los obreros sobre sus derechos frente al patrón, las virtudes de la gente que pensaba al igual que ella: los apóstoles de la salvación y el ideal revolucionario.

La perfección en la relación duró unas pocas semanas, en las que no podían dejar de pensarse mutuamente. Extrañar el contacto de la piel, los besos eternos, las conversaciones telefónicas hasta altas horas de la madrugada, las despedidas que se alargaban en el cordón de la vereda por la congoja de tener que separarse del ser amado.

Ese sentir del alma comenzó a declinar a medida que cada uno iba descubriendo la verdadera personalidad del otro. Al margen de que hubiera amor se peleaban demasiado en defensa de sus pensamientos. La política interfería en todo. Ella, porque estaba comprometida realmente en la lucha de clases, él, porque no creía en lo que su novia sostenía con tanta vehemencia, al no verla realizando los sacrificios que pregonaba. Allí se centraba el punto de la cuestión y las dudas en Clelia.

Su novio en realidad no la conocía.

Así, viviendo en constante conflicto, donde las palabras del otro tenían acción repelente, las visitas se fueron espaciando en el tiempo. Clelia desaparecía por semanas, aunque su Universidad estuviera ubicada a dos calles del departamento de su novio. Si ocasionalmente pasaba a verlo, era para usufructuar la cama del muchacho, quizás en la vida clandestina no gozara de esas comodidades.

Por alguna extraña razón, y peleas de por medio, después de la incomunicación total tímidamente volvían a reanudar relaciones. Era como si algún magnetismo los atrajera. Clelia siempre regresaba, el muchacho, en la soledad del ostracismo al que su novia lo condenaba se prometiera a sí mismo que no la volvería a recibir, pero siempre que ella tocaba el timbre feliz le abría las puertas de su alcoba y jamás le pedía explicaciones aunque se desangraba al imaginarla siendo poseída por otros hombres.

Pero un día la ruptura llegó. Clelia no toleraba estar enamorada de alguien que no compartiera sus ideas políticas, de quien no pudiera comprenderla y acompañarla en sus miedos. Debía buscar a un compañero que le hablara a su medida, la incentivara y asintiera admirado cuando escuchaba sus discursos cargados de doctrina partidaria.

Aunque se sintiera muy bien en los brazos de su novio, él era un pequeño burgués sin consciencia de clase: ese era un germen que Clelia luchaba por exterminar de la sociedad, y para llegar al ideal de la teoría que tanto estudiaba debía comenzar por quitárselo de sus pensamientos.

El final de los finales

Una brigada se hizo con un dato tenue, inconcluso, pero dato al fin, y debía explorarlo, ahondar en sus párrafos para llegar a una conclusión. Así trabajaba la Policía en aquellos tiempos: hacerse de un informante, convencerlo de cualquier manera para que cooperase, unir cabos e ir tras ellos.

—Julio ¿qué hacemos?

—Vamos a ver qué hay Alberto, no creo que sea nada importante, pero puede venir bien, algo podemos sacar.

—Esperamos a los muchachos Julito, ¿qué te parece?

—Naaa, es una boludés, vamos nosotros, y le pedimos a Ariel que nos acompañe que le debo una buena, lo vi dando vueltas por ahí.

—Okey —aceptó Julio.

Por razones de una merma temporal en el equipo, Alberto y Julio se encontraban sin sus suboficiales y es por ello que solicitaron la ayuda de dos amigos.

—Arielito, tenemos que ir a buscar a una mina, no es nada, un trámite, ¿nos acompañas?

—Sí, Julio, dale, yo hoy no trabajo pero me prendo, después me rajo, tengo que salir a cenar —aceptó Romeni siempre dispuesto a salir de cacería.

—Okey, no te preocupes que en un rato lo terminamos, vamos y vemos que hay —lo tranquilizó Julio.

—Okey, lo voy a buscar al Jopo a ver si quiere venir que nos falta gente —dijo Alberto preparándose para revisar todos los pasillos del tercer piso del Edificio de Seguridad Federal en busca de otro compañero que los quisiera acompañar.

Y así fue como se armó el equipo: los cuatro policías integrantes de la brigada improvisada se dirigieron hacia el dato con la tranquilidad de quien no tiene apuros en realizar una diligencia. Debían encontrar a una mujer para interrogarla. La habían señalado como una supuesta colaboradora de la Organización. Nada muy importante pero, ¿quién sabe? Así era como comenzaban las investigaciones: enlazando rompecabezas.

La única pista concreta con la que contaban era la ubicación de la vivienda familiar. No creyeron necesario tomar ninguna precaución extra, iban demasiado confiados a un procedimiento de rutina.

Llegaron a un fastuoso edificio en un barrio exclusivo de la Ciudad de Buenos Aires. Salteando lujos y excesos, los espejismos de la clase alta, subieron hasta el departamento indicado. Entraron la Araña Pereyra, el Gringo Umbidez y Ariel Romeni. El Jopo se quedó en la planta baja junto al automóvil por precaución.

Tras el timbre, la partida policial no debió aguardar mucho tiempo. Los recibió un hombre de unos sesenta años. Cuando escuchó el nombre buscado se identificó como su padre. Por la cordialidad demostrada, al parecer no estaba al tanto de las sospechas que recaían sobre la sombra de su hija. Los hizo pasar, tomaron asiento en unos sillones muy confortables y rechazaron la invitación de beber algún refresco.

El indagado no exteriorizó ninguna sorpresa por el arribo de la Policía, parecía encantado. Se explayaba con comodidad, con simpatía por el trabajo de las Juntas Militares de Gobierno, las alababa y esperaba que durasen por siempre para que el país siguiera por la senda del orden.

—Así no se puede vivir más muchachos. Estamos al borde de la anarquía. El peronismo es el peor de los males que asolaron al país, no tienen que volver nunca más.

Después de algunas consideraciones políticas, continuó hablando con orgullo de sus varios hijos: eran siete y de todos contaba maravillas, dejando para lo último a quien buscada la Policía. Las preguntas las llevaba Julio, a cargo del operativo. En su cinismo jamás delató la intención de su conversación. Su interrogatorio pasaba por un dialogo informal.

Con paciencia escucharon cada una de las historias: vidas, lugares de trabajo, estudios en distintas universidades del exterior, familia, aficiones y en medio de la entrevista aquel hombre atento se refirió a la muerte de su esposa, su nuevo matrimonio y despreocupado nombró a quien buscaban. Al hacerlo deslizó una media sonrisa despectiva que no comprendieron, pero la asociaron con la ironía de un padre en desacuerdo por alguna travesura de su hija.

—Yo no sé más que hacer. Es una chica muy rebelde. Vive en la luna. Su madre le da todo pero es ingrata, se nos va de las manos. A veces me asusta.

Ninguno de los tres policías levantó la mirada más de lo necesario ni en sus gestos denotaron interés: el nombre de la mujer surcó el aire como palabras desapercibidas para el ojo vulgar, pero no para interrogadores experimentados que tomaron nota mental de los datos y la dirección donde la podrían hallar.

—No se preocupe, los chicos son así —lo consoló Julio.

—Sí, ustedes la entienden porque más o menos tienen su edad, pero yo ya estoy grande.

—Está todo perfecto, no se preocupe.

Sonó la despedida y hacia el nuevo dato irían a toda velocidad, sin levantar sospechas, procurando que el padre, preocupado por la seguridad de su hija, no la advirtiera anticipándole el peligro. Sin embargo, sorprendentemente, lo tan temido no sucedió: el padre, en su indiscreción, había condenado a su hija.

Cruzando la ciudad con maniobras arriesgadas, con las ruedas del móvil policial rebotando en el asfalto, la brigada policial arribó a la nueva dirección aportada. Se trataba de un edificio en el barrio de Floresta. Con premura y agilidad abandonaron el vehículo en la puerta. Ingresaron, no hacía falta hablar, sabían lo que debían hacer. Subieron al último piso con el sigilo de un leopardo hambriento, escudriñando su futuro alimento en la sabana africana. Rondaba entre medio de los cuatro hombres la informalidad que les mal aconsejaba la confianza. No tomaron ninguna precaución más que el silencio. Se trataba de una mujer, un enlace periférico, alguien que al parecer sólo colaboraba con la Organización.

¿Qué peligro podía haber?

Salieron con calma del ascensor colocándose en fila india, dejando ocupar la primera posición al hombre que cargaría la punta de lanza. Al ser tan estrecho el pasillo que comunicaba la puerta del departamento con el elevador y las escaleras de emergencia, uno de los policías necesariamente debía posicionarse primero, absorber el golpe. Los tres restantes se resguardaron con la espalda del arriesgado.

—Yo voy primero —dijo Ariel con su revólver listo en la mano.

La brigada de asalto se detuvo unos segundos escuchando la tranquilidad, ese paisaje apacible que el oído conjeturaba dentro del departamento que pronto sería asaltado. Intentaban descifrar si en el extremo silencio rondaba algún indicio de alboroto o alarma. Suspendidos, congelados en una misma posición, incentivaban, exprimían los sentidos. Al parecer todo estaba en orden. Era tal cual pensaban. Un mero trámite.

—Todo bien, no pasa nada —ansioso Alberto prestó su conformidad para continuar.

Convencidos de las versiones de la inteligencia oficial, los policías no tomaron ninguna medida de seguridad. El cuerpo de Ariel Romeni se situó en lo ancho de la puerta, cubriendo la expectativa de sus compañeros que esperaban la voz de inicio, el golpe inicial, pero por alguna extraña razón varió el procedimiento habitual, no fue brusco. Casi como si se tratara de una travesura llamó como lo haría cualquier vecino. Después de que el dedo apretara el timbre desde el interior una voz femenina inquirió con tranquilidad.

—¿Quién es?

Y quizás por la relajación de haber confiado en la inteligencia previa, o por una mala decisión, antes de derribar la puerta con la patada habitual para servirse del factor sorpresa se escuchó una broma.

—¡Los militares viejita! —dijo Ariel entre risas: sus compañeros sonrieron, acción que acabó en unos pocos segundos. Para desconcierto de todas las muecas silenciosas que festejaron la ocurrencia la puerta comenzó a abrirse. Nunca esperaron que así sucediera, y quien se asomó desde el interior no imaginó que estaba a punto de caer en manos de una temida brigada policial de Seguridad Federal: en la broma creyó reconocer a un compañero.

Por la hendija voluntaria de la puerta entreabierta se comenzó a delinear una silueta. La expectativa y el congelamiento del que eran portadores los policías denotaban incredulidad. La cámara lenta del rodaje comenzó a llenar los cuerpos de adrenalina. Quien los recibiera con cordialidad impensada, cayendo en la cuenta de su fatídico error, endureció la mano viciada de un súbito arrepentimiento, aunque ya era tarde, no podía enmendar su desliz.

En esa abertura ínfima dos detalles hicieron perder a Romeni el exceso de confianza con el que llegó y temer por su seguridad: las armas que alcanzó a ver desordenadas por todo el interior del departamento y los ojos de la mujer, la manera como lo observó, ese encuentro con la frialdad de sus pupilas, el grito que no gritó y la forma con la que mantuvo fija la mirada, sin agachar su cabeza, con absoluta dignidad frente al pelotón de fusilamiento. Ella soportó rígida el peso de la sorpresa en un desafío silencioso. Ese duelo entre las dos partes de la balanza ahogó el arrojo inicial de los hombres de la ley curtidos en mil batallas.

Sin mediar palabra ni orden alguna Romeni apoyó el cañón del revólver en el cuello de la muchacha. Ella tampoco articuló ningún sonido. Relajó sus músculos: sumisa se dejó tomar por sus manos y siguió la inercia de los brazos policiales arrastrándola hacia afuera. Únicamente se limitaba a contemplar inducida por un odio profundo, de tal magnitud que helaba la sangre del que era observado.

La mujer pasó a los brazos de la Araña y el Jopo. Romeni, al parecer el más decidido, ingresó al departamento confiado en que sus compañeros lo seguirían. La puerta, mientras se abría en su totalidad, le iba permitiendo descubrir la fisonomía del interior del ambiente: estrecho, con muchos muebles amontonados, mesas, un sillón de dos o tres cuerpos, un gran ventanal por donde ingresaba una hermosa luz y un pasillo escondido detrás de una pared que desembocaba en otra habitación.

La tranquilidad no podía durar por siempre. La ilusión, el espejismo de la calma, se esfumó cuando el Inglés sospechó del silencio que sobrevino a la recepción del timbre y empuñando un arma se asomó al *Armagedon*. Su aparición sorprendió a Romeni apenas terminó de abrir la puerta en su totalidad, en los primeros pasos al interior, cuando cruzaba la línea imaginaria de la propiedad privada y el pasillo común.

En su actitud no hubo ninguna duda, quería matar, era la ley de la Clelia.

—¡Eh! ¡¿Hijo de puta que hacés?! —gritó el Inglés a punto de apretar el gatillo de la pistola 9 milímetros que empuñaba, pero no llegó a levantarla a la altura de su cadera.

Los reflejos del policía fueron más veloces.

Ni bien sospechó una sombra apretó el gatillo y el cañón del revólver *Smith & Wesson 357 magnum* que llevaba tronó. Impactaron dos proyectiles punta hueca sobre el pecho indefenso del Inglés que tuvo la intención de salir a buscar a su compañera, y como si se tratase de una extensión de los campos de batalla de la antigua Troya, los dioses del Olimpo intervinieron y la mano gigantesca de algún *Brontes* tomó de la nuca al desprevenido, arrojándolo con violencia hacia la pared. Su espalda impactó contra el concreto rebotando inerte. Cayó al suelo sin vida. Sus manos no intervinieron para protegerlo.

Ante la alarma del enfrentamiento, desde la única habitación del departamento, surgió una sombra agresiva abriendo fuego. Nuevamente el único policía que intervenía en el combate fue más veloz y certero. Utilizó los últimos tres proyectiles del revólver sin pausa y la figura regresó con violencia al lugar de donde había brotado. Herido en un hombro Martín logró recluirse detrás de la pared. Nunca dejó de disparar hacia quienes intentaban invadir la propiedad.

Sin poder responder a su agresión, por falta de municiones, Romeni se arrojó a un costado, a la vera de un sillón, buscando protección. En su regazo intentaba encontrar la tranquilidad necesaria para la difícil tarea de recargar un revólver en medio del nerviosismo de la lucha, el olor a pólvora, muerte, sangre y las detonaciones que ansiaban hacer blanco en su humanidad.

En las películas que acostumbramos a mirar resulta muy sencillo volver a abastecer las armas, claro, ellos son actores y las amenazas son de fogueo. Aquel diminuto ambiente era la vida real: la mano tiembla, la respiración nos quita efectividad en su agitación, el espíritu de supervivencia nos obliga a apresurarnos, y todo ello en conjunto hace extremadamente difícil la efectividad pretendida.

Romeni diseccionó el arma procurando hallar la laguna mental necesaria para encajar las seis balas en su estómago abierto. Por suerte llevaba un símil tambor que reunía la munición, permitiendo embocarlas al unísono, sin perder el tiempo que toma ordenarlas de a una por vez.

Ensimismado en la difícil tarea de proveerle municiones al revólver, y mientras oía el ruido de los disparos defensivos y ofensivos, toda su atención era robada por su arma. Con el cuello contraído, la vista ocupada en hacer foco en los seis orificios, el rumor de unos pasos le devolvió la alerta que había suspendido: alguien se acercaba a toda velocidad. Lo vio en su calzado, en sus tobillos, en sus rodillas y por fin, en esos ojos glaciares que disfrutaban de una venganza que todavía no había sido y desconocía cual sería.

—¡Hija de puta! ¡Cuidado Ariel! —escuchó el insulto y la advertencia de sus compañeros desde el exterior del departamento.

¿Qué sucedía mientras tanto en el pasillo? Sorprendidos por los disparos la Araña, el Gringo y el Jopo intentaban mantenerse a salvo, contestar el fuego, cubrirse, y en esa acción descuidaron a la presa tan importante que custodiaban.

Aquella diminuta mujer que habían tomado prisionera no les pareció una gran amenaza: si se hubieran tomado la molestia de observar sus ojos se podrían haber dado cuenta de lo que ella significaba.

Sin perder la calma, pese a estar en manos enemigas, la muchacha aprovechó el desconcierto de los policías para escabullirse de sus garras. Cuando comenzaron los disparos, despreocupada por su seguridad, sigilosa regresó al interior del departamento como la sombra de un espíritu, aunque ella todavía estuviera en el mundo de los vivos.

Romeni, que permanecía agazapado en el interior, no tuvo tiempo de reaccionar. Todo sucedió en una milésima de segundo, o tal vez menos: los pasos que lo sacaron del letargo se acercaban desde la retaguardia, la que supuestamente estaba cubierta por sus compañeros. Pero no. La mujer consiguió fugarse y en su carrera hacia la seguridad se detuvo en una mesa, perdió su mano en una caja metálica, tomó algo, y ese algo era una granada de mano MK2, pequeña, sumisa, peligrosa. Quitó el seguro que la aseguraba de imprevistos, la arrojó contra su enemigo como si fuera una partida de bolos y ella una experta jugadora.

No se molestó en ver el resultado de su acción, con escuchar le bastaba. Desapareció por el lado contrario de los rebotes de la granada contra el suelo. Siguió su escape hacia la habitación desde la cual su compañero la cubría con disparos.

Romeni amenazado no se detuvo a reflexionar, no era aconsejable en la cuenta regresiva de la granada. Sus reacciones eran espontáneas, surgían del instinto de supervivencia. Se incorporó de un salto digno de un especialista en artes marciales despreocupado por los disparos y enfocó a toda velocidad su huida hacia la puerta de salida abierta de par en par.

—¡Una granada!

Todo era apuro en sus pensamientos. Gritando alertó a tus compañeros que no estaban a su lado. Hasta que creyó alejarse de la granada no dejó de hacer fuerza con los músculos, como quien quiere anticiparse a un golpe. Una vez en fuga, y con el artefacto explosivo a sus espaldas, frunció las partes del cuerpo aptas para esa acción.

El nacimiento de la explosión lo encontró a Romeni afuera del departamento. La onda expansiva lo llevó por delante. Dejó de tener control sobre la huida. Un empujón violento lo arrojó hasta el final del extenso pasillo: rebotó, chocó, trastabilló y cayó rodando por las escaleras de emergencia, deteniéndose inconsciente contra la pared del primer descanso. Una pelota humana descendiendo, arrasando todo a su camino.

—¡A la mierda! ¡Qué hijos de puta! ¿Están bien? — Se escuchó como un eco la voz del Gringo.

Milagrosamente ninguno de la brigada policial resultó herido de gravedad por las esquirlas, pese a que las paredes y la puerta quedaron como un rostro carcomido por la viruela.

¿Por qué no fue peor? Los salvó ese gran ventanal que dominaba el living, robándose en el estallido de sus cristales lo más fuerte de la explosión, liberando la onda expansiva hacia el precipicio, a los aires de la gran ciudad.

Fue una pena para los sitiados que la granada no fuera efectiva. Hubieran tenido una posibilidad de huir. Eso pensó Romeni que recobraba la consciencia en la escalera de emergencia. Sentado, confundido, aturdido, sus manos no habían soltado lo que cargaban. Con los puños cerrados hacia arriba aún portaban el revólver y el pequeño tambor con las municiones para alimentarlo.

—¿Ariel? ¿Ariel? ¿Estás bien? —preguntaban a coro sus compañeros, todavía preocupados por los disparos que salían del interior del departamento.

La expectativa luego del desastre, el ojo del huracán, la calma chicha postexplosión, la confusión que de a poco iba desapareciendo. Romeni comenzó a mover con sumo cuidado las extremidades esperando, en cada movimiento, encontrarse con el tan temido dolor, los signos de la destrucción carnal. Miró de a poco buscando alguna señal de mutilación, huesos salidos, la piel despedazada, descreído que después de tamaña explosión su cuerpo pudiera permanecer entero. Pero no, estaba intacto y enojado. ¿Con quién? ¿Con sus compañeros que dejaron escapar a la mujer o con quien quiso matarlo?

Primero, lo primero. La sangre recuperó su cauce, volvió a recorrer las venas hasta congestionarse en la cabeza. Se incorporó despacio, intentando vencer un leve mareo, y el mundo comenzó a rodar otra vez. De nuevo las voces, algunas detonaciones aisladas, el olor a la pólvora, y la única secuela aparente: un chillido finito que intervenía en la acción de escuchar con claridad en los alrededores de su oído. Sonaba como la máquina de un hospital anunciando la muerte, aunque todavía no se la había conectado a nadie.

Romeni emergió desde las escaleras de emergencia, apareció en escena como un resucitado entre el humo, la confusión y los disparos que continuaban amenazando sus vidas desde el interior del departamento. Quedaban dos personas escondidas, debían entrar a toda costa.

—¡La concha de su hermana estos hijos de puta! —tronó reapareciendo en escena.

Sus compañeros no se sorprendieron con su furia, ni nada dijeron al escuchar la lluvia de reproches de sus gritos sordos que levantaban la voz porque habían perdido la capacidad auditiva.

—Hijos de puta, cagones de mierda, me dejaron solo. Ahora vamos a entrar todos. Creo que a uno le pegué, tiene que estar herido.

—¿Pero estás bien Ariel? —repetía Julio para demorar la acción.

—Sí —respondió seco —.vos quedate afuera— Sin esperar ni interesarse en los comentarios, Romeni tomó prestado el revólver del Jopo ya que éste se había llevado la peor parte de la explosión.

Secundado por Umbidez y Pereyra, que aunque no hubieran querido se vieron obligados a entrar detrás de su decisión, Romeni ingresó como un rayo, abriéndose paso a los tiros.

La resistencia no pudo con la furia vengativa de la policía.

Pasaron por el living, dejaron atrás el cadáver del Inglés, para llegar a la habitación desde donde provenían los disparos y descubrieron que las sospechas eran ciertas. Quien se encontraba atrincherado estaba herido. Al comienzo del enfrentamiento fue alcanzado en un hombro y la fuerza del mágnum lo desgarró.

Martín se rindió pese a no contar con registros de su acción. Perdió el conocimiento, no pudo seguir siendo testigo de la historia: se despertó en una habitación con un brazo vendado y un policía que le hacía preguntas.

En el interior del departamento, cuando los policías por fin tomaron posesión, descubrieron que algo no andaba bien. Revisaron todo. Lo dieron vuelta, no dejaron espacio sin inspeccionar, y en esa requisa la tranquilidad les obsequió la consciencia de lo que pudo haberles sucedido en caso de que la resistencia se hubiera organizado en la medida de sus posibilidades de fuego.

Además de hallar documentación de suma importancia para los trabajos de inteligencia y desactivar una célula activa de la Organización Revolucionaria, incautaron un arsenal, un foco de muerte que constaba de varios cajones de granadas de guerra *MK2*, hermanas gemelas de la que había explotado, pistolas 11,25 y 9 milímetros, varios revólveres calibre 38, tres ametralladoras *Madsen*, una de ellas lista, armada y apuntando a la puerta, preparada para matar sobre una mesa en el comedor, municiones para proveer a un pequeño ejército, y para culminar con la dotación siniestra un fusil de asalto con mira telescópica.

A medida que revisaban el equipamiento encontrado, la sorpresa se agigantaba y la adrenalina degeneraba en el miedo retroactivo. ¿Cómo pudo suceder que personajes tan importantes en la estructura de la Organización hubieran actuado cual principiantes siendo a las claras que no lo eran? Tal vez ese día, sobre el edificio, el manto de confianza había tapado los ojos, las decisiones de ambos bandos en conflicto.

—Che, ¿y la mina? —se preguntaban nerviosos los policías al darse cuenta de que faltaba un cuerpo.

—No sé, busquemos de nuevo —propuso Julio con las sirenas de fondo de los refuerzos que iban llegando al lugar.

La respuesta al interrogante la encontraron cuando Romeni salió al balcón del departamento para volverlo a revisar y una serie de disparos intentó matarlo: la mujer se había refugiado en un balcón vecino y parapetada intentaba vengar la memoria de sus compañeros.

No tuvo suerte. Erró el blanco.

—¡Me quiero entregar! ¡Me quiero entregar! —Romeni antes de agacharse para cubrirse detrás de una enorme maseta escuchó sus gritos, pero cuando intentó asomar su cabeza recibió otros disparos, a los que respondió con el efecto azaroso de impactar en el cuerpo de la mujer.

No la volvió a escuchar.

Ella fue la que comenzó con las agresiones, había perdido la oportunidad de las palabras.

Las manos antiguas

Personas en blanco y negro moviéndose muy rápido. Fallas de origen de la filmación. Una generación maravillosa que apenas caminaba: sangre, miedo, gritos, laceraciones y miembros cortados de los cuerpos que no lograron escapar.

¿Estalló una bomba? ¿Fue un atentado? En parte sí, el problema era que las explosiones se sucedían, continuaban con su derrotero mortífero. Las víctimas aumentaban. ¿Se necesitaba tanto ensañamiento?

Intentar buscar la semilla, el génesis del problema es remontarnos a los primeros gritos libertarios de la Argentina: el gen, el ADN de estos lados del mundo, la abundancia de agua dulce y tierras cultivables que dan mucho tiempo para pensar, las facilidades, el descanso, las horas muertas degenerando el espíritu de sacrificio de los habitantes de la gran Nación.

¿Cómo no buscar venganza? ¿Hasta dónde avanzar con tal de conseguirla? El recuerdo de la Guerra Civil Española y la Segunda Guerra Mundial continuaban frescos en la memoria colectiva. Los diarios informando sobre bombardeos a poblaciones civiles, el sufrimiento de miles de inocentes, indefensos frente a tantos artefactos, ideas del ser humano perfeccionadas para causar el mayor número de daños, destrozos, muertes: Guernica, Berlín, Hannover, Colonia, Dresde, Varsovia, Londres, y algunos pocos años después de concluido el conflicto bélico una ciudad se adhería a la lista… pero en época de paz.

Era un mediodía oscuro sobre la Ciudad de Buenos Aires, de nubes bajas, grises, llenas de lluvia. La gente aprovechaba la hora del almuerzo para descansar, caminar, abrir sus viandas preparadas con la dedicación familiar en sus hogares.

Había quienes estaban de paso: trámites casuales, un tranvía repleto de personas anónimas que esperaban llegar a algún lugar, turistas conociendo la Plaza de Mayo, palomas, niños jugando, colegiales de excursión, las fuentes, la Pirámide y las palomas.

Alguien escuchó un zumbido y los rostros extrañados se contagiaron multiplicándose. ¿Qué era? No se veía nada en el cielo. Aunque el ruido aumentaba no había pánico, la gente seguía con la rutina, quizá de tanto en tanto miraban extrañados el cielo intentando penetrar las nubes grises con ánimos curiosos.

El miedo resultaba injustificado. Ni el brujo más imaginativo, más virtuoso, lo hubiera podido vaticinar. Esos hombres que llegaban junto al ruido debían defender al pueblo contra agresores externos de la patria, la soberanía nacional, el entrenamiento y la capacitación constante para proteger los recursos y las fronteras.

Seguramente el personal de la Aviación Naval Argentina ansiaba su bautismo de fuego mientras volaban sus modernas aeronaves en ejercicios bélicos, ensayando contra algún buque fuera de servicio en alta mar, un punto fijo, una boya o imaginando una batalla en los cielos. Sin dudas, sus vidas, giraban en torno a la espera por probar el valor en combate y el arrojo para la defensa del país.

Pero, sorprendentemente para la historia, esa que no se borra, y para los incrédulos negadores de la realidad, el tan ansiado bautismo de fuego de la Aviación Naval Argentina fue contra personas inocentes: esos desesperados transeúntes que honraban el mismo pabellón pintando con orgullo en las alas de los aviones que los acechaban con olor a fuego y muerte.

Sí, no se trata de una leyenda ni un mito, una exageración o un mal sueño. Algún militar trasnochado, brotado de un odio visceral, ordenó el acto más cobarde de la historia militar de las Fuerzas Armadas Argentinas. Sobre sus hombros siempre pesará ese hecho, sus familias también deberán soportarlo hasta agotar su estirpe.

Y así sucedió. Forzar los oídos, entrecerrar los ojos por efecto de la incomprensión, inclinar el cuello hacia el cielo para reconocer los motores que se acercaban desde el oeste del valle que la Plaza de Mayo forma en medio de los edificios céntricos de la ciudad.

Alguien señaló con un índice despreocupado. Eran aviones de la Marina de Guerra.

—¡Un desfile! —habrá aclamado algún distraído.

—¿En qué fecha estamos? ¿Qué se festeja? Que lindos aparatos, pero vuelan muy bajo.

Y esos aviadores, esas personas que iban dentro de las cabinas, la consciencia que deberían portar debajo de los cascos, ¿en qué estarían pensando? ¿El odio puede más que la razón? Por supuesto que sí.

Es inimaginable la frialdad al apretar el botón, la orden de liberar las bombas, el ruido de las compuertas al abrirse, el aviso, la luz roja titilando dentro de la cabina, el primero en hacerlo, después sus camaradas.

¿La excusa? Querer asesinar al Presidente de la Nación, al gran conductor, al tirano, al líder, al Dictador, al General Perón, todo según la óptica y las preferencias políticas de cada bando.

La destrucción que llevaban en los vientres esas bombas aumentaron los odios: de ahí en más la degeneración, la muerte, la tortura, hasta que, quince años después, una generación balbuceante durante los bombardeos se representó en vengadora de la clase trabajadora, la vanguardia del líder exiliado, líder que, mediante su fomento u ojos cerrados frente a la violencia, en sus ansias desmedidas de poder, fue el responsable, por acción u omisión, de millones de litros de sangre que sus manos antiguas no supieron encauzar.